Kai Leuner

# Der Pakt

Originalausgabe 1. Auflage 2012


Tel.: 0561/766 449 0, Fax: 0561/766 449 29

Lektorat: Anette Kleszcz-Wagner
Korrektur: Christiane Helms
Titelfotos:
Landschaft © Antje Neika - panthermedia.net
Gesicht © Nikita Vishneveckiy - Fotolia.com

Druck: CPI – Clausen & Bosse, Leck
ISBN: 978-3-935263-96-2

**www.prolibris-verlag.de**

Kai Leuner

# Der Pakt

Rügen Thriller

Prolibris Verlag

*Alle Figuren dieses Romans sind vom Autor frei erfunden. Jegliche auch nur entfernte Ähnlichkeiten mit realen Personen, lebenden oder toten, wären reiner Zufall. Gleiches gilt für die beschriebenen Ereignisse. Der Autor hat sich zudem die Freiheit genommen, die Beschreibung einiger Prozeduren und Schauplätze auf der Ostseeinsel Rügen, in Stralsund und Dresden den erzählerischen Erfordernissen der Geschichte unterzuordnen und gelegentlich von der Realität abzuweichen.*

**Der Autor**

Kai Leuner, Jahrgang 1974, arbeitete bereits während seines Jurastudiums für verschiedene Tageszeitungen und ein Sportmagazin. Nach dem Examen führte ihn sein beruflicher Weg unter anderem nach Washington D.C. und nach Tokio. Der langjährige Berater eines Abgeordneten und spätere Wirtschaftsstaatsanwalt lebt in der Nähe von Dresden. Neben den Büchern gehört seine Liebe den Vereinigten Staaten, die er regelmäßig bereist. Zuletzt erschien im Prolibris Verlag sein Thriller »Jagd auf den Anwalt«.

Mehr unter: www.kai-leuner.de

# 1

Der Himmel über der Ostsee erinnerte an ein Gemälde von William Turner. Heftiges Schneegestöber verwischte Grenzen und Konturen. Dichte Flocken wirbelten durch die Abenddämmerung. Es schneite schon den ganzen Tag. Die Meteorologen gingen davon aus, dass sich das Wetter in den nächsten Wochen nicht wesentlich ändern würde. Die Insel Rügen durfte sich auf weiße Weihnachten freuen.

Vor dem Eingang des Windwood-Hotels in Binz hielten dicht hintereinander zwei Taxis. Dem ersten entstieg ein bulliger Mittfünfziger. Er hatte streng zurückgekämmtes Haar und die teigige Haut eines Menschen, der zu viel Zeit in schlecht gelüfteten Büros verbrachte. Seine Kleidung allerdings war auffallend elegant. Der dunkle Kaschmirmantel und der rotkarierte Seidenschal stammten aus Mailänder Edelboutiquen. Gleiches galt für die auf Hochglanz polierten Lederschuhe, mit denen er achtlos auf die matschige Straße trat. Die Art, wie er die Wagentür zuschlug und der Drehtür des Hotels zustrebte, hatte etwas Gebieterisches, Respekteinflößendes. Man konnte sich diesen Mann ohne Weiteres an einem Konferenztisch vorstellen, wie er eingeschüchterte Untergebene zusammenstauchte.

Auch der Insasse des zweiten Wagens trug Stadtkleidung. Doch er war kein Mann der Stadt. Sein wettergegerbtes Gesicht und die rissigen Hände ließen eher an einen Seemann denken oder vielleicht an einen Landwirt. Er mochte Ende Dreißig sein. Ein wenig unbeholfen zwängte er sich aus dem Wagen und ließ sich vom Taxifahrer das Gepäck aus dem Kofferraum geben. Der herbeigeeilte Hotelpage griff mit einem unmerklichen Lächeln nach der billigen Sporttasche aus Segeltuch. Doch sein Hochmut verschwand schnell. Denn aus den Augenwinkeln bemerkte er, dass der Neuankömmling dem Taxifahrer einen Hunderter hinhielt.

»Danke fürs Herbringen, Kumpel!«

Der Fahrer bedankte sich überschwänglich. »Ich wünsche Ihnen angenehme Tage in Binz.«

Derweil war der Bullige in der Lobby angekommen.

»Herzlich willkommen, Richter Kirijenko!« Ein livrierter Concierge, auf dessen Brusttasche in elegant geschwungenen Goldbuchstaben der Name Walter gestickt war, eilte ihm ehrerbietig entgegen. »Wir freuen uns, Sie wieder in unserem Haus begrüßen zu dürfen. Ihr Gepäck wird umgehend in Ihre Suite gebracht.« Stammgäste wurden im Windwood nicht mit lästigen Check-in-Formalitäten behelligt. Stattdessen wies Walter auf einen eleganten Marmortisch an der Wand, auf dem ein Strauß Rosen und eine Flasche in einem silbernen Eiskübel standen. »Darf ich Ihnen zur Begrüßung ein Glas Champagner anbieten?«

Der Bullige grunzte zustimmend. »Haben Sie meine Nachricht bekommen?«

»Ja.« Der Concierge dämpfte beflissen die Stimme. »Ihr Gast erwartet Sie bereits in Ihrer Suite.«

Während er den Champagner einschenkte, fiel sein Blick auf den zweiten Neuankömmling, der gerade an die Rezeption trat und von einer jungen Empfangsdame angesprochen wurde.

Walter ging davon aus, dass es sich um einen gewissen Tino Rücker aus Goldbach handelte, die einzige noch offene Reservierung dieses Tages. Er beobachtete, wie der Mann umständlich etwas aus seiner Tasche zog. Wahrscheinlich die Buchungsbestätigung. Ihm würde Walter keinen Champagner anbieten, soviel stand fest. Er war für die Stammgäste zuständig und für die VIPs, die Reichen und Mächtigen, bei denen das Windwood äußerst beliebt war. Dieser Mann gehörte keiner der beiden Gruppen an. Er wirkte wie jemand, der sich sein Geld schwer verdienen musste. Vermutlich hatte er lange gespart, um wenigstens einmal im Leben in einem derart vornehmen Hotel übernachten zu können.

Tino Rücker aus Goldbach.

Walter gestattete sich ein dünnes Lächeln, während er den neuen Gast wieder aus seinem Gedächtnis strich. Er hatte einige Jahre in großen Hotels im Ausland verbracht, in Las Vegas, Paris und Dubai. Auf seine Erfahrung und seine Menschenkenntnis war er ungemein stolz.

Wahrscheinlich ein wenig zu sehr. Sonst hätte er sich vielleicht die Mühe gemacht, ein paar Minuten im Internet zu recherchieren. Dann hätte er zum Beispiel gewusst, dass ein Richter am Obersten Gericht in Moskau fünfunddreißigtausend Rubel pro Monat verdiente. Umgerechnet etwa neunhundert Euro. Weniger also, als Wladimir Kirijenko für eine einzige Übernachtung in seiner Suite bezahlte. Und er wollte volle zwei Wochen bleiben. Vielleicht wäre der Concierge auch auf die Nachricht gestoßen, dass im Oktober der größte Lotto-Jackpot dieses Jahres geknackt worden war. Mehr als achtzehn Millionen Euro – und nur ein einziger Gewinner. Ein Mann aus einer kleinen thüringischen Gemeinde namens Goldbach.

## 2

Montagabend. Fußballzeit für den Stralsunder Oberbürgermeister. Im Stadion der Freundschaft, Spielstätte des Verbandsligisten FC Pommern, fand unter Flutlicht ein munteres Seniorenspiel statt. Mitglieder der Bürgerschaft kickten hier mit, die Geschäftsführer kommunaler Gesellschaften, der Inhaber einer Werbefirma, zwei Richter des Amtsgerichts. Und natürlich Peter Rottmann, das Stadtoberhaupt. Er war Mittelstürmer, Kapitän und Schiedsrichter in einer Person.

Jetzt sollte er auch noch den Elfer reinhauen.

»Lasst Peter schießen!«, hatte der Torhüter seines Teams von hinten geschrien. Das Kommando wurde weitergegeben, war aber überflüssig. Strafstöße waren immer Chefsache.

Rottmann, dessen rundes Gesicht unter der blauen Wollmütze vor Schweiß glänzte, legte sich den Ball zurecht und knallte ihn souverän in den oberen rechten Winkel. Auf dem Weg zur Mittellinie nahm er die Gratulationen seiner Mitspieler entgegen. Die etwa dreißig Zuschauer klatschten.

Als Rottmann seinen Fahrer an der Seitenlinie winken sah, wechselte er sich aus. Rasch zog er seine Trainingsjacke über, um sich nicht zu erkälten. Von einer Angestellten des Vereinscasinos nahm er einen Becher mit heißem Tee entgegen. Vorsichtig nippte er daran und sah seinen Fahrer fragend an. »Was ist los?«

Der Mann wies auf die Umkleideräume. »Der Abgeordnete Hillig möchte Sie sprechen. Es ist äußerst dringend.«

Rottmann nickte, ein wenig verärgert über das jähe Ende seines Fußballabends. »Na schön. Warten Sie im Wagen auf mich!«

Er stapfte durch den Schnee. In der Kabine roch es nach Schweiß und Leder. Auf den schmalen Bänken an der Wand lagen die Kleidungsstücke und Taschen der prominenten Freizeitkicker. Schränke gab es keine. Der Abgeordnete Toni Hillig stand an einem der vergitterten Fenster und aß gezuckerte Krapfen aus einer Tüte.

Er war achtundzwanzig Jahre alt und seit Kurzem Mitglied des Landtages. Begonnen hatte seine politische Karriere allerdings schon mit neunzehn, in der Stralsunder Bürgerschaft. Damals hatte er Peter Rottmann kennengelernt, der zu dieser Zeit noch Bausenator der Stadt war.

Schnell erkannte Rottmann das politische Talent des smarten jungen Mannes und förderte ihn nach Kräften. Er sorgte dafür, dass der Newcomer einen Sitz im einflussreichen Hauptausschuss erhielt. Bei vertraulichen Gesprächen fütterte er ihn mit Informationen und Hintergrundwissen. Vier Jahre später zeigte sich Hillig, inzwischen Vizefraktionschef und im Stadtparlament bestens vernetzt, erkenntlich. Er beschaffte die notwendigen Stimmen, als sein Mentor nach dem plötzlichen Rücktritt des damaligen Oberbürgermeisters dessen Interimsnachfolge anstrebte.

Seither boomte Stralsund wie keine andere Stadt an der Ostseeküste. Der umtriebige Rottmann erwies sich als gewiefter Pragmatiker voller Ideen, Energie und Temperament. Er war volksnah, aber auch mit den Unternehmen und Banken der Stadt verbunden. Unter seiner Führung wurde in der Nähe des Hauptbahnhofs ein dreistöckiges Einkaufszentrum aus dem Boden gestampft. An der Sundpromenade entstand ein riesiges Tropenbad, das zum Besuchermagneten wurde. Ein Halbleiterhersteller und ein Autoteilezulieferer ließen sich von Rottmanns Enthusiasmus anlocken und errichteten modernste Werke vor den Toren der Stadt. Mit ihnen kamen Arbeitsplätze, junge Familien und sprudelnde Steuereinnahmen. Rottmann ließ den Hafen ausbauen, schloss die Sanierung der Bürgerhäuser ab und machte die traditionellen *Wallensteintage* zum größten Volksspektakel Norddeutschlands. Das brachte jede Menge Touristen, die in der Stadt für kräftige Umsätze sorgten. Während das Land den Gürtel immer enger schnallen musste, wurde Stralsund reich.

Und Oberbürgermeister Rottmann schien allgegenwärtig.

Wie ein Gummiball hüpfte er von Baustelle zu Baustelle, nahm am Matjes-Wettessen teil, spielte Fußball und schwamm im Winter neben Eisschollen in der Ostsee. Als er sich erstmals direkt zur Wahl stellte, gaben ihm unglaubliche achtzig Prozent der Stralsunder Bürger ihre Stimme.

Über seinem grandiosen Erfolg vergaß der Oberbürgermeister jenen Mann nicht, der ihm den Weg geebnet hatte. Bei der letzten Landtagswahl unterstützte er Hilligs Kandidatur im Wahlkreis Stralsund II. Er trat bei mehreren Kundgebungen auf und bat befreundete Unternehmer um Spenden. Vor allem Hilligs Nähe zum populären Stadtoberhaupt hatte ihm zu einem hauchdünnen Sieg verholfen.

»Danke, dass Sie sofort Zeit für mich haben.« Der Abgeordnete neigte respektvoll den Kopf und senkte die Stimme. »Leider habe ich schlechte Nachrichten, die keinen Aufschub dulden.«

Rottmann setzte sich ächzend auf eine der Holzbänke, nahm die vom Schnee nasse Mütze ab und nippte an seinem Tee. »Erzähl schon!«

»Ich komme gerade von einer Anhörung des Justizausschusses. Es ging mal wieder um die Zusammenlegung mehrerer Amtsgerichte und Staatsanwaltschaften.«

Rottmann zuckte uninteressiert die Schultern. »Unser Amtsgericht werdet ihr ja wohl nicht dichtmachen wollen.«

»Nein, nein.« Hillig schüttelte den Kopf. »Es gibt ein ganz anderes Problem. In einer Pause habe ich auf der Toilette ein Gespräch zwischen dem Ausschussvorsitzenden und Oberstaatsanwalt Mast mitangehört. Die beiden haben sich über Jürgen Fuchs unterhalten.«

Jetzt hatte er Rottmanns ganze Aufmerksamkeit. »Red weiter!«

»Inzwischen liegen die Ergebnisse der Spurensicherung vor. Es sieht nach Brandstiftung aus.«

Rottmann seufzte. »Scheiße!«

»Es kommt noch schlimmer. Sie wollen Fuchs festnehmen. Die Staatsanwaltschaft hat beim Amtsgericht einen Haftbefehl beantragt.«

»Wieso denn das?«

Toni Hillig schob sich den letzten Krapfen in den Mund. »Offenbar«, murmelte er, »wird von Fluchtgefahr ausgegangen. Mit den Ergebnissen der Spurensicherung ist der Tatverdacht noch …«

»Fluchtgefahr? Was soll dieser Quatsch? Selbst wenn es Brandstiftung gewesen wäre. Die Versicherung hat Fuchs bislang keinen Cent gezahlt.«

»Aber wenn er verurteilt wird, muss er mit einer Haftstrafe rechnen.«

»Das ist doch Wahnsinn!« Rottmann schlug vor Wut mit der Faust auf die Holzbank. »Bei dem Brand ist niemand zu Schaden gekommen. Die können Jürgen nicht in den Knast stecken. Das hält er niemals durch.«

Hillig wischte ein paar Krümel Puderzucker von seiner linken Hand. »Die Mindeststrafe beträgt ein Jahr, weil es ein Wohnhaus war. Und Jürgen Fuchs hat schon zwei Vorstrafen wegen Trunkenheit am Steuer. Wenn er schuldig gesprochen wird, fährt er ein.« Hillig hatte Jura studiert. Er wusste, wovon er redete.

»Und wann, glaubst du, stehen die Bullen vor seiner Tür?«

»Schwer zu sagen. Das kommt darauf an, wie schnell der Richter entscheidet. Ich denke, spätestens morgen früh. Eventuell schon heute Abend.«

»Verdammter Mist!« Rottmann rieb sich mit den Händen über den kahlen Kopf. Dann sprang er auf. »Aber vielleicht ist es noch nicht zu spät.« Er gab Hillig einen Klaps auf den Oberarm. »Danke, Toni.«

»Keine Ursache.« Der junge Abgeordnete senkte bescheiden den Kopf.

Rottmann ging zu seinem Kleiderbündel und zog ein Mobiltelefon aus der Manteltasche. Es war ein dünnes schwarzes Gerät von Nokia, eines der neueren Modelle. »Mist, der Akku ist schon wieder leer.« Verärgert schüttelte Rottmann das Telefon, als es auf seinen Tastendruck nicht reagierte.

Hillig wusste, dass der Akku völlig in Ordnung war, denn er steckte in seiner Hosentasche. Kurz vor Rottmanns Ankunft hatte er ihn gegen einen leeren ausgetauscht.

»Nehmen Sie meins! Ich warte draußen.« Er reichte dem Oberbürgermeister ein silbernes Smartphone von Samsung und verließ den Umkleideraum.

Ein paar Minuten später kam Rottmann heraus und gab ihm das Telefon zurück. Dann klopfte er ihm auf die Schulter. »Nochmals danke, Toni! Ich schulde dir einen Gefallen.«

Du – und jemand anders auch, dachte Hillig zufrieden, als er in seinem dunklen Saab nach Hause fuhr.

## 3

Tino Rücker hatte jahrelang Lotto gespielt. Nicht für Unsummen, aber er hatte sein Geld regelmäßig zur Annahmestelle getragen. Wobei er es eigentlich nie als ein Spiel angesehen hatte. Für ihn war es ein ganz normaler Einkauf.

Zwei Euro fünfundsiebzig für drei Tipps, also für drei Chancen auf ein Vermögen. Natürlich waren diese Chancen lächerlich gering. Aber mit ihnen verband er Hoffnung – und die war ein rares Gut in seiner Welt. Was sprach dagegen, sich ein- oder zweimal pro Woche die Aussicht auf ein neues Leben zu kaufen? Es gab schlechtere Möglichkeiten, seinen Lohn zu verjubeln. In der nächsten Kneipe zum Beispiel oder am Zigarettenautomaten.

Rücker hatte es auch nie eilig, seine Tippscheine zu überprüfen. Im Gegenteil, er kostete die Hoffnung aus. Wenn im Fernsehen die Lottoziehung anstand oder dümmlich grinsende Nachrichtensprecher die neuesten Zahlen aufsagen wollten, zappte er sofort weiter. Montags und donnerstags überblätterte er beim Zeitunglesen die Seite mit den Ergebnissen der letzten Ziehung. Wenn der Jackpot größer wurde, ließ er vorsichtshalber auch das Radio aus. Er wollte nicht hören, dass die vielen Millionen wieder einmal nach Nordrhein-Westfalen gegangen waren, wie praktisch jeder zweite Hauptgewinn. Oder dass irgendwelche Kegelbrüder aus Bayern den Jackpot geknackt hatten.

Er selbst hatte natürlich nie etwas gewonnen. Im Laufe der Jahre waren etliche Dreier unter seinen Zahlen gewesen, ab und zu sogar ein Vierer, jedoch nichts, was man ernsthaft als Gewinn bezeichnen konnte. Bis vor acht Wochen. Er hatte sich freigenommen, weil er den Heizungsklempner erwartete.

»Haben Sie schon gehört?«, hatte ihn die Verkäuferin leutselig gefragt, als er morgens beim Bäcker ein paar Brötchen holen wollte. »Drüben bei Schuchs ist der Tipp abgegeben worden, der den Jackpot geknackt hat.«

Das Ehepaar Schuch führte einen der beiden Tante-Emma-Läden des Ortes. Sie verkauften Lebensmittel und Waschpulver, Tabak und Zeitungen. Und Hoffnung. Tino Rücker war dort Stammkunde.

Seine Augen wurden schmal. Bislang hatte er nicht einmal gewusst, dass der Jackpot überhaupt geknackt worden war.

Und ausgerechnet in meiner Annahmestelle?

Soeben hatte sich seine Chance auf einen Millionengewinn dramatisch erhöht. Von eins zu hundertvierzig Millionen auf eins zu …? Rückers Gedanken rasten. Vielleicht eins zu tausend? Oder eins zu hundert? Wie viele Lottoscheine wurden bei den Schuchs denn abgegeben? Er hatte nicht die geringste Ahnung.

»Über achtzehn Millionen waren im Topf«, sagte die Verkäuferin seufzend. »Können Sie sich das vorstellen? Achtzehn Millionen Euro! Irgendeiner aus dem Dorf hat das ganz große Los gezogen.«

Einer aus dem Dorf.

Rücker schluckte. Aus dem dünnen Pflänzchen Hoffnung war binnen weniger Atemzüge eine stattliche Pflanze geworden, mit einem festen grünen Stiel und wunderschönen Knospen.

Zu Hause nahm er sich die Thüringer Allgemeine und suchte nach den Gewinnquoten. Richtig, da stand es: Ein Tipper aus Goldbach hatte den Jackpot geknackt. Den größten dieses Jahres.

18.275.388,45 Euro.

Natürlich verbreitete sich die Nachricht im Ort wie ein Lauffeuer. Beim Fleischer, in der Agrargenossenschaft, in der Rücker arbeitete, und abends in der Kneipe gab es nur ein Thema: Wer ist der Glückliche? Wer hat all das Geld abgeräumt? Zwar besaßen die Schuchs etliche Kunden, die immer dieselben Zahlen nahmen. Aber von denen schien es keiner zu sein. Jedenfalls sickerte kein Name durch. Rücker, der stets Zufallstipps spielte, wurde von einigen Kollegen und Freunden gefragt, schüttelte aber stets bedauernd grinsend den Kopf.

Nein, ich bin's leider nicht.

Das war nicht gelogen, aber auch nicht die ganze Wahrheit. Denn der Lottoschein lag immer noch ungeprüft zu Hause in einer Schublade.

Jeden Morgen stand Rücker wie gewohnt um vier Uhr fünfzehn auf, wusch und rasierte sich und kämmte sein strähniges Haar. Dann fuhr er zur Agrargenossenschaft Krahnberg, bei der er seit fast zwanzig Jahren in Lohn und Brot stand. Wartungsarbeiten an der Biogasanlage, die Betreuung der Mutterkühe, Kartoffel- und Rübentransporte – Rücker tat genau das, was er sein ganzes Leben getan hatte, acht Stunden am Tag. Danach ging er meist in den Anker, eine Kneipe, die sich gleich neben dem Laden der Schuchs befand. Hier trank er sein Feierabendbier. Ein Dunkles, nichts anderes und auch niemals ein zweites. Wenn am Stammtisch Zehn-Cent-Skat gespielt wurde, sah er nur zu. Kam das Gespräch auf den geheimnisvollen Lottogewinner, beteiligte er sich pflichtgemäß an den neidischen Spekulationen, wer der Glückliche sein könne. In der Zeitung hatte gestanden, es habe sich noch niemand bei der Lottogesellschaft gemeldet.

Wer außer mir ist so verrückt, seinen Lottoschein tagelang liegen zu lassen?

Rückers Hoffnung wuchs und wuchs und wärmte ihn an den kälter werdenden Tagen.

## 4

Die Killerin hörte, wie draußen ein Servierwagen vorbeirollte. Auf dem Display ihres Smartphones tauchte ein in Weiß und Schwarz gekleideter Kellner auf, der den Wagen beflissen in Richtung der Suiten schob. Sie vermutete, dass es sich um das Abendessen für Richter Kirijenko und seinen Gast handelte.

Der in die Wand eingelassene schwarze Flurschrank mit den großen lackierten Türen, in dem sich die Killerin vor einigen Stunden eingerichtet hatte, bot leider keine Gelegenheit, unauffällig eine Kamera anzubringen. Aber wenige Meter neben dem Schrank befand sich ein kleiner eleganter Wandtisch mit einer grünen Tiffanylampe, einem Haustelefon und einem ledergebundenen Notizblock. Sie hatte den bereitliegenden Bleistift gegen einen schwarzen Spionkugelschreiber mit einer integrierten Minikamera ausgetauscht, um das Geschehen auf dem Flur verfolgen zu können. Die Kamera verfügte über einen weiten Winkel und lieferte überraschend gute Bilder.

Informationen waren nun einmal das A und O in diesem Job.

Sie hatte nicht vor, den Rest ihres Lebens in einem Gefängnis zu verbringen, nur weil sie nicht sorgfältig genug gewesen war. Gestern hatte sie dem Hotel einen Erkundungsbesuch abgestattet, um sich mit dem Gebäude vertraut zu machen. Flure, Treppenhäuser, Fahrstühle, Überwachungskameras, Fluchtwege, potentielle Verstecke – die übliche Checkliste. Jetzt hatte sie das beruhigende Gefühl, mit sämtlichen Details vertraut zu sein. Operationen wie diese verliefen niemals exakt nach Plan. Meist musste man improvisieren, binnen Sekundenbruchteilen zu Plan B, C oder D übergehen. Die Erfolgschancen stiegen durch eine gründliche Vorbereitung erheblich.

Draußen rollte der Servierwagen wieder zurück, was ihre Annahme bestätigte. Kirijenkos Suite war die erste auf dem Flur. Um das Essen zu einer der dahinter liegenden zu bringen, hätte der Kellner mehr Zeit benötigt.

Ein Blick auf die Uhr des Smartphones verriet ihr, dass es kurz nach halb acht war. Kein Grund zur Eile. Der ehrenwerte Wladimir Alexandrowitsch Kirijenko, Richter am Obersten Gericht der Russischen Föderation, sollte sein Abendessen mit Genuss verzehren.

Es war schließlich sein letztes.

## 5

Nach zwei Wochen hatte Tino Rücker es nicht mehr ausgehalten. Ein Kollege hatte die Vermutung geäußert, dass der unbekannte Tipper nur auf der Durchreise gewesen sein könnte. »Am Ende hat der mit Goldbach gar nichts zu tun.«

Der Gedanke gefiel Rücker nicht. Zu konkret war seine Hoffnung geworden. Zu oft hatte er nachts wach gelegen und über den Jackpot nachgedacht.

An diesem Tag ging er nicht in den Anker.

Stattdessen fuhr er in seine kleine Wohnung. Niemand wartete auf ihn. Seine Frau hatte sich acht Monate nach Geburt ihrer Tochter von ihm scheiden lassen. Sie wohnte jetzt in Magdeburg und war wieder verheiratet. Maria, inzwischen siebzehn, sah den neuen Mann ihrer Mutter als Vater an. Rücker hatte schon seit Jahren keinen Kontakt mehr zu ihr, abgesehen von den dreihundert Euro, die er monatlich als Unterhalt überwies.

Er schnürte seine Schuhe auf und eilte in sein kleines Wohnzimmer. Jeden Tag hatte er sich vergewissert, dass der Lottoschein noch dort lag, wo er ihn hingetan hatte. Er zog die Schublade der Schrankwand auf, nahm den Schein und schaltete seinen alten Computer ein. Mit angehaltenem Atem rief er im Internet eine der zahllosen Lotto-Seiten auf und klickte sich zum Archiv durch. Und da war sie schon, die Ziehung, über die ganz Goldbach sprach.

3-12-13-30-34-41

Rückers Puls pochte hart gegen seinen Hals, als er feststellte, dass sein zweiter Tipp exakt die Zahlen enthielt, die vor ihm aufleuchteten. Und ... ja, auch die Superzahl 3 stimmte. Seine Fingerspitzen kribbelten. Im Keller suchte er die Montagsausgabe der Thüringer Allgemeinen von vor zwei Wochen heraus.

Seine Hoffnung wurde zur Gewissheit.

Auch in der Zeitung fand er seine Zahlen vor. Er hatte tatsächlich das große Los gezogen.

Wie betäubt lief er in seiner Wohnung umher. Irgendwann blieb er vor dem Spiegel im Flur stehen und betrachtete sein ausgezehrtes Gesicht. Wie ein Millionär sah er nicht gerade aus, eher wie ein Mann, für den das Leben bislang nicht allzu viel übrig gehabt hatte.

Nicht eine Sekunde zog er in Erwägung, anderen von seinem Gewinn zu erzählen. Eine Familie hatte er nicht mehr. Und Freunde, Kollegen? Nein, über achtzehn Millionen Euro sprach man nicht. Mit niemandem.

Aber er musste sich bei der Lottogesellschaft melden. Dafür Urlaub zu nehmen, ging jedoch auf gar keinen Fall. Seine Kollegen würden eins und eins zusammenzählen, wenn er nicht zur Arbeit erschien und am nächsten Tag in der Zeitung stand, dass der glückliche Gewinner aufgetaucht war. Momentan wurde im Dorf ziemlich genau hingeschaut, was die anderen taten. Also arbeitete Rücker ganz normal bis vierzehn Uhr. Dann sprang er in sein Auto und raste zur Lottozentrale nach Suhl.

Dort gab es nach eingehender Prüfung des Tippscheines Glückwünsche und Blumen, aber keinen Sekt. Offenbar sollte er einen kühlen Kopf bewahren. Ein Angestellter, der in seinem grauen Anzug wie ein Finanzbeamter wirkte, ging mit Rücker die Überweisungsmodalitäten durch. Als Zugabe erteilte er ihm jede Menge Hinweise. Es ging um ein neues Konto, möglichst bei einer auswärtigen Bank, um Steuern, seinen Job bei der Agrargenossenschaft, richtige und falsche Freunde. Am Ende hatte Rücker nur noch ein Anliegen. Er betonte, seine Anonymität unbedingt wahren zu wollen. Die Lottogesellschaft erklärte sich auf sein Drängen bereit, in ihre Pressemitteilung ein paar irreführende Hinweise aufzunehmen. Dort war am Ende von einem verheirateten Mann die Rede. Zusammen mit seiner Ehefrau, so hieß es, habe er die Gewinnzahlen während einer gemeinsamen Fahrt aus den Nummernschildern entgegenkommender Autos zusammengestellt.

Die Spekulationen in Goldbach wurden dadurch erst so richtig angeheizt. Namen schwirrten durch die Luft, hier und da gab es sogar böses Blut, als einer der angeblichen Nichtgewinner neue Möbel geliefert bekam oder plötzlich einen größeren Wagen fuhr. Nichts jedoch deutete auf den geschiedenen Rücker hin, der jeden Morgen pünktlich um fünf Uhr zur Arbeit erschien. Niemandem fiel es auf, dass er nicht mehr so oft in den Anker kam.

Tino Rücker hatte einiges zu tun. Zum Beispiel fuhr er nach Frankfurt, um Konten bei drei verschiedenen Banken zu eröffnen. Jedes der Kreditinstitute unterbreitete ihm Vorschläge, wie er seine Millionen anlegen konnte. Rücker hörte sich alles an, um dann höflich, aber bestimmt abzulehnen. In Erfurt besuchte er mehrere Autohäuser und inspizierte diverse Geländewagen. Von einem Rechtsanwalt ließ er sich beraten, wie er Maria anonym Geld zukommen lassen konnte. Immerhin war sie seine Tochter.

Er wollte, dass es ihr gut ging. Nächstes Jahr würde sie ihren achtzehnten Geburtstag feiern. Sie sollte finanziell unabhängig sein. Rücker überlegte, ob er ihr monatlich ein paar Tausend Euro überweisen sollte oder lieber eine einmalige größere Summe. Aber sie durfte nicht erfahren, dass das Geld von ihm kam. Wenn er plötzlich mit Euros um sich warf, würde ihre Mutter vielleicht Fragen stellen, die er nicht beantworten wollte.

Bei verschiedenen Immobilienmaklern in Weimar und in Erfurt erkundigte er sich nach weitläufigen Baugrundstücken, die zum Verkauf standen. In Goldbach konnte er nicht bleiben. Denn dann würden die anderen früher oder später merken, dass er der glückliche Gewinner war. Künftig würde er nämlich nicht mehr um vier Uhr fünfzehn aufstehen, Tag für Tag. Er wollte auch keinen sechzehn Jahre alten Ford mehr fahren und in einer Zweiraumwohnung zur Miete leben.

Nachts lag er immer öfter wach in seinem Bett und grübelte. Kaum war man reich, taten sich Probleme über Probleme auf.

Als er wieder einmal nicht schlafen konnte, kam ihm die Idee, sich ein paar Tage Urlaub an der Ostsee zu gönnen. Bisher hatte ihm sein Millionengewinn nur jede Menge Arbeit eingebracht. War es nicht an der Zeit, einmal innezuhalten und durchzuatmen? Der Glücksgöttin zu danken und ein wenig zu feiern? Die Insel Rügen schien ihm perfekt geeignet. Dort kannte ihn niemand. Und er liebte das Meer. Als Kind war er oft mit seinen Eltern nach Binz gefahren, im Winter, wenn die Luft klar und die Strände leer waren.

Der Gedanke, dorthin zurückzukehren, gefiel ihm. Beinahe sehnsüchtig dachte Rücker an den Klang der Wellen und den salzigen Geschmack der Luft. Prickelnde Vorfreude ergriff ihn. Das Hotel buchte er bei einem Reisebüro in Suhl. Der Angestellten hatte er augenzwinkernd gesagt, dass es ruhig etwas teurer sein dürfe. Er wolle seine Frau zur silbernen Hochzeit mit etwas Besonderem überraschen.

Einen Monat später hatte sich die Lage in Goldbach wieder entspannt. Der millionenschwere Gewinner war zwar noch immer nicht ermittelt worden. Aber längst gab es neue Themen, neuen Klatsch, neue Probleme. Niemand schöpfte Verdacht, als Rücker um Urlaub bat.

»Klar, spannen Sie mal aus«, hatte sein Chef gesagt und ihm jovial auf die Schulter geklopft. »Ist ja momentan sowieso sehr ruhig hier.«

Am Vormittag hatte Rücker Goldbach verlassen, nachdem er bei den Schuchs noch schnell einen Lottoschein ausgefüllt hatte.

»Obwohl wir ja so schnell nicht mehr dran sein werden mit einem Gewinn«, hatte er gegrinst.

Er war mit dem Bus nach Gotha gefahren und von dort mit der Bahn nach Stralsund. Für das letzte Stück bis nach Binz hatte er sich ein Taxi gegönnt. Natürlich hätte er auch in den Regionalexpress umsteigen können, aber dann hätte er zwanzig Minuten warten müssen. Außerdem war es ihm wichtig, als Millionär nach Binz zu kommen, nicht als ein x-beliebiger Tourist mit begrenztem Budget.

Schließlich war es so etwas wie der erste Tag seines neuen Lebens. Eines Lebens, in dem es keine Grenzen mehr gab.

Wohlig räkelte sich Rücker auf dem breiten Bett, in einen flauschigen weißen Bademantel gehüllt. Beim Zimmerservice hatte er eine große Platte mit Matjes und Treberbrot geordert, die jeden Moment eintreffen musste. Dazu zwei Flaschen Schwarzbier. Und die Eiskarte.

Das Schicksal hatte ihm eine unerwartete Chance geboten. Tino Rücker war fest entschlossen, sie zu ergreifen. Er würde sein Vermögen nicht vertrotteln, wie so viele Gewinner vor ihm. Er würde nicht prahlen und die Aufmerksamkeit irgendwelcher Neider wecken. Nein, er beabsichtigte, im Verborgenen zu genießen, aber dafür umso ausgiebiger.

Das Windwood, dachte er, ist ein exzellenter Start.

## 6

Die Killerin hatte sich bereits am Tag zuvor mit dem Schloss beschäftigt. Das machte es jetzt einfacher. Innerhalb von fünf Sekunden hatte sie die Tür zu Richter Kirijenkos Suite geöffnet. Mit einer geschmeidigen Bewegung glitt sie in den Flur.

Einen Moment verharrte sie regungslos, um ihre Augen an die Dunkelheit zu gewöhnen. Mit der Raumaufteilung der Suite war sie bereits vertraut. Links ging es ins Bad, dessen Tür ebenso wie die zum Wohnbereich geschlossen war. Die Killerin stützte sich auf Knie und Ellbogen und legte den Kopf seitlich auf den Boden, um unter den Türritzen hindurchzuspähen. In keinem der beiden Räume auf der linken Seite schien Licht zu brennen. Das gefiel ihr. Sie stand wieder auf und wandte sich dem Schlafzimmer auf der rechten Seite zu. Dessen Tür war halb angelehnt. Ein orangefarbener Lichtkegel fiel in den Flur, aber die Aufmerksamkeit der Killerin galt vor allem dem lauten, angestrengten Stöhnen des Richters.

Dank der Kamera auf dem Wandtisch hatte sie beobachten können, wie der Concierge etwa anderthalb Stunden vor der Ankunft Kirijenkos eine Frau über den Korridor begleitete. Um die zwanzig, mit lockigen roten Haaren. Sie trug einen langen schwarzen Mantel, dezentes Make-up und teure italienische Lederstiefel. Kirijenkos Callgirl, hatte die Killerin gemutmaßt. In der vergangenen Nacht war sie nämlich auch im Büro des Concierges gewesen, der dankenswerterweise kleine Dossiers über die Stammgäste des Windwood führte. Die Vorlieben des Richters und dessen Anweisungen für den aktuellen Besuch waren darin penibel vermerkt.

Vorsichtig und ohne ein Geräusch zu verursachen, näherte sich die Killerin der Schlafzimmertür. Sie hatte nicht vor, ein Risiko einzugehen und die schwere Holztür weiter zu öffnen. Das war auch nicht nötig. Zwar konnte sie das Bett durch den schmalen Spalt nicht direkt sehen. Dafür aber den großen Spiegel an der Wand, der ihr einen hinreichenden Eindruck verschaffte. Die Umrisse des von einer Nachttischlampe erleuchteten Bettes waren gut zu erkennen, ebenso die der beiden nackten Körper darauf. Kirijenko wirkte überaus beschäftigt. Nichts deutete darauf hin, dass er oder seine auf ihm sitzende Gespielin das Schlafzimmer in den nächsten Minuten verlassen wollten.

Mehr interessierte die Killerin vorläufig nicht. Sie atmete langsam durch den Mund aus, als sie sich dem Wohnzimmer zuwandte. Ihre behandschuhte Hand schloss sich um den Messingknauf und drehte ihn sehr behutsam. Sie wartete, bis das Stöhnen im Hintergrund etwas lauter wurde, dann öffnete sie rasch die Tür. Der sechseckige, mit großen Fenstern ausgestattete Raum war etwa vierzig Quadratmeter groß. Die Killerin achtete darauf, nicht gegen einen Tisch oder einen der Sessel zu stoßen. Behutsam machte sie es sich auf dem größeren der beiden Sofas bequem. Verräterische Spuren würden später nicht darauf zu finden sein. Sie trug einen schwarzen Kampfanzug von der Art, wie Spezialeinheiten ihn verwendeten. Er hinterließ keine Fasern. Die dunklen Sneakers mit den strapazierfähigen Gummisohlen waren Dutzendware aus dem Kaufhaus, ebenso wie die dünnen Handschuhe und ihre flache Umhängetasche. Ihr Gesicht verbarg sie hinter einer Sturmmaske, die nur dünne Schlitze für die Augen und den Mund freihielt.

Aus einer am Arm befestigten Lederscheide zog die Killerin ein schmales Kampfmesser vom Typ KM2000, das zur Standardausrüstung der Bundeswehr gehörte. Fast zärtlich strich sie mit dem Finger über die Klinge, ehe sie es vor sich auf den Tisch legte. Ihr Mund verzog sich zu einem zufriedenen Lächeln.

Alles war bereit für ihren Einsatz.

Sie hoffte, dass die junge Frau schnell verschwinden würde, wenn der Richter mit ihr fertig war. Vor allem sollte sie besser nicht auf die Idee kommen, noch einmal das Wohnzimmer zu betreten. Denn dann würde sie sterben müssen, genau wie er. Für die Killerin war dies nur ein bedeutungsloses Detail ihres Plans. Aber immerhin, tief in ihrem Herzen, verspürte sie so etwas wie Mitgefühl mit dem unbekannten Mädchen, das einfach zur falschen Zeit am falschen Ort war.

# 7

Axel Gruber war wütend. So wütend, dass sich auf seinen feisten Wangen große rote Flecken bildeten. Der Abgeordnete des Bundestagswahlkreises Stralsund – Nordvorpommern – Rügen stand in Bermudashorts und Hawaiihemd in der Lobby des Renaissance Phuket Resort & Spa. Fassungslos starrte er einen Mann im marineblauen Anzug an. »Was soll das heißen, Sie können das Gespräch nicht absagen? Wissen Sie eigentlich, wen Sie hier vor sich haben?«

»Unsere Gastgeber würden es als unhöflich ansehen, wenn ein langfristig vereinbarter Termin so plötzlich abgesagt wird, Herr Abgeordneter«, erwiderte sein Gegenüber in leicht geduckter Haltung. »Zumal Senator Meepien sich den heutigen Nachmittag extra freigehalten hat. Auch der Bürgermeister würde sich zweifellos brüskiert fühlen.«

»Das ist Ihr Problem! Ich habe doch von Anfang an gesagt, dass unser Besuch nicht mit dienstlichen Terminen überfrachtet werden darf. Die Leute wollen ja auch was sehen vom Land.«

»Die Leute« waren neun Mitglieder des Verkehrsausschusses des Deutschen Bundestages, die unter Führung ihres Vorsitzenden Axel Gruber eine zehntägige Dienstreise nach Thailand angetreten hatten. Offiziell ging es um Modellprojekte in Tourismusregionen, den rasant ansteigenden Güterkraftverkehr und um einen Erfahrungsaustausch zum Bangkok Skytrain. Nichts von alldem interessierte Gruber. Aber natürlich musste der Reiseanlass amtlich klingen. Für den Flug in der Businessclass und die Fünfsternehotels kam schließlich der Steuerzahler auf. Das hieß jedoch nicht, dass Gruber diese zehn Tage an Konferenztischen verbringen wollte. Er hatte sich auf ausgedehnte Shoppingtouren gefreut, einen Bummel durch die Tempel Bangkoks und ein paar Golfnachmittage im exklusiven Blue Canyon Country Club auf Phuket.

Leider war es unvermeidlich, zumindest einige Alibitermine zu absolvieren. Ein Frühstück mit dem thailändischen Verkehrsminister zum Beispiel. Gespräche mit Abgeordneten des Repräsentantenhauses. Ein Routine-Grußwort vor deutschen Ingenieuren, die an irgendeinem Seekanalprojekt mitarbeiteten. Gruber hatte gute Miene zum bösen Spiel gemacht.

Aber nun langte es ihm. Das Flugzeug von Bangkok nach Phuket hatte gestern zwei Stunden Verspätung gehabt. Obendrein war auch noch seine Golfausrüstung in der falschen Maschine gelandet. Stinksauer war Gruber abends im Hotel angekommen. Beim Essen hatte er mit seinen Kollegen vereinbart, sich zum Ausgleich den heutigen Tag freizunehmen.

Und den morgigen auch.

Grubers Gegenüber im blauen Anzug war ein Mitarbeiter der Deutschen Botschaft, die den Besuch vorbereitet hatte, ein subalterner Beamter aus der politischen Abteilung. Nervös knetete der Mann seine Finger. »Ich finde es ein wenig befremdlich ...«, begann er.

»Es interessiert mich nicht, was Sie befremdlich finden«, unterbrach Gruber ihn barsch. »Sagen Sie den Herren, dass wir leider kurzfristig verhindert sind. Ein Darmvirus oder so etwas.«

»Aber ...« Der Mann im Anzug ließ den Blick über Grubers Freizeitlook gleiten. Aus der unerträglich bunten Bermudahose ragten die dicken Beine des Abgeordneten wie weiße Baumstämme heraus.

»Noch ein einziges Wort, und ich lassen Sie nach Nowosibirsk versetzen!« Gruber war lange genug in der Politik, um selbst in Badeschuhen einschüchternd wirken zu können. Plötzlich klingelte sein Handy. Er nestelte es aus der Tasche. »Nun verschwinden Sie endlich!«, schnauzte er den Beamten an. Dann strebte er in Richtung Ausgang. Routiniert klappte er das Telefon auf.

»Toni, na endlich! Hat alles geklappt?«

»Hören Sie selbst!«, ertönte es.

Einen Moment herrschte Stille, dann folgte eine Unterhaltung, der Gruber mit großem Vergnügen lauschte.

»Na?«, fragte Hillig, als die Aufzeichnung abbrach.

Gruber grinste und blinzelte zufrieden in die Sonne. »Grandios, Toni«, sagte er, »einfach grandios. Hervorragende Arbeit. Hat Rottmann Verdacht geschöpft?«

»Überhaupt nicht. Alles lief wie am Schnürchen.«

»Gut. Ich bin am Sonntag wieder in Stralsund. Bringen Sie mir die Aufnahme abends vorbei!«

Gruber klappte das Handy zusammen und steckte es ein. Mit gemächlichen Schritten ging er weiter zum Mai Khao Strand. Weiter vorn sah er eine kleine Bar, die bereits geöffnet hatte. Es war zwar noch ein bisschen früh, aber warum den Tag am Meer nicht mit einem eiskalten Mojito beginnen? Schließlich hatte er etwas zu feiern.

## 8

»Housekeeping«, rief die Frau im hellblauen Arbeitskittel und klopfte gegen die Tür der Suite. Das war Vorschrift. An der Klinke hing das Schild mit der Aufschrift: Bitte sauber machen! Deshalb ging sie davon aus, dass der Gast bereits beim Frühstück saß oder vielleicht einen Spaziergang auf der Strandpromenade unternahm. Aber sie musste sich trotzdem vergewissern.

»Housekeeping«, wiederholte sie, klopfte noch einmal und öffnete die Tür mit ihrer Generalkarte.

Ein drittes Mal rief sie, aber niemand antwortete. Der Flur war dunkel, die Tür zum Bad ebenso geschlossen wie jene zum Schlafzimmer. Aus keinem der Räume waren Geräusche zu hören.

Die Frau machte Licht, schob einen Plastikkeil unter die Eingangstür, damit sie offen blieb, und nahm einen Stapel frischer weißer Handtücher von ihrem Reinigungswagen. Die legte sie vor dem Bad ab.

»Housekeeping«, sagte sie zum vierten Mal, als sie an die Schlafzimmertür klopfte, obwohl sie sich mittlerweile sicher war, allein zu sein. Doch als sie öffnete, erkannte sie entsetzt, dass sie sich getäuscht hatte.

Wladimir Kirijenko lag zugedeckt im Bett, die nackten Arme ruhten an den Seiten. Ein Stück des linken Fußes lugte unter dem weißen Satin hervor. Die Szene wirkte beinahe friedlich, und selbst die schwarze Binde, die Kirijenkos Augen verbarg, änderte daran nichts. Viele Menschen trugen nachts eine Schlafmaske.

Doch die Zimmerfrau hatte dafür gar keinen Blick.

Ihre ganze atemlose Konzentration galt dem großen roten Fleck auf der Bettdecke, genau im Brustbereich des Richters. Im selben Moment bemerkte sie, dass ein eigenartiger Geruch in der Luft hing, ein wenig süßlich und gleichzeitig an saure Eier erinnernd. Fünf Sekunden stand die Frau stocksteif da, starr vor Angst.

Dann rannte sie schreiend hinaus.

## 9

»Verdammter Mist«, murmelte Manja Koeberlin, die wohlig ausgestreckt auf ihrem großen Badetuch lag.

Es regnete nur selten in Fort Lauderdale, vor allem im Dezember, dem trockensten Monat des Jahres in Florida. Aber heute hatte der große Wettermacher einen schlechten Tag erwischt. Vom Atlantik waren im Laufe des Vormittags riesige graue Gewitterwolken herangetrieben, wie Boote einer gewaltigen Himmelsflotte. Nun begannen sie, ihre nasse Fracht über den Apartmentkomplexen und Ferienhäusern entlang des kilometerlangen Sandstrandes zu entladen. Etliche Touristen und Einheimische hatten bislang den Wolken zum Trotz ausgeharrt. Jetzt suchten sie ihre Kleidungsstücke zusammen, um die Flucht zu ergreifen.

Manja wollte nicht aufstehen. Viel zu sehr genoss sie, wie Luisa zärtlich ihren Rücken massierte. Doch innerhalb weniger Sekunden verwandelten sich die kitzelnden Regentupfer in dicke, nasse Tropfen. Seufzend löste Luisa ihre Hände von Manjas Schultern. »Wollen wir zu Hause weitermachen?«

Manja richtete sich auf und sah zum Himmel. Die graue Unwetterfront sah ziemlich bedrohlich aus. Weiter draußen auf dem Atlantik peitschten bereits heftige Windböen das Meer auf.

Sie registrierte, dass die meisten Strandbesucher, jedenfalls die männlichen, Luisa und ihr im Vorbeilaufen interessierte Blicke zuwarfen. Dabei waren attraktive Frauen in Südflorida nichts Ungewöhnliches. Hier, wo Amerika sich und seine Art zu leben hemmungsloser feierte als anderswo, wo Freiheit und Optimismus, Sonne und Strand, Geld und Genuss eine exotische, zügellose Atmosphäre schufen, waren die Jungen und Schönen eindeutig in der Überzahl.

Dennoch fielen sie auf.

Manja wirkte mit ihren langen pechschwarzen Haaren und den üppigen Kurven wie die Verkörperung der Sünde schlechthin, der Inbegriff von Lust und Sinnlichkeit. Luisas fein geschwungenes, puppenhaftes Gesicht und ihre verletzliche Zartheit standen hierzu in einem reizvollen Kontrast.

»Na gut«, sagte Manja resignierend und ließ sich von Luisa hochziehen. »Aber wir machen genau da weiter, wo wir aufgehört haben, klar?«, murmelte sie, ehe sie ihr einen zärtlichen Kuss gab.

In diesem Moment begann es, in Strömen zu regnen.

»Schnell, komm!«, rief Luisa. Sie griff nach dem Badetuch.

Hand in Hand rannten sie die knapp hundert Meter bis zu einem zweistöckigen Bungalow mit Glasfassade. Er war vom Strand nur durch eine dichte Hecke getrennt, die an einer Stelle über einen schmalen Durchlass verfügte.

Als sie die Terrasse erreichten, waren sie klitschnass. Neben dem Hintereingang stand ein Hibiskus mit pinkfarbenen Blüten. Hastig zog Manja aus der weichen Erde einen Schlüssel hervor. Als sie die Tür hinter sich zugeschlagen hatte, sah sie Luisa mit glänzenden Augen an.

»Du hast es versprochen«, sagte sie heiser.

»Ach ja?« Luisa schlang ihre Arme um Manja und küsste sie, sanft, fast spielerisch. Wie ein zarter Windhauch glitten ihre Lippen über die Manjas, über ihre Wangen, ihren Hals. Manja seufzte, als ihr Körper unter wohligen Schauern erbebte. Verlangend zog sie Luisa mit sich, die Treppe hinauf, in Richtung des Schlafzimmers. Auf dem Weg nach oben streifte sie die Spaghettiträger ihres Bikinis ab und öffnete ihn. Luisa tat es ihr gleich. Manjas Körper erzitterte, als Luisa sich schwer atmend an sie presste und sie erneut küsste. Mit geschlossenen Augen öffnete sie die Schlafzimmertür und schob Luisa hinein. Sie fielen aufs Bett. Unendlich zart, wie die Umrisse eines süßen Traums, glitten Luisas Lippen über Manjas Bauch, während ihre Finger die dünnen Seitenschnüre des Bikinihöschens öffneten. Manjas Atem ging stoßweise, und als sie die Augen schloss, sah sie eine dichte Abfolge rätselhafter Farben. Ihre Finger fuhren durch Luisas Haar. Alles um sie herum wurde unsichtbar, während sie immer tiefer in einem süßen, berauschenden Strudel versank.

Später lagen beide verschwitzt und erschöpft nebeneinander. Draußen toste der Atlantik, riesige Wellen brandeten heran. Schläfrig beobachtete Manja, wie der Regen gegen das Fenster peitschte. Hier, in ihrem gemütlichen Refugium, mit Luisa neben sich, verspürte sie ein warmes Gefühl von Geborgenheit.

Ihre Arbeit als Staatsanwältin in Dresden schien Lichtjahre weit entfernt zu sein. Offiziell hatte sie sich beurlauben lassen, wegen der Nachwirkungen des Strafverfahrens gegen den »Litauer«.

Petras Valkunas.

Eigentlich hatte dieser Prozess der vorläufige Höhepunkt ihrer Karriere werden sollen. Eine wasserdichte Anklage gegen einen Drahtzieher des organisierten Verbrechens, ein glaubhafter Kronzeuge, ein bis zum letzten Platz gefüllter Gerichtssaal – alles, wirklich alles hatte auf einen spektakulären Erfolg hingedeutet. Insgeheim hatte Manja sogar schon von einer Beförderung geträumt. Doch dann war Valkunas aufgestanden und hatte sie aus eisigen Augen angeschaut. »Sie können sich im letzten Winkel der Erde verstecken, Frau Staatsanwältin, ich finde Sie. Und ich werde Sie töten.« Diese Worte waren der Auftakt eines blutigen Albtraums, den Manja nur um Haaresbreite überlebt hatte.

Luisa, die junge LKA-Polizistin, hatte sie bei den Ermittlungen gegen Valkunas kennengelernt. Sie waren sich damals sehr nahe gekommen. Um am Ende dennoch auf verschiedenen Seiten zu stehen. Nach dem Tod des Litauers hatte Luisa Hals über Kopf das Land verlassen, unter falschem Namen und mit ein paar dunklen Geheimnissen. Einige Wochen später war ihr Manja nach Fort Lauderdale gefolgt.

In vier Wochen würde Manja ihren dreiunddreißigsten Geburtstag feiern. Spätestens dann, so hatte sie sich mehrfach vorgenommen, würde sie über ihre Zukunft nachdenken. Luisa wurde in Deutschland noch immer steckbrieflich gesucht. Wenn sie mit ihr zusammenbleiben wollte, dann nur irgendwo im Ausland. Was wiederum bedeutete, dass ihre Karriere als Staatsanwältin endgültig enden würde. War sie zu einem solchen Schritt bereit? Gewiss, die vergangenen drei Jahre hatten ihr gut getan. Nicht nur wegen Luisas Nähe. Die Entscheidung, Dresden den Rücken zu kehren, hatte sich auch aus anderen Gründen als richtig erwiesen. Ihr gefielen die Ruhe und die Gelassenheit, die sie in den USA gefunden hatte, das Nachdenken am Strand, die Sonne Floridas. Die eisige Kälte, die das Valkunas-Verfahren über sie gebracht hatte, war verschwunden, ihre Seele, damals eine einzige offene Wunde, wieder zur Ruhe gekommen. Dennoch, der Gedanke, Brücken hinter sich abzubrechen, hatte ihr noch nie sonderlich gefallen.

»He!«, hörte sie Luisas Stimme wie aus weiter Ferne. »Wollen wir was essen? Ich könnte uns eine Pizza backen. Eine Flasche Rotwein ist auch noch da.«

Unten im Erdgeschoss läutete ein Telefon. Luisa drehte sich herum und horchte.

»Das klingt wie deins.«

Manja seufzte und stand widerwillig auf. Nackt tappte sie die Treppe hinunter und griff nach dem Mobiltelefon, das auf dem Esstisch vibrierte.

»Frau Koeberlin?«, ertönte eine Stimme. »Hier spricht Oberstaatsanwalt Mast.«

Die Worte schienen aus einer anderen Welt zu kommen. »Wer ist da bitte?«

»Günter Mast. Wir haben uns vor einigen Jahren bei einer Fortbildung in Berlin kennengelernt. Ich habe damals einen Vortrag über die Nigeria-Connection gehalten.«

»Hm, ja, jetzt erinnere ich mich«, sagte Manja, während sie sich bemühte, die Gedanken in ihrem Kopf zu ordnen.

Oberstaatsanwalt Mast.

Vor ihrem Auge tauchte ein sauber rasiertes, etwas fleischiges Gesicht auf. Ein Mann Ende fünfzig, mit der Frisur Albert Einsteins und der Figur eines Kühlschranks. Gut gekleidet, verbindlich, sehr professionell. Er führte die Wirtschaftsabteilung irgendeiner Staatsanwaltschaft in Mecklenburg-Vorpommern, wenn sie sich richtig erinnerte. Ja, sie kannte ihn.

Aber was wollte er von ihr?

»Hören Sie, können Sie den nächsten Flieger nach Deutschland nehmen und auf die Insel Rügen kommen?«, fragte Mast in einem Ton, als würde er im Restaurant um den Salzstreuer bitten. »Ich bin mittlerweile Leiter der Staatsanwaltschaft in Stralsund. Hier läuft ein Ermittlungsverfahren, bei dem ich Sie dringend brauche.«

Fast hätte Manja laut geprustet vor Verblüffung. »Wie bitte? Wissen Sie eigentlich, dass ich beurlaubt bin, Herr Mast?«, fragte sie. »Ich lebe derzeit in den Vereinigten Staaten.«

»Natürlich weiß ich das. Aber wie gesagt, ich brauche Sie. In Binz hat es vor drei Tagen einen ziemlich üblen Mord gegeben. Sieht nach Profiarbeit aus.«

»Und was hat das mit mir zu tun?«, fragte Manja. »Ich arbeite für die Staatsanwaltschaft Dresden, wie Sie wissen.« Mit übertrieben geduldiger Stimme fügte sie hinzu. »Wenn ich nicht gerade beurlaubt bin. Außerdem hatte ich bislang nur mit Wirtschaftsstrafsachen zu tun.«

»Das Opfer heißt Kirijenko.«

Manja stutzte. »Moment, Sie meinen ...?«

»Bundesrichter Wladimir Kirijenko aus Moskau. Sie haben vor einiger Zeit gegen ihn ermittelt.«

»Und deshalb ...?«

»Es gibt in der deutschen Justiz niemanden, der mehr über diesen Mann weiß als Sie. Meint jedenfalls Ihr Chef in Dresden. Er ist bereit, Sie für die Dauer dieses Ermittlungsverfahrens nach Stralsund abzuordnen. Wir haben hier ziemlichen Druck, wie Sie sich denken können. Das russische Außenministerium hat ein Riesentheater gemacht. Ich muss schnellstens Ergebnisse liefern.«

»Herr Mast, wirklich, ich … ich fühle mich geehrt. Aber ich bin jetzt seit drei Jahren aus dem Geschäft. Und, um ehrlich zu sein, ich habe nicht das geringste Verlangen, nach Deutschland zurückzukehren. Ich fürchte, ich kann Ihnen nicht helfen.«

Am anderen Ende der Leitung herrschte für ein paar Augenblicke Stille. Schließlich sagte Mast: »Frau Koeberlin, es ist nicht meine Art, fremde Schulden einzutreiben. Aber in dem Fall bleibt mir wohl keine andere Wahl.«

»Was meinen Sie damit?«

»Ich habe vorhin wie gesagt mit Ihrem Chef in Dresden gesprochen. Oberstaatsanwalt Kolbe. Er hat gemeint, ich solle Sie notfalls daran erinnern, dass Sie ihm noch einen Gefallen schulden.«

Manja spürte, wie ihr das Blut ins Gesicht schoss. Sie atmete tief aus. »Verstehe«, sagte sie mit matter Stimme. »Also gut, ich nehme die nächste Maschine.«

Sie unterbrach die Verbindung und ging in die Küche, um ein Glas Wasser zu trinken. Plötzlich stand Luisa hinter ihr, an den Türrahmen gelehnt. Auch sie war noch nackt. »Die nächste Maschine wohin?«

Manja zuckte die Schultern. »Zurück nach Deutschland. Es geht um ein Ermittlungsverfahren, an dem ich mitwirken soll. An der Ostsee.«

»Aber …« Luisas Unterlippe begann zu zittern. »Wieso denn so plötzlich?«

Manja trat zu ihr und schloss sie in die Arme. »Kein Grund zur Sorge. Ein paar Wochen, dann bin ich wieder da, okay?«

»Worum geht es denn überhaupt? Und wer war das da gerade am Telefon?«

»Ich erkläre es dir beim Essen. Aber vorher muss ich noch einen Flug buchen. Kann ich deinen Laptop benutzen?«

# 10

Tino Rücker hatte die Frau schon von Weitem gesehen. Um diese Zeit war der Strand noch wie verwaist, so dass jede Menschenseele sofort auffiel.

Heute Morgen herrschten besonders eisige Temperaturen. Außerdem schneite es schon wieder. Der Himmel war milchig weiß, wie ein riesiger Teller Grießbrei. Möwen flatterten laut schreiend herum, sichtlich froh, dass die Ostseeküste nun ihnen gehörte und nicht den Hunderttausenden Touristen, die sie im Sommer bevölkerten.

Mit langsamen Schritten, die Hände in den Taschen eines übergroßen Overalls, spazierte die Frau an gefrorenen Wellen vorbei, offenbar tief in Gedanken versunken. Um ihren Hals war ein grober Wollschal geschlungen. Verhüllt wie sie war, konnte Rücker kaum mehr von ihr erkennen als Nase und Augen. Auf dem Kopf trug sie eine dicke schwarze Mütze, an der nasse Flocken klebten. Er fragte sich, welche Farbe ihre Haare hatten.

Als sie sich gegenüberstanden, lächelte sie ihn an. »Hallo! Ziemlich verrückt, bei so einem Wetter hinauszugehen, oder?«

Rücker schätzte sie auf Ende zwanzig, Anfang dreißig. Also etwa zehn Jahre jünger als er. Ihre Wangen waren von der Kälte auf bezaubernde Weise gerötet.

»Nicht unbedingt«, entgegnete er. »Ich arbeite in der Landwirtschaft. Da hat man ständig draußen zu tun. Mir macht der Frost nichts aus.«

»Du bist aber nicht von hier, oder?« Die Frau schien nichts gegen ein kurzes Schwätzchen zu haben. Dass sie ihn einfach so mit Du ansprach, gefiel Rücker.

»Nein, nur auf Urlaub.« Er zeigte mit dem Daumen hinter sich, auf einen pompösen Bau in Nähe der Binzer Seebrücke, der seine Umgebung selbstbewusst übertrumpfte. »Ich wohne im Windwood.«

Sie riss ihre Augen auf, die braun waren, was Rücker viel besser gefiel als das ausgewaschene Blau seiner Exfrau. »Da hat es am Montag doch …«

»Einen Mord gegeben, ja.« Er schubberte seine Bartstoppeln. »Irgend so ein russischer Richter. Ich habe es aber auch nur im Fernsehen und durch die Zeitung erfahren. Im Hotel selbst war überhaupt nichts zu merken.«

In der Tat hatte die Direktion des Windwood die Ermittler gedrängt, so diskret wie möglich vorzugehen. Das Hotel gehöre zu den wichtigsten Arbeitgebern des Ortes und zahle horrende Steuern. Im Gegenzug könne man ja wohl ein wenig Rücksichtnahme erwarten. Die Polizisten hatten also die Befragung des Personals in eigens hierfür hergerichteten Räumen durchgeführt. Eine Vernehmung sämtlicher Gäste hatte der Hoteldirektor durch einen Anruf bei Oberstaatsanwalt Mast zu verhindern gewusst. Schließlich war Richter Kirijenko erst am Tag seines Todes angereist. Nach einem Glas Champagner in der Lobby hatte er umgehend seine Suite aufgesucht, ohne mit einem einzigen anderen Gast auch nur ein Wort zu sprechen. Warum also für unnötige Unruhe sorgen? Die Polizei hatte sich vorläufig darauf beschränkt, Gespräche mit den Bewohnern der Nachbarsuiten zu führen.

»Hast du gar nicht darüber nachgedacht abzureisen?«, fragte die junge Frau, während sie auf der Stelle trat, um sich warm zu halten. »Ich meine, irgendwie ist es ja ein merkwürdiges Gefühl, wenn man weiß, dass ein anderer Gast …«

»Ja, schon«, brummte Rücker. Er hatte die Arme über der Brust verschränkt und blickte hinüber auf die breite, grasbewachsene Düne, die zwischen dem Strand und der Straße verlief. Die dünnen Halme waren mit weißen Kristallen überzogen. »Aber ich hatte mich so auf den Urlaub gefreut. Und ich kannte den Mann gar nicht. Das alles ist … weit weg. Wie die Toten im Irak. Oder ein Flugzeugabsturz im Kongo. Schlimm, aber es geht mich eigentlich nichts an.«

»Verstehe«, sagte die Frau, klang aber nicht überzeugt. Sie blickte hinunter auf ihre grauen Männerstiefel, die an ihr seltsam klobig aussahen. Genau wie der Overall waren sie ihr viel zu groß. »Wie lange bist du denn schon in Binz?«

»Seit Montag.«

»Ganz allein?«

Er lächelte, weil ihm die Frage gefiel. »Ja.«

»Und was machst du so den ganzen Tag?«

Rücker zuckte die Schultern. »Eigentlich genieße ich es, mal nichts zu tun. Nichts tun zu müssen, meine ich. Ich laufe am Strand herum oder bummle ein bisschen über die Hauptstraße, trinke irgendwo einen Kaffee.«

»Hast du schon mal das Jagdschloss Granitz besucht?«

Er schüttelte den Kopf.

»Ein herrlicher Backsteinbau mitten im Wald. Vom Turm hast du eine phantastische Aussicht. Du kannst sogar Kap Arkona sehen.« Sie blies sich eine Schneeflocke von der Oberlippe. »Normalerweise jedenfalls.«

Rücker mochte ihre helle, leichte Stimme und ihr raues Lachen, die in einem wunderschönen Kontrast standen. Und ihm gefiel, dass sie sich so unbefangen mit ihm unterhielt. Früher war es nicht gerade häufig vorgekommen, dass er von jungen Frauen angesprochen wurde. Und nun … Lag das an seinem neuen Reichtum? Machte ihn das viele Geld irgendwie lockerer und selbstbewusster? Hatte er plötzlich eine andere Ausstrahlung?

»Ich war als Kind ein paar Mal hier, mit meinen Eltern«, sagte er. »Aber das ist ewig her. Ich kann mich kaum noch erinnern. Wie weit ist es denn bis zum Schloss?«

Wieder das raue Lachen. Sie wies mit dem Daumen hinter sich. »Wenn du hier einfach am Wasser weiterläufst und dann in die Teufelsschlucht einbiegst, brauchst du zu Fuß vielleicht anderthalb Stunden. Ist alles ausgeschildert. Du kannst aber auch den Schlossexpress nehmen, der an der Seebrücke abfährt. Oder …« Sie zögerte einen Moment. »Wenn du willst, nehme ich dich morgen mit dem Auto mit. Da läuft gerade eine Ausstellung, die ich mir ansehen will. Ein Fotograf aus Berlin.«

Rücker spürte eine angenehm wohlige Wärme in sich aufsteigen. »Würdest du … Ich meine, wenn das ginge …?«

Die Frau zuckte mit den Schultern. »Warum nicht? Das Windwood liegt praktisch auf meinem Weg. Sagen wir um zwei?«

»Einverstanden. Ich warte vor dem Eingang.«

»Dann bis morgen.« Die Frau winkte und ging weiter.

Rücker sah ihr noch einen Moment lang nach, dann setzte er seinen Spaziergang fort. Ihm fiel auf, dass er die Frau nicht einmal nach ihrem Namen gefragt hatte. Aber das konnte er ja morgen nachholen. Er lächelte, als er über das Gespräch nachdachte. Hätte er sich noch einmal umgedreht, hätte er bemerkt, dass sie ihm nun ihrerseits hinterhersah.

Ja, die Augen der Killerin waren in der Tat braun.

Kühl betrachteten sie Rücker, der sich mit gleichmäßigen Schritten entfernte. In Gedanken ging sie ihren Plan durch, während sie sich das ungefähre Gewicht des Mannes und seine Größe einprägte, seine Art, sich zu bewegen, seine mutmaßliche Reaktionsschnelligkeit. Anders als Kirijenko verdiente er sein Geld mit körperlicher Arbeit. In seinen Armen steckte eine zähe Kraft, die natürlich und durch ständigen Gebrauch gewachsen war, nicht künstlich antrainiert wie bei einem Bodybuilder. Die Killerin achtete auf derartige Details. Denn sie hatte die bittere Erfahrung gemacht, dass schon die kleinste Nachlässigkeit fatale Folgen haben konnte.

## 11

»Ich habe dieser Stadt ein Tropenbad für 35 Millionen Euro hingestellt«, grollte Peter Rottmann, in der Hand ein Stück Streuselkuchen. »Aber meine Frau bevorzugt für ihre Wellnesswochenenden ein Nobelhotel in Binz. Was sollen meine Wähler davon halten?« Genießerisch biss er von dem Kuchen ab und kaute, unter der Nase einen breiten Puderzuckerstreifen.

Er und Nora saßen im Wintergarten ihres Hauses im Stadtteil Voigdehagen. Das gemeinsame Frühstück war ein liebgewonnenes Ritual. Denn tagsüber sahen sie sich praktisch nie und abends nur selten. Der Stralsunder Oberbürgermeister war ein vielbeschäftigter Mann. Schon in wenigen Minuten würde sein Fahrer vor der Tür stehen, um ihn ins Rathaus zu bringen.

Auch Nora Rottmann konnte sich über einen Mangel an Arbeit nicht beklagen. Sie gehörte dem Vorstand des Bankhauses Dollinger an, einer kleinen, aber vornehmen Privatbank, die ihren Sitz in der Altstadt hatte.

»Es geht ja nicht nur um Wellness«, sagte sie, ihre Kaffeetasse absetzend. »Wir wollen einfach mal wieder ein paar Tage ganz für uns haben. Außerdem hat Kerstin irgendwas auf dem Herzen, worüber sie mit mir reden will.«

»Wann holt sie dich ab?«, fragte Rottmann.

»Am frühen Nachmittag.«

Ein- oder zweimal im Jahr fuhr Nora Rottmann mit ihrer Zwillingsschwester übers Wochenende ins Windwood nach Binz. Die beiden teilten sich eine Suite und verbrachten viel Zeit im Spa oder mit langen Strandspaziergängen. Nora liebte diese Kurzurlaube.

»Bist du sicher, dass das Windwood eine gute Wahl ist?«, fragte Rottmann. »Nach der Geschichte mit diesem Russen, meine ich.«

»Ich habe gestern mit Walter telefoniert, dem Concierge. Er meinte, dass wieder alles völlig normal liefe. Die Kamerateams seien aus Binz verschwunden. Das Hotel hatte sämtlichen Journalisten Hausverbot erteilt, aber ein paar Fernsehcrews waren wohl noch vor Ort geblieben.«

»Verdammte Schmeißfliegen«, knurrte Rottmann.

Das Klischee, dass Ehepaare im Laufe der Jahre begannen, einander zu ähneln, traf auf den Oberbürgermeister und seine Frau eindeutig nicht zu. Wo er hemdsärmelig war, in seinem Äußeren und in seinem Auftreten, wirkte sie grazil und anmutig. Er trug auch im Rathaus gern Cordhosen und einfache Joppen. Nora, einen Kopf größer als er, bevorzugte teure Kostüme und schlichten, aber edlen Schmuck.

»Heute Nachmittag treffe ich mich am Neubau der Förderschule mit dem Architekten und dem Projektleiter«, sagte er. »Angeblich gibt es Probleme mit der Turnhallenplanung. Wir sind jetzt schon vier Wochen in Verzug. Ich muss diesen Typen Beine machen.«

Nora zweifelte keine Sekunde, dass er das tun würde. Er war ein Macher, einer, bei dem es stets vorangehen musste. Stillstand war ihm ein Gräuel. Genau das hatte sie an ihm so angezogen, damals, als er noch ein junger Bauingenieur war.

Nora hasste Schwätzer, und Peter war keiner.

Nach der Wende, als Amtsleiter und später als Bausenator, hatte er deshalb so viel Erfolg, weil er wusste, worauf es ankam. Wenn er auf einer Baustelle erschien, die Pläne in der Hand und alle Details im Kopf, gab es kein belangloses Palaver. Schließlich hatte er selbst einmal zwischen Fundamenten und Kränen gestanden, mit lauter Kommandostimme und dem Blick für das große Ganze.

»Auf der Lokalseite steht schon wieder ein Artikel zur Südumgehung«, sagte Nora, die Ostsee-Zeitung in der Hand. »Ist da inzwischen etwas Neues passiert?«

Rottmann schüttelte betrübt den Kopf. »Ich habe nächste Woche einen Termin beim Staatssekretär. Das Planfeststellungsverfahren kommt nicht voran.«

»An der Sache solltest du dran bleiben«, sagte Nora. »Das Thema brennt den Leuten unter den Nägeln.«

»Mir auch«, seufzte er. »Aber der Staatssekretär ist ein Freund von Axel. Und damit nicht gerade aufgeschlossen gegenüber meinen Sorgen.«

»Das kann ich mir denken.« Nora wechselte das Thema, denn der Name Axel Gruber war am Frühstückstisch eigentlich tabu. »Den Winter haben die Stadtwerke diesmal ziemlich gut im Griff. Die Haltestellen, die Gehwege – wo man hinschaut, ist immer geräumt, schon am frühen Morgen. Dabei ist der Schnee viel schlimmer als im letzten Jahr.«

»Ja. Die drei Räumfahrzeuge, die wir gekauft haben, machen sich bemerkbar.« Rottmann biss wieder von seinem Streuselkuchen ab. »Jetzt können wir endlich auch die engen Straßen freimachen, auf denen wir früher nie durchgekommen sind. Und deine Idee mit der Internetplattform war grandios. Die Klickzahlen übertreffen alle Erwartungen.«

Nora lächelte bei seinem Lob. Obwohl sie selbst kein politisches Amt innehatte, verfügte sie über ein bemerkenswertes Gespür für die Stimmung in der Stadt. Außerdem kannte sie unzählige Entscheidungsträger und war eine exzellente Menschenkennerin. Ihr Mann besprach viele Probleme zuerst mit ihr.

»Wann kommst du denn eigentlich wieder?«, fragte er und streckte den Arm nach ihr aus. »Sonntag?«

Nora legte die Zeitung weg und griff nach seiner Hand. Liebevoll betrachtete sie seine kräftigen Finger mit den winzigen Härchen. »Nein, erst am Montag, und das weißt du ganz genau«, erwiderte sie lächelnd.

»Ich glaube nicht, dass ich dich so lange entbehren kann.«

»Dann sollten wir uns zum Ausgleich mal wieder ein paar Tage Skiurlaub gönnen. Ein verlängertes Wochenende, an dem ich dich keine Sekunde mit der Stadt teilen muss.«

Rottmann lehnte sich nach vorn und schmiegte ihre Hand an seine Wange, eine überraschend sensible Geste für den grobschlächtig wirkenden Mann. »Du teilst mich mit niemandem«, murmelte er. »Ich gehöre ganz dir.«

## 12

Den triumphalen Schlusspunkt setzte das Türkische Bad. Zuvor hatte Toni Hillig sein tägliches Trainingsprogramm im Fitnessstudio absolviert und seinen Gast beim Squash geschlagen. Nun präsentierte er ihm stolz das Prunkstück des exklusiven Club de Meridian. Die von dichten Nebelschwaden durchzogene Marmorhalle mit den wunderschönen, handgefertigten Mosaiken war in der Tat ein architektonisches Meisterwerk, ein Traum aus Tausendundeiner Nacht.

»Herr im Himmel!«, sagte der Makler neidisch. »Hier kann man es aushalten.«

Sie waren völlig ungestört. An den Vormittagen blieb es im Türkischen Bad meist relativ ruhig. Für seine Mitglieder hielt der

Club de Meridian außerdem ein Schwimmbad bereit, vier Tennis- und Squashplätze, modernste Fitnessgeräte und ein elegantes Restaurant. Jeder einzelne Raum verströmte eine Atmosphäre von Gediegenheit und Exklusivität. Die Mitgliedschaft war dementsprechend teuer, aber Toni Hillig zahlte keinen Cent. Diese und andere Annehmlichkeiten wurden von Lobbyisten und Bittstellern bezahlt, denen er im Gegenzug Gefälligkeiten erwies.

»Kommen wir zur Sache«, sagte Hillig. »Was können Sie mir anbieten?«

Er legte sich auf den großen, runden Massagestein in der Mitte des Raumes. Unter seinen Kopf schob er ein Handtuch, dann streckte er wohlig Arme und Beine auf der beheizten Platte aus. Der Makler nahm auf einer der Marmorbänke an der Wand Platz.

»Ich habe insgesamt sechs Wohnungen herausgesucht, die wir uns anschließend gleich anschauen könnten«, antwortete er. »Alle entsprechen Ihren Vorgaben. Blick auf den Yachthafen, mindestens neunzig Quadratmeter, im obersten Stockwerk, aber ohne schräge Wände. Zwei haben sogar eine Art Empore mit zusätzlichen Räumen.«

»Ab wann wären die Objekte bezugsfertig?«

»Zwei binnen eines Monats. Die anderen sind derzeit noch vermietet. Hier könnte es noch drei oder vier Monate dauern.«

»Und der Kaufpreis?«, fragte Hillig mit geschlossenen Augen.

»Es sind natürlich sehr begehrte Objekte«, antwortete der Makler zögernd. Mit der rechten Hand wischte er sich ein paar Wassertropfen von der Stirn. »Und die Eigentümer wissen das auch. Aber mein Chef meinte, dass wir vielleicht ein spezielles Arrangement treffen können.«

Hillig lächelte. Der Inhaber des Maklerbüros führte gerade einen kostspieligen Rechtsstreit mit der Stadt. Offensichtlich erhoffte er sich von dem Abgeordneten mit den bekannt guten Verbindungen zum Oberbürgermeister etwas politische Unterstützung.

»Haben Sie die Exposés dabei?«

»Natürlich.«

»Gut. Die gehen wir beim Frühstück durch. Anschließend brechen wir zu einer Besichtigungstour auf. Aber vorher will ich noch ein kurzes Nickerchen machen.« Langsam drehte Hillig sich auf den Bauch, zum Zeichen, dass das Gespräch vorläufig beendet war.

Seine Gedanken mäanderten träge hin und her. Hier im Club de Meridian hatte auch jene wichtige Begegnung mit Axel Gruber stattgefunden, dem langjährigen Bundestagsabgeordneten der Region. Als die Wähler Gruber zum ersten Mal ins Parlament geschickt hatten, damals noch nach Bonn, hatte der kleine Toni gerade seine Zuckertüte in Empfang genommen. Persönlich hatte er Gruber erst viele Jahre später kennengelernt, als seine eigene Karriere in der Bürgerschaft begann. Mittlerweile begegneten sie sich natürlich regelmäßig. Aber enge Freunde waren sie nie geworden. Denn mit Oberbürgermeister Rottmann, als dessen Ziehkind Hillig galt, verband Gruber eine gepflegte Abneigung.

Die zwei politischen Schwergewichte Stralsunds, einst angeblich enge Freunde, sprachen nur das Nötigste miteinander. Bei offiziellen Veranstaltungen wurde stets darauf geachtet, dass sie nie am selben Tisch saßen. Geburtstagsfeiern des einen wurden vom anderen geflissentlich gemieden. Was mitunter skurrile Züge annahm, denn die Ehefrauen der beiden waren Zwillingsschwestern.

Die Stralsunder Bürgerschaft hatte ihren Oberbürgermeister im vorigen Jahr für das Bundesverdienstkreuz vorgeschlagen. Gruber, der parlamentarische Strippenzieher, war umgehend ins Bundespräsidialamt gefahren, um die Sache zu stoppen. Dafür hatte es später Probleme mit der Genehmigung für den Ausbau seiner Villa im Stadtteil Knieper gegeben. Berichte der Lokalzeitung über derartige Schienbeintritte wurden in Stralsund mit großem Vergnügen gelesen und diskutiert. Die Feindschaft der beiden war stadtbekannt und so unabänderlich wie das Wetter.

Umso überraschter war Hillig gewesen, als Gruber ihn vor einigen Wochen um ein Treffen gebeten hatte. Hier im Türkischen Bad hatten sie gesessen, ebenfalls am Vormittag und ganz allein, Hillig an der einen Wand, der mächtige Axel Gruber an der anderen. Ein käsiger Fleischberg mit rötlichem Haarschopf und ungewöhnlich weicher Stimme.

»Was haben Sie vor in diesem Leben, Toni?«, hatte Gruber gefragt. »Wo sehen Sie sich in fünf oder in zehn Jahren? Als Politiker, meine ich.«

»Nun ... im Landtag, genau wie jetzt«, hatte Hillig zögernd geantwortet. Wollte Gruber ihn aushorchen, ob er dessen Bundestagsmandat im Visier hatte? Er hatte doch gerade erst den Sprung ins Landesparlament geschafft. »Ich denke, dass ich für die Menschen in unserer Region sehr viel erreichen kann. Solange die Wähler mich ...«

Gruber machte eine wedelnde Handbewegung. »Bitte ersparen Sie mir das! Sie sind kein selbstloser Diener des Volkes, Toni.« Er lachte scheppernd. »Das sind Sie weiß Gott nicht.«

Seine derbe Direktheit verschlug Hillig die Sprache.

»In unserem Geschäft gibt es zwei Gruppen von Menschen«, fuhr Gruber belehrend fort. »Idealisten und Leute wie mich. Das Wohl der Allgemeinheit ist mir, unter uns gesagt, völlig gleichgültig. Ich bin derjenige, dem es gut gehen soll.« Er hielt kurz inne, um sich mit einer langstieligen Bürste den Rücken zu scheuern. »Man muss nur die Spielregeln begreifen. Dann ist Politik ziemlich einfach. Ich weiß, welche Leute auf meiner Seite stehen müssen, damit ich von der Partei nominiert und anschließend gewählt werde und vier Jahre später wieder nominiert und wieder gewählt und immer so weiter. Ich sorge dafür, dass diese Leute auf meiner Seite stehen. Mit Schmeichelei und Kungelei, Bestechung und Erpressung. Das ist das ganze Geheimnis. Nein, ich bin kein Idealist. Die Politik sorgt für meinen Lebensunterhalt, das ist alles.«

»Man kann sein Geld mit der Politik verdienen und trotzdem ein Idealist sein«, wandte Toni Hillig trotzig ein.

Gruber zuckte die Schultern. »Vielleicht. Aber Sie sind keiner, Toni. Auch wenn Sie das geschickt verbergen und selbst einen Fuchs wie Rottmann täuschen.« Höhnisch breitete er die Arme aus. »Sehen Sie sich doch mal um! Ihre Wähler denken, dass Sie Tag und Nacht arbeiten. Endlose Sitzungen, unzählige Termine.

Dicke Beschlussvorlagen. Noch mehr Sitzungen und weitere Termine. Was würden die Leute wohl sagen, wenn sie wüssten, dass Sie Ihre Vormittage in einem Fitnessclub verbringen?«

»Ich glaube nicht ...«

»Wie viele Tage pro Woche arbeiten Sie wirklich, Toni? Einen? Zwei? Mehr garantiert nicht, denn ich komme mit drei Tagen gut über die Runden. Dabei ist mein Wahlkreis viermal so groß wie Ihrer.«

»Sie können nicht ...«

Gruber schnitt ihm mit einer Handbewegung das Wort ab. »Und was ist mit den *Nebengeräuschen*? Wissen Ihre Wähler von all den netten Privilegien, die Sie als ganz selbstverständlich erachten? Der Saab, den Sie in Möhlmanns Autohaus zu Sonderkonditionen bekommen haben. Die Kiste mit dem alten Bordeaux, die Ihnen das Weinkontor Beritz spendiert hat. Die Mitgliedschaft in diesem noblen Etablissement hier.« Er grinste. »Nein, davon wissen die Leute natürlich nichts. Zum Glück ist der Wähler ein ziemlich einfältiges Wesen, nicht wahr?«

»Wieso erzählen Sie mir das?«, fragte Hillig wütend. Und woher weißt du das alles, fügte er in Gedanken hinzu.

»Ich habe Sie beobachtet, Toni. Sie sind genau wie ich. Haargenau. Ein gerissener, skrupelloser Manipulator, dem die Menschen auch noch dankbar sind, wenn er sie über den Tisch zieht. Einer, der den Annehmlichkeiten des Lebens mehr zugetan ist als harter Plackerei.« Gruber lehnte sich nach vorn, das Gesicht eine wulstige Fassade, von der das Wasser tropfte. »Und deshalb will ich Ihnen ein Angebot machen. Ein Angebot, das Sie nicht ablehnen können. Weil es Sie an die Fleischtöpfe bringt, an die großen Fleischtöpfe. Im Vergleich dazu ist das, was Sie bis jetzt erreicht haben, einfach nur lächerlich. Sind Sie interessiert, junger Mann?«

# 13

Der Direktor des Windwood-Hotels trug einen dunkelblauen Nadelstreifenanzug und eine rosafarbene Krawatte. Er strahlte eine unauffällige Kompetenz aus und neigte nicht zur Melodramatik. Auch nicht, wenn er über einen erst vor wenigen Tagen ermordeten Gast seines Hauses sprach.

»Gibt es Erkenntnisse zum Tod von Richter Kirijenko, die für uns wichtig sind?«, fragte er.

»Woran denken Sie, Herr Nilius?«, erwiderte Oberstaatsanwalt Günter Mast und schlug mit etwas Mühe das rechte Bein über das linke.

Neben ihm saß Frank Schilling, ein Sonderermittler des Bundeskriminalamtes, der auf Verlangen des Innenministeriums die polizeiliche Untersuchung leitete. Das Opfer war immerhin ein hochrangiger ausländischer Staatsbediensteter.

Das geräumige Eckbüro des Direktors verfügte über eine breite Fensterfront zum Strand, vor der sich eine elegante Sitzgruppe befand. Maximilian Nilius hatte Kaffee und Gebäck servieren lassen und seinen beiden Gästen ausreichend Gelegenheit gegeben, den atemberaubenden Blick zu genießen.

Der Direktor nahm einen bedächtigen Schluck aus seiner Tasse und stellte sie auf dem flachen Glastisch ab. »Woran ich denke? In erster Linie natürlich an unsere Sicherheitsvorkehrungen. In zweiter an unser Personal. Müssen wir die Videoüberwachung verstärken? Mehr Wachmänner einstellen? Haben Sie Hinweise, dass irgendeiner unserer Mitarbeiter in die Sache verwickelt ist? Zum Beispiel, indem er dem Killer Zugang zum Hotel verschafft hat.«

Schilling schüttelte den Kopf. »Nein, bislang gibt es dafür keine Anhaltspunkte. Was die Videoüberwachung betrifft: In den Korridoren und im Treppenhaus haben Sie gar keine Kameras. Wieso nicht? Immerhin begrüßen Sie hier oft prominente Gäste, für die Sicherheit sehr wichtig ist.«

Der Direktor überdachte seine Antwort und sagte schließlich mit geduldiger Stimme: »Gerade Prominente schätzen das Gefühl, auf Schritt und Tritt beobachtet zu werden, überhaupt nicht, Herr Schilling. Als wir das Windwood eröffneten, haben wir uns bewusst dafür entschieden, das Hauptaugenmerk auf unbefugte Zutritte von außen zu legen. Als Schwachstellen haben wir die beiden Lieferantenzugänge, die Garageneinfahrt, die sechs Seiten- und Hinterausgänge identifiziert. Diese Bereiche werden lückenlos überwacht, ebenso die Fahrstühle und Teile der Lobby. Hinzu kommen einige schlecht zu kontrollierende Gebäudebereiche, in denen sich Gäste aber nicht aufhalten.«

»Unsere Leute haben die vorhandenen Videoaufzeichnungen ausgewertet«, sagte Mast. »Bislang leider ohne Erfolg. Es gibt keinen Hinweis auf die Person des Mörders.«

»Und sonst?« Nilius lehnte sich zurück.

Mast betrachtete seine dicken Finger. »Wie Sie wissen, wurde eine Sonderkommission mit dreißig Beamten gebildet, die von Herrn Schilling geleitet wird. Zunächst lief das übliche Programm. Spurensicherung, Obduktion, kriminaltechnische Auswertung. Die Spezialisten haben sich alles angeschaut, von Kirijenkos Mageninhalt über Fingerabdrücke und Faserspuren in seinem Zimmer bis hin zum Schloss der Tür. Kirijenko starb durch drei Stiche in die Brust. Der Täter muss ihn überrascht haben, denn wir haben keine Anzeichen eines Kampfes entdeckt.«

»Diese Augenbinde«, Nilius hob die Hände, »ist das irgendeine Art von Symbol? Sie wissen schon, Justitia und so. Denken Sie, dass der Mord im Zusammenhang mit der Tätigkeit Kirijenkos als Richter steht?«

»Wir denken an alles«, sagte Schilling schneidend. Er war offensichtlich der Meinung, der Hoteldirektor habe allmählich genug gefragt. »Aber die Rekonstruktion des Tatgeschehens ist noch nicht abgeschlossen. Um zu Ihrer Ausgangsfrage zurückzukommen: Eine abschließende Beurteilung Ihrer Sicherheitsvorkehrungen können wir derzeit nicht vornehmen.«

Schilling war ein dunkelhaariger Mann um die vierzig mit auffallend hohen Wangenknochen und tintenschwarzen hellwachen Augen. Ihm eilte nicht der sympathischste Ruf voraus. Arrogant sei er, hieß es aus den Reihen des BKA, überaus anspruchsvoll, mit einer Neigung zu beißender Schärfe. Schilling wusste um diese Gerüchte, aber sie kümmerten ihn nicht. Erstens trafen sie zu, und zweitens hatte er festgestellt, dass man viel besser fuhr, wenn man gefürchtet wurde anstatt gemocht.

»Wenn es irgendwann soweit ist«, sagte Nilius, scheinbar unbeeindruckt von der brüsken Art seines Gegenübers, »bitte ich Sie, eines nicht zu vergessen. Wir sind ein Hotel. Keine Bank, kein Gefängnis, keine Festung. Das Windwood verfügt über dreihundert Zimmer und zwanzig Suiten. Einschließlich des Personals sind in unserem Haus bis zu achthundert Menschen unterwegs. Verschiedene Einrichtungen wie die Restaurants, der Spa-Bereich oder die Konferenzsäle stehen auch anderen als den Hotelgästen offen. Im Grunde müssen Sie uns als eine Art kleine Stadt betrachten. Und wie in jeder Stadt gibt es leider auch hier Kriminalität. Hundertprozentige Sicherheit ist wünschenswert. Aber nicht realistisch.«

»Das wissen wir, Herr Nilius«, entgegnete Schilling zwischen zwei Schlucken Kaffee. »Das wissen wir sogar sehr gut.«

Sein Ton hatte einen etwas herablassenden Klang, der dem Direktor nicht gefiel. Aber der BKA-Mann war ja auch ein Außenstehender, einer, der nicht um die Befindlichkeiten vor Ort wusste, um die Bedeutung des Luxushotels für den Tourismus und die lokale Wirtschaft. Schilling fehlte der Respekt, den Einheimische wie Mast dem Windwood entgegenbrachten.

»Unsere Spezialisten würden sich die Videoaufzeichnungen gern noch einmal gemeinsam mit Ihren Security-Mitarbeitern anschauen«, sagte Mast ruhig. »Ihre Leute kennen die Gäste. Vielleicht entdecken wir doch ein Gesicht, einen Schatten, irgendetwas, was da nicht hingehört.«

»Soviel ich weiß, ist das bereits geschehen«, wandte Nilius ein. »Unser Sicherheitspersonal ist …«

»Wie gesagt, wir haben bislang keine Spur«, unterbrach ihn Schilling gereizt. »Deshalb müssen wir uns die Videos noch einmal anschauen. Und zwar gemeinsam mit Ihren Leuten.«

»Ich hatte das bereits beim ersten Mal verstanden, Herr Schilling«, erwiderte Nilius, auch seine Stimme nun ein wenig lauter.

»Was ich sagen wollte, ist: Unsere personellen Ressourcen sind nicht unerschöpflich. Und momentan ist es mir lieber, wenn es im Security-Bereich keinerlei Engpässe gibt. Das werden Sie sicher verstehen. Wir sind hier alle noch ein wenig nervös.«

»Die Auswertung könnte hier bei Ihnen im Videoraum erfolgen«, bot Mast an. »Dann bleiben Ihre Mitarbeiter vor Ort und können die Kameras im Auge behalten.«

Nilius schwieg einen Moment, dann nickte er widerwillig. »Einverstanden.«

»Nach der Buchungsübersicht, die uns Ihre Leute gegeben haben«, Schilling tippte auf ein Blatt Papier, das neben seiner Kaffeetasse lag, »war Richter Kirijenko ein Stammgast in Ihrem Haus.«

»Ein sehr gern gesehener Stammgast«, bestätigte Nilius. »Äußerst großzügig, mit einem erlesenen Geschmack, was Speisen und Getränke angeht. Nach meiner Erinnerung besuchte er uns pro Jahr etwa zweimal.«

»Nicht *etwa*«, korrigierte Schilling mit säuerlicher Miene. »Exakt zweimal, jedenfalls in den vergangenen fünf Jahren, stets im Mai und im November. Diesmal ist er allerdings später als sonst angereist. Kennen Sie den Grund dafür?«

Nilius schüttelte betrübt den Kopf. »Leider nicht. Aber vielleicht kann der Concierge ...«

Schilling winkte ungeduldig ab. »Mit dem haben wir schon gesprochen. Er wusste ebenfalls nichts.«

Mast nahm einen Schluck aus seiner Kaffeetasse. »Richter Kirijenko hatte geschäftliche Verbindungen nach Dresden. In der Vergangenheit hat es dort ein Ermittlungsverfahren gegeben. Eine Kollegin hat sich intensiv mit ihm beschäftigt. Ich habe sie gebeten, nach Binz zu kommen.«

»Das ist bestimmt sinnvoll.« Nilius nickte gleichmütig. »Vielleicht besteht ja ein Zusammenhang mit den damaligen Vorfällen.«

»Genau. Es wäre mir lieb, wenn unsere Kollegin bei Ihnen ein Zimmer bekommen könnte.«

»Wieso das?«, fragte der Direktor misstrauisch. Er hatte keine große Lust, eine Schnüfflerin der Staatsanwaltschaft zu beherbergen. »Ich halte das für keine gute Idee. Immerhin ...«

»Herr Nilius, ich glaube, es ist an der Zeit für eine Dosis Realismus.« Frank Schilling schnippte mit seinen manikürten Fingern ein Staubkörnchen vom Ärmel seines Jacketts. »In Ihrem Haus hat es einen Mord gegeben, der absolut professionell ausgeführt wurde. Bislang haben wir nicht den Hauch einer Spur. In Ihrer Branche und in Ihrem Preissegment haben Schlagzeilen über erstochene Gäste die gleiche Wirkung wie EHEC-Keime für den Umsatz von Gemüsehändlern.«

»Das müssen Sie mir nun wirklich nicht erklären«, wandte Nilius verärgert ein.

»Dann sollten Sie unsere Ermittlungen vielleicht ein wenig mehr unterstützen. Wir wollen, dass sich die Staatsanwältin aus Dresden vor Ort ein Bild machen kann – und zwar unauffällig, was Ihnen ja nur recht sein dürfte.«

»Aber was soll das noch bringen? Der Mord ist vor vier Tagen geschehen. Ihre Leute haben die Räume wieder ...«

»Irgendwo muss Frau Koeberlin ja wohnen«, sagte Mast in versöhnlichem Tonfall. »Hier kann sie sich praktisch nebenbei die Suite anschauen, die Fluchtwege, die Tiefgarage, die Arbeitsabläufe im Windwood. Außerdem kann sie mit Ihren Leuten sprechen, diskret natürlich. Uns allen ist klar, dass das Windwood so schnell wie möglich zum Alltag zurückkehren möchte.«

»Na schön.« Nilius machte eine wedelnde Handbewegung. »Koeberlin heißt die Dame?«

»Ja. Manja Koeberlin.«

»Ich lasse ein Zimmer vorbereiten.«

»Hat es nach dem Mord eigentlich Stornierungen gegeben?«, fragte Schilling. »Sind Gäste vorzeitig abgereist?«

Nilius nickte. »Nicht übermäßig viele, aber ein paar waren es schon. Allerdings gab es auch einige kurzfristige Buchungen.« Sein Mund verzog sich zu einem freudlosen Lächeln. »Manche Menschen lieben Katastrophen, solange sie nicht selbst betroffen sind.«

# 14

Simon ist ein echter Aktivposten, dachte die Killerin, während sie mit ihm Hand in Hand über die von Boutiquen und Restaurants gesäumte Binzer Hauptstraße spazierte. Manchmal blieben sie vor einem Schaufenster stehen, dann zeigte sie auf etwas, er lachte, sie lehnte sich verliebt an ihn. Sie unterschied sich in nichts von anderen jungen Frauen, die mit dem Mann ihres Herzens einen romantischen Urlaub in Binz verbrachten.

In ihrem Job hatte es Vor- und Nachteile, eine Frau zu sein.

Die Vorteile lagen auf der Hand. Wenn irgendwo ein Mord geschah, dachten die Ermittler zunächst an einen Mann. Dies galt vor allem, wenn eine Schusswaffe oder ein Messer zum Einsatz kam und Blut floss. Bei Kontrollen, ob durch Polizeistreifen oder zum Beispiel am Flughafen, hatten Frauen es einfacher. Sie wurden nicht von vornherein als Bedrohung eingestuft. Im Gegenteil, bei ihnen gingen Kontrolleure oft nachlässiger zu Werke, abgelenkt von einem verheißungsvollen Blick oder einem üppigen Dekolleté. Bei der Verwendung falscher Papiere war es ebenfalls von Vorteil, eine Frau zu sein. Denn Frauen wurden stärkere Veränderungen zugebilligt, was Frisur und Make-up anging.

Leider standen diesen Annehmlichkeiten auch Nachteile gegenüber.

Alleinreisende Frauen zogen Aufmerksamkeit auf sich. In Großstädten oder Orten mit Universitäten ging es noch. Aber in vielen Ferienregionen waren junge Frauen ohne Begleitung nach wie vor die Ausnahme. Neben den üblichen plumpen Avancen, derer sich die Killerin mühelos erwehren konnte, hatte das Alleinreisen auch zur Folge, dass sie in Erinnerung blieb. Dem Personal zum Beispiel. Pagen, Kellnern, Empfangsdamen, Pförtnern. Potentiellen Zeugen also.

Sie legte jedoch keinen Wert auf Aufmerksamkeit. Deshalb hatte sie sich für den Auftrag im beschaulichen Ostseebad Binz einen Begleiter zugelegt.

Simon war ein Informatikstudent aus Hamburg, der in einem Starbucks in Altona schüchtern mitangesehen hatte, wie sich das kahlköpfige Mädchen am Nebentisch mit ihrem Laptop abmühte. Irgendwie funktionierte das WLAN nicht. Egal, was sie versuchte, sie kam einfach nicht ins Netz. Als sie Simon schließlich flehend anschaute, fiel er vor Eifer, ihr zu helfen, fast vom Stuhl.

Mit roten Flecken im Gesicht hatte er sich neben sie gesetzt.

Sie stellte sich ihm als Juli vor, »wie der Monat«.

»Ich bin Simon«, nuschelte er, während er schon auf ihrer Tastatur herumhackte. »Simon Merk.«

Wenige Sekunden später war Juli online. Natürlich ließ sie es sich nicht nehmen, ihren Retter auf einen Caffè Latte einzuladen.

Simon war Mitte zwanzig, etwas größer als sie und trug eine ziemlich unvorteilhafte Hornbrille. Aber er wirkte sympathisch und vor allem harmlos. Er war der Typ, den ältere Frauen ohne Bedenken baten, ihnen die schwere Einkaufstasche in die Wohnung zu tragen. Seine dichten Locken hatten ein wunderschönes, höchst seltenes Kastanienbraun. Für außergewöhnliche Haare hatte Juli immer einen Blick. Demgegenüber war Simon sichtlich bemüht, nicht auf ihren Kopf zu starren.

»Hast du … ich meine, sind sie abrasiert?«, fragte er schließlich, während seine Augen in Lichtgeschwindigkeit zu ihrem kahlen Schädel und wieder zurück zu seinem Caffè Latte huschten. . . »Oder warst du … musstest du …?« Verlegen brach er ab.

»Du meinst, ob ich eine Chemotherapie hinter mir habe?« Juli rieb sich über den Kopf. »Nein, ich …«, sie zögerte, »egal, spielt keine Rolle.« Simon fragte nicht weiter nach.

Am nächsten Tag waren sie sich in der Hamburger Fußgängerzone scheinbar zufällig erneut begegnet, wobei Juli es so eingerichtet hatte, dass Simon sie bemerkte, nicht umgekehrt. Spontan lud sie ihn zum Abendessen in eine Pizzeria ein.

Simon konnte sein Glück kaum fassen.

Gerade, als in ihm schier unglaubliche Hoffnungen wuchsen, eröffnete Juli ihm betrübt, dass sie Hamburg übermorgen leider verlassen müsse. Sie arbeite für eine große Detektei und habe gerade einen neuen Auftrag erhalten. Eine Überwachung im Ostseebad Binz. Nicht aufzuschieben.

»Dabei würde ich mich am liebsten schon morgen wieder mit dir treffen.« Aber vielleicht habe Simon ja Lust, sie zu begleiten?

Die Detektei suche ständig Teilzeitkräfte auf Honorarbasis. Bei Überwachungen sei es von Vorteil, zu zweit zu sein. Leider sähen das die Klienten oft anders, weil zwei Mitarbeiter nun einmal das Doppelte kosteten. Doch für einen Studenten werde weniger berechnet. Die Detektei habe für den Auftrag in Binz ein Strandhaus gemietet, das über eine zweite Schlafgelegenheit verfüge. Wenn er also Zeit habe?

Simon hätte vermutlich sogar sein Studium abgebrochen, um mit ihr ein paar Tage in einem Strandhaus verbringen zu können. Juli gab ihm vierhundert Euro als Vorschuss, gegen Quittung und mit dem Hinweis, der Papierkram werde erledigt, sobald die Angelegenheit in Binz abgeschlossen sei. Außerdem kaufte sie ihm einen dunkelblauen Anzug von Hugo Boss und eine neue Brille.

»Anweisung vom Chef«, hatte sie gesagt. »Wir müssen uns in guten Restaurants und Hotels bewegen und dürfen nicht auffallen. Die Sachen gehen natürlich auf Kosten der Firma.«

Simon hatte nichts dagegen.

Der Auftrag, hatte Juli ihm erzählt, sei harmlos. Eine reiche, aber eifersüchtige Ehefrau habe sie mit der Überwachung ihres Mannes beauftragt.

Reine Routine.

Am Sonntag waren sie gemeinsam aufgebrochen, in einem silbernen Peugeot, den Juli in Hamburg gemietet hatte. Während der Fahrt erzählte Simon von seinem Studium an der Universität Hamburg und von seinem Vater, der als Chirurg in einer privaten Klinik arbeitete. Dank seiner großzügigen monatlichen Apanage musste sich Simon mit dem Studium nicht sonderlich beeilen. Den Job in Binz, so viel war klar, machte er nicht wegen des Geldes. Aber Juli setzte sowieso auf eine andere Triebkraft. Eine, die stärker war und damit auch größere Belastungsproben aushielt. Einsätze wie dieser bargen stets Überraschungen. Sie wusste nicht, was sie ihrem Begleiter im Laufe der nächsten Tage alles zumuten musste.

Kurz nach fünfzehn Uhr hatten sie ihr Ziel erreicht.

Das holzvertäfelte Strandhaus im skandinavischen Stil lag keine hundert Meter vom Wasser entfernt. Neben Küche, Wohnraum und einem großen Bad besaß es im Obergeschoss auch zwei Schlafzimmer, ganz wie Juli gesagt hatte.

Inzwischen wohnten sie eine knappe Woche hier, und Simon hatte perfekt funktioniert. Sie hatte ihm vorgeschlagen, sich in der Öffentlichkeit sehr verliebt zu präsentieren, zärtliche Blicke und Händchenhalten inklusive. Nichts hätte ihm lieber sein können.

Natürlich musste sie ihn mit ein paar Scheinaufträgen betrauen, damit er an die Geschichte mit der Detektei glaubte. In einem großen Hotel an der Strandpromenade, dem Colonial, hatte sie ihm einen Anzugträger gezeigt, der mit einer jungen Blondine im Arm ins Restaurant ging.

»Das ist die Zielperson«, hatte sie Simon zugeflüstert. »Ein Unternehmer aus Hamburg. Elektronikbranche. Dieses Barbiepüppchen an seiner Seite ist nicht seine Ehefrau, wie du dir denken kannst. Der hat er erzählt, er müsste geschäftlich nach Berlin. Dummerweise hat sie in seinen E-Mails eine Reservierungsbestätigung des Colonial gefunden.«

»Was beweist, dass man mit Passwörtern gar nicht vorsichtig genug sein kann«, hatte Simon gegrinst. Mit Juli an seiner Seite blühte er regelrecht auf. Plötzlich zeigte er so etwas wie Witz und Selbstbewusstsein. Juli war das nur recht, weil sie als Paar umso natürlicher wirkten, je gelöster und unbefangener er war.

Sie hatte Simon gebeten, der Zielperson nebst Begleitung während eines Spazierganges unauffällig zu folgen und Fotos zu machen. Heutzutage, wo jedes Handy über eine Kamera verfügte, war das ein Kinderspiel. Später ließ sie Simon im Restaurant des Colonial sitzen, in seinem neuen Anzug und hinter einem Laptop versteckt, um zu beobachten, ob die beiden dort aufkreuzten. Ein anderes Mal sollte er aufpassen, ob das Auto der Zielperson die Tiefgarage verließ. Simon war stets mit Feuereifer bei der Sache. Das gab Juli genügend Zeit, ihren Job im Windwood vorzubereiten. Nachts war es sogar noch einfacher. Da Simon und sie in getrennten Zimmern schliefen, konnte sie jederzeit unbemerkt verschwinden. Er war nicht der Typ, der sein Glück herausforderte und plötzlich vor ihrer Tür stand, um sie zu verführen.

Simon riss sie aus ihren Gedanken. »Sag mal, hast du Lust auf einen Film«, fragte er und zeigte auf ein kleines Kino am Ende der Hauptstraße, das einem knallroten Hinweisschild zufolge erst vor wenigen Wochen eröffnet worden war. »Lass uns doch mal schauen, was die hier bringen.«

Juli seufzte unhörbar. Nein, sie hatte keine Lust auf einen Film. Nicht die geringste. Aber in Simon steckte eben auch ein Mann. Sie wusste, sie würde das Feuer, das in ihm flackerte, gelegentlich nähren müssen, wenn sie weiter auf ihn zählen wollte. Welchen Sinn hatte es, seine Hoffnungen vorzeitig zu zerstören?

Also spielte sie mit.

Eine Umarmung hier, ein Kuss auf die Wange da. Gestern Abend war sie in schwarzen Dessous durchs Haus gelaufen, angeblich auf der Suche nach einem Badetuch. Simons Augen hatten geglänzt wie Christbaumkugeln.

Jetzt also ein dunkles Kino und vermutlich ein Partnersitz ohne Armlehne, dicht aneinandergelehnt, mit seinem kitzelnden Atem an ihrem Ohr. Nun gut, wenn es ihrer Tarnung diente.

»Oh ja, warum nicht?«, hörte sie sich begeistert rufen.

Ihren wichtigsten Aktivposten musste sie sorgsam behandeln, zumal der zweite und dritte Teil ihres Auftrages noch bevorstanden. Leider gab es keinen Zweifel, dass Simon schon in wenigen Tagen zu einer Belastung werden würde. Die gemeinsame Zukunft, von der er längst träumte, gab es natürlich nicht. Sobald der Job erledigt war, würde sie verschwinden, spurlos, wie immer. Zurück in Hamburg würde Simon nicht nur an seinem zerbrochenen Herzen leiden, sondern vielleicht anfangen, sich Gedanken zu machen. Womöglich würde er anderen von seinem Abenteuer mit dem mysteriösen Mädchen ohne Haare erzählen.

Das, mein lieber Simon, kann ich leider nicht zulassen.

# 15

»Herzlich willkommen im Windwood!« Walter, der Concierge, schenkte den beiden Frauen ein strahlendes Lächeln.

Kerstin Gruber und Nora Rottmann waren nicht nur die Ehefrauen einflussreicher Politiker, sondern gehörten auch zu den Stammgästen des Hotels. Das bedeutete, dass sie das Ticket für die Champagner-Vorzugsbehandlung in zweifacher Hinsicht besaßen. Galant plaudernd reichte Walter ihnen die Gläser. Natürlich drehte sich das Gespräch um den Vorfall am Montag. Inzwischen hatte der Concierge eine gewisse Routine im Beschwichtigen entwickelt.

»Eine schreckliche Sache, Frau Rottmann, in der Tat ... Ja, die Polizei arbeitet mit Hochdruck an der Aufklärung ... Nein, hier im Hotel geht alles wieder seinen geregelten Gang ... Wünschen die Damen vielleicht noch etwas Champagner?«

»Ich hoffe, es sind keine Journalisten mehr da«, sagte Kerstin Gruber mit leicht näselnder Stimme.

Der Concierge bedachte sie mit einem unauffälligen Blick. Obgleich Nora und Kerstin eineiige Zwillinge waren, gab es zwischen ihnen doch Unterschiede, die mit zunehmendem Alter immer stärker zutage traten. Kerstin Gruber fehlte vor allem die Anmut ihrer Schwester. Gewiss, sie wusste sich zu kleiden und hatte als Frau eines Politikers gelernt, offizielle Termine souverän zu absolvieren. Aber ihre Züge waren etwas zu herb, ihre Mundwinkel eine Spur zu hart. Außerdem hatte sie einen breiten, geschäftigen Männergang, weshalb sie selbst im teuersten Kostüm irgendwie immer an eine Kolchose-Bäuerin erinnerte.

Für die Karriere von Axel Gruber war das nicht unbedingt von Nachteil gewesen. Die Wähler mochten seine Frau, ihre Natürlichkeit, wie sie es nannten. Und Kerstin genoss es über alle Maßen, an der Seite ihres einflussreichen Gatten zu stehen, wenn symbolische Schlüssel überreicht oder rote Bänder durchgeschnitten wurden. Fast wöchentlich fand man das Ehepaar Gruber in der Lokalzeitung, ganz egal, ob irgendwo Fasching gefeiert wurde, ein Brauhaus zum Labskaus-Essen einlud oder ein Prominentenkochabend stattfand. Und stets war Kerstin adrett frisiert und elegant gekleidet. Doch wer die beiden Schwestern nebeneinander sah, musste einräumen, dass Nora die Gefälligere war.

»Die Journalisten? Ja, die sind längst wieder weg«, antwortete Walter. »Wussten Sie übrigens, dass wir seit einigen Monaten ein neues Restaurant haben?« Er war bemüht, das Gespräch in unverfänglichere Bahnen zu lenken. »Das Castello im Südflügel. Der Koch stammt aus Rom und ist ein Meister seines Fachs. Seine Spaghetti alla carbonara sind unübertroffen.«

»Klingt vielversprechend«, sagte Kerstin.

»Hier ist wieder einiges los, hm?«, fragte Nora, den Blick in die Lobby gerichtet, in der reges Treiben herrschte.

Walter nickte. »Sie wissen ja, wie das im Dezember bei uns ist. Aber im Spa-Bereich haben Sie vormittags Ihre Ruhe«, fügte er hinzu, da er um die Gewohnheiten der beiden Frauen wusste. »Ihre Massagetermine sind alle bestätigt.«

»Sehr schön.« Nora nahm einen Schluck Champagner. »Vielen Dank.«

Dann wandte sie sich Kerstin zu. »Wollen wir unsere Suite beziehen und dann gleich aufbrechen? Ich habe schrecklichen Hunger.« Es war eine Art Ritual der Schwestern, ihre Urlaube in Binz mit einem Spaziergang zur Fischräucherei Huse am östlichen Ende der Strandpromenade beginnen zu lassen.

Sie dankten Walter und schlenderten zum Aufzug.

»Was ist es eigentlich, das du mit mir besprechen willst?«, fragte Nora, als sie nach oben fuhren. »Vielleicht können wir das ja unterwegs machen.«

»Nein, ich fürchte, dafür brauchen wir ein wenig mehr Ruhe.« Kerstin prüfte im Spiegel ihre Haare. »Außerdem muss ich dir etwas zeigen. Heute Abend nach dem Essen, einverstanden?«

## 16

Der Miami International Airport glich einem lärmenden Basar. Braungebrannte Urlauber bevölkerten in langen Reihen die Check-in-Schalter der Fluggesellschaften, um zurück in die Heimat zu fliegen.

Manja Koeberlin kam vom Lufthansa-Counter zurück, mit einer ledernen Umhängetasche über der Schulter und ihrem Ticket in der Hand. »Wollen wir noch was trinken?«

Luisa blickte sich unschlüssig um. »Dort hinten vielleicht«, meinte sie missmutig.

Sie gingen zu einem etwas abseits gelegenen Diner mit mehreren Tresen und hohen Hockern. Aus einem Lautsprecher plärrte ein Countrysänger. Sie suchten sich einen Platz am Ende des Restaurants, wo sie ungestört waren, und bestellten überteuertes Mineralwasser.

Luisa saß wie ein Häufchen Elend vor ihrem Glas, mit geröteten Augen, den Blick unverwandt auf Manja gerichtet. »Ich weiß nicht, wie ich es hier aushalten soll ohne dich. Du fehlst mir jetzt schon.«

Manja griff nach ihrer Hand. »Frag mich mal«, murmelte sie. »Du kannst immerhin hier im Paradies bleiben. Das Strandhaus, unser Bett vor dem Fenster, der Blick aufs Meer – von der Erinnerung daran muss ich in den nächsten Monaten zehren.«

»*Monaten*?« Luisa sah sie entgeistert an. »Bisher war von Wochen die Rede.«

»Keine Ahnung, wie lange es dauert.« Manja zuckte unwirsch mit den Schultern. »Wochen, Monate, wer weiß das schon. Lass uns doch vorläufig mal Weihnachten ins Auge fassen, hm? Weihnachten will ich in jedem Fall hier verbringen.«

»Bis Weihnachten ist es noch eine Ewigkeit.«

»Zehn Tage.« Manja wies auf eine Tafel mit Kreideaufschrift. »Magst du ein Shrimp-Sandwich?«

»Nein, zum Teufel«, erwiderte Luisa störrisch. »Ich will wissen, wieso du mich hier allein lässt.«

»Das haben wir doch jetzt hundert Mal besprochen. Ich weiß nicht, wie Kolbe das mit Dominiks Fotos damals gedreht hat. Aber eins steht fest: Dafür schulde ich ihm nicht weniger als lebenslange Dankbarkeit.«

Luisa nickte mit zusammengepressten Lippen. »Es ist nur ...« In ihren Augen glitzerten Tränen.

Manja kratzte mit dem Fingernagel nachdenklich am Etikett der Wasserflasche. Die Sache mit Dominik Winter gehörte zu den vielen Tiefpunkten des Verfahrens gegen Petras Valkunas. Winter, der smarte Rechtsanwalt, war der Verteidiger des Litauers gewesen.

Und viele Jahre vorher Manjas große Liebe.

Der erste Mann, der sie gefangen genommen hatte. Der ihr gezeigt hatte, was Glück bedeutete. Damals, während des Studiums, hatte sie ihn förmlich geatmet. Die Art, wie sie einander brauchten, nicht ohne den anderen sein konnten, war ihr nur natürlich erschienen. Das Universum entfaltete sich eben genau so, wie es sollte. Dieser Gedanke hatte dann zwei Jahre später ihren Schmerz gelindert, als Dominik beschloss, an die Universität Osnabrück zu wechseln, um sich auf Wirtschaftsstrafrecht zu spezialisieren. Manja ließ ihn gehen, auch aus ihrem Leben, weil ihr das Glück ihrer gemeinsamen Zeit zu wertvoll war, um es durch eine Fernbeziehung zu trüben. Schnell verloren sie sich aus den Augen.

Bis zum Valkunas-Prozess.

Als Dominik vor dem ersten Verhandlungstag nach Dresden kam, feierten er und Manja ihr Wiedersehen. In einer noblen Hotelsuite, mit viel Champagner und noch mehr Herzklopfen. Ihr war vorher klar gewesen, wie dieser Abend verlaufen würde. Ganz und gar unprofessionell nämlich. Aber voller Leidenschaft und bedingungsloser Hingabe.

Das hatte Manja jedenfalls gedacht. Doch dann tauchten plötzlich Fotos auf. Zuerst bei der Staatsanwaltschaft, später in den Händen eines schmierigen Journalisten. Intime, entblößende Fotos. Noch nie hatte Manja sich so erniedrigt gefühlt. Irgendwie hatte es ihr Chef geschafft, eine Veröffentlichung der Bilder zu verhindern. Manja würde ihm das nie vergessen. Und wenn dieser Mast die Sache jetzt ins Spiel brachte und sie um einen Gefallen bat, hatte sie keine andere Wahl.

»Weihnachten«, wiederholte Manja. »Dann bin ich wieder da. Zumindest vorübergehend.«

»Wieso glaubt dieser Staatsanwalt eigentlich, dass du ihm helfen kannst?«

»Das Opfer ist ein russischer Richter, mit dem ich mal zu tun hatte. Wladimir Kirijenko.«

»Hast du gegen ihn ermittelt?«

Manja griff nach ihrem Mineralwasser und nickte. »Zusammen mit einer Kollegin aus Moskau. Ein deutsch-russischer Fall, wenn du so willst.«

»Um was ging es denn?«

»Kirijenko war durch und durch korrupt. Wer genügend Geld auf den Tisch legte, bekam bei ihm das Urteil, das er wollte. Vor ein paar Jahren plante die Betreibergesellschaft des Saxonia Resort …«

»Dieses Nobelhotel neben der Wettiner Residenz?«

»Genau. Die wollten ein zweites Hotel in Moskau bauen. Es gab Streit um das Baugrundstück, die Sache landete vor dem Obersten Gericht. Angeblich wurde Kirijenko von Saxonia Resort mit drei Millionen Euro geschmiert. Die Sache ist aber im Sande verlaufen.«

»Das ist doch meistens so.« Luisa zuckte die Schultern. Beim LKA war sie Expertin für internationalen Zigarettenschmuggel gewesen. Sie kannte das mühsame Geschäft der Ermittler, wenn es um grenzüberschreitende Wirtschaftsdelikte ging. »Und dieser Staatsanwalt in Stralsund glaubt, dass Kirijenkos Tod etwas mit seinen illegalen Geschäften zu tun hat?«

Manja verzog den Mund. »Ich vermute eher, er stochert im Nebel und greift nach allem, was wie ein Strohhalm aussieht.«

Eine Weile schwiegen sie.

Dann sah Luisa sie ernst an. »Versprich mir, dass du Weihnachten wieder da bist. Das hier ist kein Paradies ohne dich, Manja. Es ist nicht einmal eine Andeutung davon. Ich weiß jetzt schon, dass mich unser leeres Haus verrückt machen wird.«

# 17

Axel Gruber träumte. Es war einer dieser herrlichen Morgenträume, die man im Halbschlaf erlebte. Er räkelte sich wohlig in der seidenen Bettwäsche, während ihn sein Traum auf den ältesten und ungewöhnlichsten Golfplatz der Welt führte, den malerischen Old Course in St. Andrews an der schottischen Nordseeküste. Gruber, der begeisterte Hobbygolfer, stand gerade auf dem achtzehnten Grün und genoss die einzigartige Umgebung.

In seinem Unterbewusstsein hörte der Abgeordnete ein schwaches Schaben, so als werde etwas unter der Eingangstür hindurchgeschoben. Es war ein gedämpftes, kaum wahrnehmbares Geräusch, diskret wie alles im exklusiven Renaissance Phuket Resort. Aber eines, das nicht zur morgendlichen Routine des Hotels passte, zum Klappern der Servierwagen, den gedämpften Schritten des Personals und dem Zischen der Bewässerungsanlage draußen im Garten.

War das vielleicht die Herald Tribune? Die englischsprachige Tageszeitung wurde sonst stets vor der Tür abgelegt. Wieso heute nicht? Gruber beschäftigte sich kurz mit dieser Frage, aber die Verlockungen Schottlands erwiesen sich letztlich als stärker. Schon bald war er wieder inmitten der Idylle von St. Andrews.

Erst viel später, kurz vor acht, stand er auf.

Er schlurfte in den Wohnbereich seiner Suite. Sein Blick fiel auf den dunklen Teakholzboden. Keine Herald Tribune. Dafür lag direkt an der Tür ein gestärkter Umschlag mit dem Logo des Hotels. Gruber hob ihn auf. Im Bad ließ er heißes Wasser in die Wanne. Anschließend bestellte er beim Zimmerservice sein übliches Frühstück mit der Anweisung, es im Wohnbereich abzustellen.

Erst als er in der Wanne saß, widmete er sich dem Umschlag. Er enthielt drei DIN-A4-Seiten, die per Fax aus Deutschland übermittelt worden waren. Der Kennung zufolge stammten sie aus dem Wahlkreisbüro Toni Hillig, MdL. Auf allen Blättern fanden sich Zeitungsausschnitte, einer aus der Morgenpost, der zweite aus der Bild, der dritte aus der Ostsee-Zeitung. Die Schlagzeilen variierten leicht, liefen im Grunde aber auf das Gleiche hinaus: Polizei fahndet nach Bauunternehmer Fuchs.

Mit großem Vergnügen las Gruber, dass das Amtsgericht Stralsund Haftbefehl gegen Fuchs erlassen hatte. Offenbar hatte sich der Richter der Sichtweise der Staatsanwaltschaft angeschlossen. Das Feuer, das die »Villa Fuchs« komplett zerstört hatte, war absichtlich gelegt worden. Und als Kandidat hierfür kam nun einmal vor allem der finanziell angeschlagene Eigentümer in Betracht.

Mysteriöserweise war es der Polizei jedoch nicht gelungen, ihn festzunehmen. Fuchs, der nach dem Brand eine Wohnung in der Altstadt gemietet hatte, war spurlos verschwunden. Weder seine Exfrau noch die Leute in seiner Firma wussten Näheres. In der Wohnung hatte alles nach einem überhasteten Aufbruch ausgesehen. Eine geöffnete Flasche Wein, Wasser in der Badewanne, ein laufender Fernseher. Die Polizei ging davon aus, dass Fuchs vor der drohenden Verhaftung gewarnt worden war. Plötzlich hatte Stralsund seinen eigenen Justizskandal. In den beteiligten Behörden hatte bereits eine fieberhafte Suche nach dem Maulwurf begonnen.

»Ich denke, da könnte ich euch weiterhelfen«, grinste Gruber und ließ sich noch etwas tiefer ins Wasser gleiten.

Nach dem heißen Bad nahm er eine kalte Dusche. Dann zog er sich den weichen Bademantel über, der vom Hotel zur Verfügung gestellt wurde, und ging zurück ins Wohnzimmer.

Heute war sein letzter Tag auf Phuket.

Am Sonntag reiste die Abgeordnetengruppe zurück nach Deutschland. Gruber zog in Erwägung, Rückenschmerzen vorzutäuschen und sich ein Upgrade in die First Class zu gönnen. Das würde den langen Flug ein wenig angenehmer machen. Heißhungrig fiel er über sein Frühstück her, das aus Eiern und Speck bestand, aus frischen Waffeln, Crêpes, Grapefruitsaft und einem Teller Melonenscheiben. Er aß mit dem Appetit eines Mannes, der mit sich und seiner Welt gänzlich im Reinen war.

# 18

Juli stand vor dem Spiegel und betrachtete ihren Kopf. Nein, sie hatte keine Chemotherapie hinter sich. Und sie hatte ihre Haare auch nicht abrasiert. Die Ärzte nannten es Alopecia congenita. Angeborene Haarlosigkeit.

Als Kind hatte sie das zur Außenseiterin gemacht. Nicht, dass dafür ein kahler Kopf nötig gewesen wäre. Ein Mädchen aus dem tiefsten Ruhrgebiet, das in Marseille aufwuchs, anfangs ohne ein einziges Wort Französisch und später mit einem Akzent, der so zähflüssig war wie Ahornsirup, das fügte sich ebenso gut ein wie eine zarte weiße Taube in eine Schar gehässiger Aaskrähen.

Ihre Mutter, eine Lehrerin, stammte aus Herne. Sie hatte am Gymnasium Mathematik und Englisch unterrichtet. Während einer Studienreise nach London hatte sie einen Kollegen aus Marseille kennengelernt, mit dem sie nicht nur Vokabeln austauschte. Leider war Monsieur Bellone verheiratet, und Juli wuchs zunächst im Ruhrgebiet auf. Irgendwann verspürte Monsieur Bellone jedoch das dringende Gefühl, sich um seine deutsche Familie kümmern zu müssen. Er ließ sich scheiden und redete so lange auf Julis Mutter ein, bis sie zu ihm zog.

Für Juli, gerade zehn geworden, begann das Leben wieder bei null. In Herne hatten sich die meisten an ihren kahlen Kopf gewöhnt. Nicht, dass er ihr deshalb keinen Spott eingebracht hätte. Kinder waren grausam, in jedem Land und in jeder Stadt. Aber in ihrem Viertel hatte Juli von Geburt an dazugehört. In Marseille war sie eine Fremde. Anfangs verstand sie nicht einmal, was die anderen Kinder sagten. Aber dem hämischen Lachen nach zu urteilen, sprachen sie meistens über sie. »Boule de billard« war eine der ersten französischen Redewendungen, die sie lernte.

Glatzkopf.

Ihre Herkunft und ihr Aussehen machten sie zur Lieblingszielscheibe der verschworenen Cliquen an der Schule. Juli hörte schon bald auf zu zählen, wie oft sie ihr Essensgeld abliefern musste. Wie oft ihre Hausaufgaben verschwanden. Wie oft sie auf dem Schulhof getreten und gestoßen wurde. Einmal zwang eine Horde johlender Mädchen sie sogar, Urin zu trinken. Es schien keinem Lehrer aufzufallen, dass sie bei Gruppenarbeiten immer allein saß. Dass die anderen, wenn sie im Unterricht etwas sagen wollte, lachten, höhnten und sie beleidigten.

Später, als Mobbing und Schikanen längst zu einem festen Teil ihres Alltags geworden waren, hatte Juli begonnen, sich mit Kun-Tai-Ko zu beschäftigen, einer Mischung asiatischer Kampfsportarten. Dreimal pro Woche ging sie zum Training. Egal, ob es in Strömen regnete oder gerade das neueste Buch ihrer Lieblingsautorin auf dem Nachttisch lag. Block-, Schlag- und Stoßtechniken, Würfe und Kickboxen waren plötzlich sogar wichtiger als ihre Hausaufgaben.

Einen Tag nach ihrem vierzehnten Geburtstag, brachte sie endlich den Mut auf, ihr Können anzuwenden.

Die Jungs hießen Eric und Laurent. Pickliger, asozialer Abschaum aus der Parallelklasse. Ihre grell geschminkten Freundinnen standen ihnen in Sachen Bösartigkeit in nichts nach. Nach dem Unterricht wollten die vier mit dem üblichen Ritual beginnen. Sie nahmen Juli die Schultasche weg und warfen sie sich zu. Dann schubsten sie Juli herum, von einem zum anderen.

»Los, gib dein Geld her, Glatzkopf!«, sagte Eric.

Juli sah ihn stumm an.

Laurent versetzte ihr eine Ohrfeige. »Hörst du schlecht? Dein Geld!«

Sie flog nach hinten, gegen ein parkendes Auto. Der Seitenspiegel gab ein unangenehm knackendes Geräusch von sich.

»Oh, du hast den Wagen beschädigt«, sagte Laurent mit falschem Bedauern in der Stimme. Er trat auf sie zu. »Dafür müssen wir leider eine Gebühr verlangen.«

Jetzt!

Juli versetzte ihm einen nahezu perfekten Ap-Chagi, einen Schnapptritt, direkt in die Hoden. Es war ein vielversprechender Auftakt, denn Laurent gab einen Laut von sich, der an einen winselnden Fuchs erinnerte. In Julis Ohren war es pure Musik. Doch als sie sich seinem Kumpel zuwenden wollte, warf ihr eines der

Mädchen die Schultasche an den Kopf. Für einen Moment war Juli abgelenkt. Das genügte Eric, um ihr die Faust ins Gesicht zu knallen. Und das Knie in den Magen. Juli ging zu Boden. Alles, was sie jetzt noch tun konnte, war, sich gegen die Hiebe und Tritte zu schützen, die von allen Seiten auf sie einprasselten.

Als sie irgendwann blutend und schniefend und verdreckt nach Hause schlich, gehörte das Training der Vergangenheit an. Juli begriff, dass es keinen Sinn hatte, gegen eine Übermacht zu kämpfen. Auch nicht mit Kun-Tai-Ko. Aber das hieß nicht, dass sie ihr Leben lang ein Opfer bleiben würde.

Einige Monate später kam es am Collège Paul Gauthier im Marseiller Stadtteil Vauban zu merkwürdigen Vorfällen. Eric Blanc, ein Schüler der obersten Klasse, erlitt schwere Verätzungen, als ihm eine vermummte Gestalt aus einem geöffneten Fenster einen Becher Schwefelsäure über den Kopf goss. Kurz darauf ging es Laurent Bisson an den Kragen. Er rauchte gerade eine Zigarette hinter den Fahrradständern, als ein Molotowcocktail geflogen kam. Laurent überlebte, aber die Brandnarben an seinem Hinterkopf sahen selbst nach mehreren Operationen noch fürchterlich aus. Auch in diesem Fall kam es nie zu einer Verhaftung. Viele schoben den Algeriern die Schuld in die Schuhe. Von Drogen war die Rede und sogar von einem Bandenkrieg.

Juli wurde nie verdächtigt. Schon der Gedanke war lächerlich. Diesem kahlköpfigen Mädchen, das stets so wirkte, als rechne es damit, gleich geschlagen zu werden, traute niemand eine solche Tat zu.

Ausgeschlossen.

Die Schikanen, denen sie ausgesetzt war, hörten natürlich nicht auf. Aber die Zahl ihrer Peiniger, denen irgendein dummes Missgeschick unterlief, wuchs. Mopeds brannten lichterloh, Schultaschen wurden mit Kot gefüllt. Während des Sportunterrichts verschwanden Armbanduhren und teure Markensachen. Auf der Treppe wurde ein Mädchen so geschubst, dass sie einundzwanzig Stufen nach unten fiel. Nur knapp entging sie einer Halswirbelfraktur. Zufällig handelte es sich um Laurents frühere Freundin. Pech hatte auch das Mädchen, das bis vor Kurzem mit Eric liiert gewesen war. In einer Mittagspause griff sie nach ihrer Gatorade-Flasche. Ihr fiel nicht auf, dass der Durstlöscher irgendwie anders schmeckte als sonst. Doch kurz darauf rang sie verzweifelt nach Luft, bis sie schließlich in Ohnmacht fiel. Der herbeigerufene Arzt stellte eine metabolische Azidose fest. Irgendjemand hatte ihr Getränk mit einem Dutzend ASS-Tabletten versetzt. Das Mädchen überlebte, wurde fortan aber von Albträumen heimgesucht.

Rache nach Guerilla-Art. Sehr effektiv. Und unendlich süß.

Mit achtzehn Jahren verließ Juli Marseille. Dass sie einmal durch die Welt streifen würde, um für Geld zu töten, war damals nicht absehbar. Aber die Saat war gelegt.

## 19

Airberlin 7211 aus Miami landete pünktlich um acht Uhr in Berlin-Tegel. Manja, die im Flugzeug nie schlafen konnte, schleppte sich mit rot geäderten Augen durch die Passkontrolle. Dann holte sie ihren Koffer.

Als sie in die Ankunftshalle trat, erkannte sie Oberstaatsanwalt Mast auf Anhieb wieder. Sie schob ihren Gepäckwagen direkt auf ihn zu.

Er lächelte sie an. »Frau Koeberlin, schön, Sie zu sehen!«

Manja nickte nur.

Obwohl es Samstag war, trug Mast einen gestreiften braunen Anzug mit orangefarbener Krawatte. Im Arm hielt er einen dunklen Wintermantel. Er war makellos rasiert und schien vor Energie zu sprühen. Genauso hatte sie ihn in Erinnerung.

»Ich dachte, wenn ich Sie abhole, kann ich die Fahrt nach Binz nutzen, um Sie auf den aktuellen Stand zu bringen.«

Manja war nach dem quälend langen Flug nicht unbedingt in der Stimmung für eine Einweisung in ihr erstes Ermittlungsverfahren seit fast drei Jahren. Aber sie verstand, dass Mast die Zeit unter den Nägeln brannte.

»Gute Idee«, sagte sie mit so viel Enthusiasmus, wie sie aufbringen konnte.

Jetzt erst schien Mast zu merken, wie erschöpft sie war. »Wollen wir vorher noch irgendwo frühstücken?«, fragte er.

»Nein, es gab im Flugzeug schon etwas«, wehrte Manja ab. »Wenn wir noch einen Kaffee mitnehmen können, ist alles bestens.«

Zehn Minuten später hielt sie einen dampfenden Pappbecher in der Hand und hörte Mast zu, während sie in seinem BMW Kurs auf Rügen nahmen. Bis Binz waren es über drei Stunden, Zeit genug, in den Fall einzusteigen. Allerdings schaffte es Manja nur dank des Kaffees, die Augen offen zu halten.

»Haben Sie Kirijenko damals eigentlich persönlich kennengelernt?«, fragte Mast, als er seine Einführung beendet hatte.

Manja nickte. »Bei einer Vernehmung.«

»Wie haben Sie ihn erlebt?«

Sie überlegte einen Moment. »Eher ein unangenehmer Typ. Wulstige Lippen, kalte Fischaugen. Ihm wurde nachgesagt, ungeheuer jähzornig zu sein. Einer, der Mitarbeiter schon mal an der Krawatte zu sich heranzieht. Bei der Vernehmung ist er aber ganz anders aufgetreten. Höflich, fast schmierig. Mit einer Vorliebe für wolkige Formulierungen.«

»Er sprach deutsch?«

»Ja, sogar fließend.«

»Und in seinem Äußeren? Ein protziger Typ?«

»Würde ich nicht sagen. Aber für einen Staatsbediensteten ging es ihm zu gut. Rolex, ein maßgeschneiderter Anzug. Handgenähte Schuhe, die ihn vermutlich drei Monatsgehälter gekostet haben.«

»Was genau wurde ihm denn vorgeworfen?«

»Bestechlichkeit.« Manja rieb sich die Augen. »Das Oberste Gericht in Moskau hat damals eine Zivilklage einer russischen Hotelkette gegen ein deutsches Unternehmen verhandelt. Eine Firma aus Dresden, die Saxonia Resort Betriebsgesellschaft. Die

SRB wollte in Moskau ein Luxushotel eröffnen. Doch dann gab es Streit wegen des Baugrundstücks. Die Sache landete auf dem Schreibtisch von Richter Kirijenko. Zwei Wochen vor der Urteilsverkündung bekamen wir einen anonymen Tipp.«

»Lassen Sie mich raten. Die SRB hat Kirijenko gekauft.«

»Exakt. Und es wurde noch besser. Als Vermittler zwischen der SRB und Kirijenko fungierte angeblich Petras Valkunas.«

»Der berüchtigte Litauer.«

»Zu jener Zeit so etwas wie der unumstrittene König der Dresdner Unterwelt. Die Geschichte war durchaus stimmig, denn er hatte zuvor viele Jahre in Moskau gelebt. Möglich, dass er und dieser Richter sich kannten. Damals ermittelte ich schon seit geraumer Zeit gegen Valkunas, kam aber einfach nicht an ihn ran. Plötzlich witterte ich die Chance, ihn bei einem krummen Deal auf frischer Tat zu erwischen.«

»Und Kirijenko?«

»Wir leiteten den Tipp natürlich umgehend an die russischen Kollegen weiter. Am nächsten Tag rief mich eine Moskauer Staatsanwältin an und fragte, ob wir in der Sache nicht zusammenarbeiten könnten. Mir war das recht. Von dem anonymen Tippgeber hatten wir erfahren, dass Kirijenko für eine Abweisung der Klage drei Millionen Euro in Diamanten forderte. Die Steine sollten in Dresden übergeben werden. Ich musste unseren Informanten nur noch dazu bekommen, uns Ort und Zeit der Transaktion mitzuteilen. Dann hätte ich mir Valkunas und die Typen von SRB geschnappt und meiner russischen Kollegin diesen Kirijenko auf einem Silbertablett serviert.«

»Hat aber nicht geklappt, oder?«

»Nein.« Manja seufzte. »Dabei sah es zunächst ziemlich gut aus. Ich hatte nämlich das Gefühl, dass unser anonymer Tippgeber extrem daran interessiert war, alle Beteiligten im Gefängnis zu sehen. Also sagte ich ihm, er müsse sich offenbaren und als Zeuge zur Verfügung stehen. Nur so sei gewährleistet, dass wir die Beschuldigten wirklich aus dem Verkehr ziehen könnten. Irgendwann hatte ich ihn so weit. Er wollte uns seine Identität verraten und eine umfassende Aussage machen.«

»Wer war der Informant denn?«

»Jörg Wendt, ein Vizedirektor des Saxonia Resort. Ich glaube, er wollte den Chefsessel übernehmen und hat deshalb beschlossen, seinen Vorgesetzten anzuschwärzen. Aber ich sah keinen Anlass, einem geschenkten Gaul ins Maul zu schauen. Wie dem auch sei, zu einer Vernehmung ist es leider nie gekommen. Kurz bevor ich im Hotel eintraf, um Burows Aussage aufzunehmen, wurde er erschossen.«

»Wie bitte?« Mast warf ihr einen ungläubigen Blick zu.

»Ein Kopfschuss aus einer Beretta 950. Wir haben ihn in seinem Büro gefunden.«

»Verdächtige?«

»Kein einziger. Der Täter war wie ein Geist, der erschien, zuschlug und dann wieder verschwand. Und Kirijenko hat sich noch einen Spaß daraus gemacht, uns zu verhöhnen. Exakt zum Zeitpunkt des Mordes absolvierte er einen Höflichkeitsbesuch beim Präsidenten des Oberlandesgerichts.«

Mast grinste. »Das nenne ich ein Alibi. Irgendwelche Spuren?«

»Nein, nichts. Kurz nach der Tat gab es in unmittelbarer Nähe des Hotels eine merkwürdige Auseinandersetzung zwischen einer kahlköpfigen Frau und drei bewaffneten Männern. Eine versuchte Entführung oder eine Prügelei, so ganz war das nicht auszumachen. Zeugenaussagen zufolge sahen die Angreifer aus wie Osteuropäer. Einige behaupteten sogar, sie hätten russisch gesprochen. Aber wir haben weder sie noch die Frau jemals gefunden. Eine Verbindung zwischen Kirijenko und dem Mord war nicht herzustellen. Damit brach der Fall in sich zusammen. Und in meinen Ermittlungen gegen Valkunas war ich keinen Schritt weiter.«

»Aber ein Jahr später haben Sie ihn zur Strecke gebracht.«

»Wenn Sie es so nennen wollen.« Manja verzog den Mund bei der Erinnerung an die dunkelsten Wochen ihres Lebens.

»Was ist aus der Klage in Moskau geworden?«

»Die wurde abgewiesen. Das Hotel konnte gebaut werden.«

»Mit anderen Worten, Kirijenko hat die Diamanten bekommen.«

»Höchstwahrscheinlich. Doch die Kollegin in Moskau hatte nichts gegen ihn in der Hand. Das Ermittlungsverfahren wurde eingestellt.« Manja sah Mast an. »Aber diese Geschichte ist Schnee von gestern. Valkunas ist tot. Kirijenko ist tot. Burow ist tot. Wieso glauben Sie, dass ich Ihnen bei Ihrem Fall in Binz helfen kann?«

»Sie haben sich damals mit Kirijenko beschäftigt. Sie wissen, wie er getickt hat. Mit diesem Hintergrund fallen Ihnen vielleicht Verbindungen ins Auge, die uns bisher entgangen sind. Ihre damalige Akte müssen Sie sich unbedingt noch einmal ansehen. Dresden hat sie uns bereits geschickt. Und zum Warmwerden habe ich auch schon einen Auftrag für Sie. Kirijenko hatte vor seinem Tod Besuch von einem Callgirl. Ich will, dass Sie mit dem Mädchen reden.«

»Ist sie eine Verdächtige?«

»Bislang nicht. Wir haben sie als Zeugin vernommen. Was sie sagte, war stimmig. Hinweise, die darauf hindeuten, sie sei an dem Mord irgendwie beteiligt gewesen, gibt es nicht. Sprechen Sie trotzdem noch einmal mit ihr.«

Manja sah aus dem Fenster. Draußen flogen schneebedeckte Felder vorbei. Dicke Flocken wehten gegen die Windschutzscheibe. Obwohl Mast die Heizung aufgedreht hatte, fröstelte Manja in ihrem dünnen Mantel. Als Erstes würde sie sich ein paar neue Sachen kaufen müssen. Mit einem Mal wurde sie von ihrer Müdigkeit übermannt. Sie verstaute den leeren Kaffeebecher im Seitenfach der Tür, lehnte den Kopf zurück und schloss die Augen.

## 20

»Das Feuer ist in der Werkstatt im Keller ausgebrochen, sagen die Experten. Unter Einsatz eines Brandbeschleunigers.« Jürgen Fuchs biss in seine Bratwurst. »Außerdem meint dieser Schnüffler von Staatsanwalt, dass ich auf die Mitteilung von dem Feuer durch die Polizei viel zu teilnahmslos reagiert hätte. Das alles spräche für Brandstiftung. So hat er es jedenfalls meinem Anwalt erzählt.«

Peter Rottmann, der auf der Sitzbank vor ihm saß, hielt einen Becher Glühwein in der Hand. Er nickte, den Kopf nach hinten zu Fuchs gewandt.

Ihr Treffen fand unter konspirativen Umständen statt, in Rostock, in einer kleinen Seitenstraße ganz in der Nähe des Weihnachtsmarktes. Dort hatte ein Freund von Rottmann seinen VW T5 mit verdunkelten Scheiben geparkt. Der Oberbürgermeister hatte im Wagen gewartet. Fuchs war ein paar Minuten später erschienen und eingestiegen. Dann hatte Rottmanns Kumpel noch Bratwürste und Glühwein besorgt. Jetzt stand er draußen, rauchte eine Zigarette und hielt die Augen offen.

»Was hat dein Anwalt noch gesagt?«, fragte Rottmann. »Kann er mit dem Staatsanwalt einen Deal machen?«

Fuchs seufzte. »Sieht nicht gut aus. Für eine Kaution habe ich kein Geld. Und mit der Abgabe des Passes und einer regelmäßigen Meldung auf dem Polizeirevier geben die sich nicht zufrieden.«

»Wie viel Geld brauchst du?«

Fuchs winkte ab. »Lass gut sein, Peter. Ich habe dich schon viel zu sehr in die Geschichte reingezogen. Wenn rauskommt, dass wir uns hier treffen, bist du deinen Job los. So etwas überlebt politisch keiner. Nicht einmal du. Ich frage mich, ob es nicht am besten wäre, irgendwo gegen einen Brückenpfeiler zu fahren.«

»Hör auf mit dem Gejammer, Jürgen!« Rottmann sah ihn an. »Wie lange sind wir jetzt schon Freunde? Mehr als dreißig Jahre? Wir haben doch schon ganz andere Sachen durchgemacht.«

»Das ist wohl wahr.« Fuchs sah aus dem Fenster.

Während des Studiums war er mit einem amerikanischen Buch über den 17. Juni 1953 erwischt worden. Das Bezirksgericht Schwerin verurteilte ihn wegen staatsfeindlicher Hetze und Propaganda sowie konterrevolutionärer Angriffe gegen die sozialistische Ordnung der DDR zu zwei Jahren Gefängnis. Fuchs verriet nie, dass er das Buch von Peter Rottmann bekommen hatte, auch wenn ihm das einige Stunden in der Dunkelzelle und etliche Monate Haft erspart hätte.

Nach der Wende, als Fuchs sich als Bauunternehmer versuchte, war es für ihn selbstredend kein Nachteil, dass sein Freund in Stralsund inzwischen an den Hebeln der Macht saß. Die JF Hoch- und Tiefbau GmbH kam bei städtischen Aufträgen erstaunlich oft zum Zuge. Es gab nie einen Hinweis auf Korruption oder irgendwelche unlauteren Machenschaften, obwohl bei der Staatsanwaltschaft so manche anonyme Anzeige einging. Rottmann konnte seine Entscheidungen stets überzeugend begründen.

Leider genügte auch diese Protektion auf Dauer nicht, um die JF Hoch- und Tiefbau am Leben zu erhalten. Fuchs war zu sehr Ingenieur und zu wenig Kaufmann. Als er herausfand, dass sein Prokurist jahrelang in die eigene Tasche gewirtschaftet hatte, stand ihm das Wasser schon bis zum Hals. Fuchs konnte seine Leute nicht mehr pünktlich bezahlen und geriet mit den Raten für Fahrzeuge und Maschinen in Verzug. Zuletzt hatten immer wieder Gerüchte über eine bevorstehende Pleite der Firma die Runde gemacht. Die Staatsanwaltschaft ermittelte bereits wegen Insolvenzverschleppung.

Und nun kam auch noch der Brand hinzu.

Vor drei Wochen war in der pompösen Villa von Fuchs ein Feuer ausgebrochen. Der Gesamtschaden betrug 1,5 Millionen Euro. Fuchs lebte seit seiner Scheidung allein, und an dem Abend war er angeblich in Rostock im Theater gewesen. Er hatte sogar eine Eintrittskarte. Dummerweise konnte sich niemand daran erinnern, ihn dort gesehen zu haben.

Die Luft wurde dünn für Jürgen Fuchs. Für die Justiz war er längst kein unbeschriebenes Blatt mehr. Die Polizei hatte ihn in den vergangenen Jahren zweimal angetrunken am Steuer erwischt. Beim zweiten Mal hatte er einen am Straßenrand parkenden Bagger gerammt und eine Bewährungsstrafe kassiert. Wenn die Richter daran glaubten, dass er seine Villa angezündet hatte, um die Versicherungssumme zu kassieren, würden sie ihn diesmal vermutlich einsperren. Doch Fuchs wusste, dass er das nicht überstehen würde. Auf keinen Fall würde er noch einmal ins Gefängnis gehen.

»Wie viel?«, fragte Rottmann erneut.

Fuchs blies die Wagen auf. »Ich vermute, um die hunderttausend. Das Problem ist: Selbst wenn der Haftbefehl außer Vollzug gesetzt wird, gibt es doch irgendwann eine Verhandlung. Und ein Urteil.«

Rottmann, der Pragmatiker, nickte. »Vielleicht lässt sich ja auch da eine Absprache treffen. Zwei Jahre mit Bewährung gegen ein umfassendes Geständnis. Soll ich mal mit dem Leiter der Staatsanwaltschaft reden?«

Fuchs stippte seine Bratwurst in den Senf und biss ab. »Heikle Sache, findest du nicht? Für dich, meine ich.«

»Na ja, Axel Gruber sollte lieber nichts davon erfahren.« Rottmann lachte freudlos. Es klang wie ein kratzendes Bellen.

»Wie gut kennst du diesen Staatsanwalt?«

»Mast? So lala. Lions Club, Justizstammtisch, solche Gelegenheiten. Freunde sind wir nicht.«

»Und er schuldet dir auch keinen Gefallen?«

Der Oberbürgermeister schüttelte den Kopf.

Eine Weile schwiegen die beiden Männer, kauten, tranken und dachten nach. Rottmann griff nach dem letzten Stück seiner Bratwurst, schob es in den Mund und wischte sich die Finger an einer Papierserviette ab. »Am besten, du hältst erst mal weiter den Kopf unten«, sagte er zu Fuchs. »Ich werde ein paar Erkundigungen einziehen. Irgendeiner in Stralsund muss ja einen Draht zu Mast haben. Einer, bei dem ich noch was gut habe. Wir finden eine Lösung, Jürgen.«

Fuchs nickte, nun ein klein wenig zuversichtlicher. »Danke, Peter.«

## 21

Tino Rücker hatte sich extra rasiert für seine Verabredung. Eigentlich war es ja gar keine, jedenfalls keine richtige. Dennoch spürte er kribbelnde Vorfreude. Nach einem ausgiebigen Mittagessen im Castello hatte er lang und heiß geduscht, die Haare gewaschen und ein frisches Hemd angezogen. Dazu die neue blaue Cordhose, die er gestern in einem Tom-Taylor-Laden auf der Hauptstraße erworben hatte. Um fünf vor zwei stand er vor dem Windwood und freute sich, weil endlich einmal die Sonne schien. Der Schnee auf den Wegen glitzerte, und ein paar kleine Flöckchen wurden wie Puderzucker durch die Luft geweht. Es war ein Tag aus dem Bilderbuch.

Vielleicht kommt sie gar nicht, dachte er.

Aber kurz nach zwei tauchte ein blauer Toyota RAV4 auf. Schneematsch spritzte zur Seite, als der Wagen neben Rücker bremste. Die Sonne spiegelte sich in der Seitenscheibe, so dass er zunächst gar nicht erkennen konnte, wer im Auto saß. Doch dann wurde die Beifahrertür aufgestoßen, und Rücker hörte jene wunderschöne helle Stimme, von der er in der letzten Nacht sogar geträumt hatte.

»Hallo, Fremder«, sagte die Frau und lächelte. Diesmal trug sie eine Fliegermütze mit Hasenfell, die ihr Gesicht vollständig einrahmte, und eine Sonnenbrille. Ihre Hände steckten in dunklen Handschuhen.

Rücker stieg ein und schnallte sich an. »Hallo«, sagte er. »Tut mir leid, dass ich mich gestern nicht mal vorgestellt habe. Ich heiße Tino Rücker.«

»Ich bin Juli«, sagte das Mädchen. »Wie der Monat. Juli Bohl.«

»Danke, dass du mich mitnimmst, Juli.«

»Keine Ursache.« Sie zeigte nach draußen, in Richtung des Hotels. »Wie gefällt es dir denn im Windwood?«

»Wunderbar. Ich habe früher nie in solchen ...« Rücker verstummte, weil ihm klar wurde, dass er sich gar keine Gedanken gemacht hatte, wie viel er von sich preisgeben wollte. Und von seinem neuen Leben. »Ich meine, ich übernachte nicht immer in so vornehmen Hotels. Aber das Windwood ist einfach ... ein Traum. Allein die Größe der Zimmer. Und dann der herrliche Blick auf die Ostsee.«

»Wohnst du ganz oben?«

»Nein, im vierten Stock. Aber das ist völlig okay. Manchmal stehe ich minutenlang auf dem Balkon, weil ich mich am Anblick des Meeres einfach nicht sattsehen kann. Es hat … so etwas Unendliches.«

»Ich habe vor zwei Jahren meine Eltern hierher eingeladen und ihnen ein Wochenende im Windwood geschenkt«, sagte Juli. »Sie hatten ein Zimmer direkt neben den Fahrstühlen. Das war ihnen etwas zu laut, weil nachts das Surren des Lifts zu hören war. Ich hoffe, du hattest mehr Glück?«

Rücker nickte. »Mein Zimmer ist das letzte auf dem Gang, direkt an der Ecke. Ruhiger geht's nicht. Ich habe lange nicht so gut geschlafen.«

Juli dankte ihm stillschweigend für diese Information. Während sie auf den Parkplatz Klünderberg einbog, sagte sie zu Rücker: »Der Wald um das Jagdschloss Granitz ist für PKW eigentlich gesperrt. Ein Stück fahre ich trotzdem hinein, aber die letzten Meter müssen wir laufen. Das ist doch kein Problem, oder?«

»Überhaupt nicht.« Die Vorstellung, gemeinsam mit seiner bezaubernden Chauffeurin durch den Schnee zu stapfen, gefiel Rücker sogar ungemein.

Juli hatte sich am Vortag sämtliche Zufahrtswege angesehen. Am Ende der Granitzer Straße versperrte ein Poller die Einfahrt, der von den Angestellten des Schlossmuseums mit Hilfe einer elektronischen Codekarte passiert werden konnte. Es wäre leicht für sie gewesen, sich eine zu beschaffen, aber Juli hatte davon abgesehen, weil sich dieser Weg ohnehin nicht für ihre Zwecke eignete. Die letzten Häuser des Ortes waren nicht weit genug entfernt. Außerdem gab es zu wenige Seitenpfade und zu viele junge Buchen, die einen allzu freien Blick erlaubten. Wirklich ungestört wäre sie hier nicht. Unmittelbar hinter dem Parkplatz Klünderberg begann indes ein Weg, der breit genug war für ein Auto und sie ein ganzes Stück hinter das Schloss führte. Dort gab es Mischwald mit dichtem Unterholz und verschwiegenen Routen, die gerade im Winter kaum genutzt wurden. Ihrem Beifahrer würde der Umstand, dass sie einen unnötigen Bogen fuhren, nicht auffallen.

Nach etwa drei Kilometern erreichten sie die Kreuzeiche, einen bekannten Gabelungspunkt, an dem sich diverse Wegweiser und ein einfaches Rasthäuschen befanden. Fußgänger waren keine zu sehen, obgleich auch der Aufgang von der Teufelsschlucht hier vorbeiführte. Juli bog nach rechts ab und ein paar hundert Meter später nach links, diesmal auf einen schmaleren Weg, auf dem unberührter Schnee lag. Knirschend mahlten sich die Räder des Toyotas durch die weiße Masse, vorbei an altersschwachen Fichten und an mächtigen Buchen mit kahlen, wie in Zuckerguss getauchten Kronen. Sie erreichten eine Ruine, einen ehemaligen Schuppen aus Sandstein. Das Dach fehlte.

»Hier parken wir«, sagte Juli. »Komm!« Sie stieg aus.

Rücker tat es ihr gleich. Tief atmete er ein, während er sich umsah, die Hände in den Taschen seines blauen Jack-Wolfskin-Anoraks vergraben. »Die Luft ist einfach herrlich«, sagte er.

Juli antwortete nicht. Stattdessen öffnete sie die Hecktür des Toyotas und trat ein paar Schritte zurück. Unauffällig sah sie nach links und rechts. Sie waren mutterseelenallein. Zwar musste sie mit Fußgängern rechnen, die zum Schloss liefen. Aber die Ruine war weit genug vom Weg entfernt. Zudem schirmten die Bäume und Sträucher sie vor neugierigen Blicken ab. Langsam öffnete Juli den Reißverschluss ihres Overalls. Darunter kam ein schwarzer Fleecepullover zum Vorschein.

»Wenn ich es mir recht überlege, Tino, wirst du dir das Schloss doch nicht ansehen können.« Ihre Stimme hatte jetzt nichts Helles, Leichtes mehr, im Gegenteil, sie war kalt und geschäftlich.

Rücker blinzelte irritiert. »Was?« Mit dem natürlichen Instinkt eines Mannes vom Land erkannte er, dass ihm Gefahr drohte. Aber es war zu spät.

Juli griff unter ihren Overall und hielt plötzlich eine Pistole in der Hand, eine schwarze SIG Sauer mit Schalldämpfer. »Es tut mir leid, aber dein Urlaub ist zu Ende.« Mit diesen Worten feuerte sie zweimal.

Rücker taumelte nach hinten, stolperte und fiel in den Schneematsch, fassungsloses, ungläubiges Entsetzen in seinem Blick. Pfeifend und Blut hustend rang er nach Luft. Er konnte einfach nicht glauben, was hier gerade geschah. Was *ihm* gerade geschah.

Es war einfach ... unbegreiflich. Er hatte doch niemandem etwas getan. Er kannte die Frau gar nicht, die da vor ihm stand, hatte sie bis gestern nie gesehen. Und sie konnte ihn nicht kennen. Konnte nicht wissen, dass er seit kurzem Millionär war. Und selbst wenn, würde es ihr nichts nützen. Er hatte keine hundert Euro bei sich.

Wieso? Wieso musste er sterben?

Juli beobachtete seinen Todeskampf, sah, wie er sich eine Hand auf die Brust drückte, dort, wo die Kugeln ihn getroffen hatten. Blut lief aus seinem Mund.

»Wieso?«, brachte er mühsam hervor.

Sie gab ihm keine Antwort. Was hätte sie ihm auch sagen sollen? Dass er einfach Pech gehabt hatte? Das Pech, zur falschen Zeit am falschen Ort gewesen zu sein?

Als Rücker tot war, steckte Juli die Pistole wieder ein. Sie überzeugte sich, dass noch immer niemand in der Nähe war. Dann machte sie sich ans Werk.

Mit einiger Anstrengung hievte sie den toten Rücker in den Laderaum des RAV4. Systematisch durchsuchte sie seine Taschen. In der Geldbörse fand sie das Objekt ihrer Begierde – die elegante weiße Magnetkarte mit dem Logo des Windwood. Die Brieftasche stopfte sie zurück in Rückers Anorak. Sie hatte nicht die Absicht, die spätere Identifizierung des Toten zu erschweren.

Juli zog einen luftdichten Sack aus Plastik über die Leiche, verschnürte ihn sorgfältig und bedeckte zum Schluss alles mit einer grauen Plane aus Zeltstoff. Zweimal vergewisserte sie sich, dass von außen nichts zu sehen war.

Während sie den Wagen startete, dachte sie nach. Es war kurz nach halb drei. Zu früh, um ins Hotel zu fahren. Sie wollte den späten Nachmittag abwarten, wenn in der Tiefgarage und in der Lobby etwas mehr Betrieb herrschte.

# 22

Manja hatte sich ihre Unterkunft zunächst einmal von außen angesehen, vom äußersten Ende der Seebrücke. Das Windwood war ein siebenstöckiger Granitblock mit großen Fenstern und einer beeindruckenden Spiegelglasfront im Erdgeschoss. Inmitten der durchweg kleineren Bäderarchitektur-Bauten an der Strandpromenade wirkte das Hotel kühl und auf majestätische Weise elegant. Hier gab es keine verspielten Rundbogen, keine geschweiften Giebel oder Türmchen mit Jugendstilornamenten. Stattdessen bestimmten klare Linien, Licht und natürliche Materialien wie Marmor, Schiefer und Palisanderholz die Szenerie.

Nachdem Manja ihr dreißig Quadratmeter großes Zimmer im dritten Stock bezogen hatte, widerstand sie der übermächtigen Versuchung, sich auf das breite Bett sinken zu lassen. Stattdessen fuhr sie mit einem der gläsernen Aufzüge in die Lobby. Sie schaute sich die drei Restaurants an, den Shop mit Zeitungen und Souvenirs und die Patisserie, in der nachmittags Torten und Kuchen angeboten wurden. Im zweiten Stock befand sich eine Meerwasserschwimmhalle, aber die wollte sie sich für später aufheben. Ebenso den Spa-Bereich und das Fitnessstudio, die in derselben Etage lagen.

Gegen vierzehn Uhr ging Manja ins Castello, um einen Teller Rigatoni mit Auberginen zu essen. Statt des ihr angebotenen Glases Chianti begnügte sie sich mit einem Wasser, ein zweiter Willenssieg an diesem Tag, auf den sie stolz war.

Zurück auf ihrem Zimmer, beschloss sie, Luisa anzurufen. In Fort Lauderdale war es kurz nach neun. So, wie sie Luisa kannte, war sie längst munter.

Schon nach zweimaligem Läuten wurde abgenommen.

»He. Ich bin's«, sagte Manja.

»Du klingst müde.«

»Kein Wunder. Der Flug war einfach nur lausig.« Manja setzte sich auf den Boden, mit dem Rücken ans Bett gelehnt, und streckte die Beine aus. »Neben mir saß ein Anwalt, der nicht zu reden aufhörte. An Schlaf war sowieso nicht zu denken. Und dann ging auch noch mein Bildschirm kaputt.«

»Und was macht dein großer Fall, Frau Staatsanwältin?«

»Bisher noch gar nichts. Ich muss erst einmal richtig ankommen. Mast hat mich in Berlin am Flughafen abgeholt und vorhin noch dem Leiter der SoKo vorgestellt.«

»Von wo rufst du überhaupt an?«

»Von meinem Hotelzimmer. Das Windwood in Binz.«

»Windwood? Ist da nicht der Mord passiert?«

»Ja. Woher weißt du das?«

»Ich habe gestern ein bisschen gegoogelt.« Luisa seufzte. »Um dir irgendwie näher zu sein. Wie geht es jetzt bei dir weiter?«

»Morgen habe ich die erste Vernehmung. Dieses Callgirl, das mit dem Richter an dem Abend zusammen war.«

»Callgirl, ja?«, sagte Luisa gallig. »So eines aus dem Katalog für korrupte russische Richter, nehme ich an. Blond, attraktiv, noch keine zwanzig.«

»Keine Ahnung.« Manja grinste. »Soll ich für dich ein Foto machen?«

»Mach vor allem keine Dummheiten.« Luisa schwieg einen Moment. »Habe ich dir schon gesagt, wie sehr ich dich vermisse?«

»Nein.« Manja schloss die Augen. »Erzähl mir mehr davon«, flüsterte sie.

## 23

Von draußen warf Juli einen unauffälligen Blick in die Lobby. Wie sie erwartet hatte, war im Windwood jetzt einiges los. Etliche Gäste kehrten von einem Ausflug nach Jasmund oder einem Spaziergang durch die Prorer Wiek heim. Andere hatten den Tag auf der Eisbahn in Sellin verbracht. Die Kälte und der Appetit auf heißen Sanddornsaft trieben sie nun zurück ins Hotel.

Juli fuhr in die Tiefgarage. und hielt Rückers Schlüsselkarte gegen das Lesegerät. Federnd sprang die rot-weiße Schranke nach oben. Juli rollte weiter, während sie im Rückspiegel ihr Gesicht betrachtete. Sie trug noch immer die Fliegermütze nebst Sonnenbrille. Das Parkhaus war natürlich videoüberwacht. Juli sah keinen Grund, dem Sicherheitspersonal verwertbare Fotos zu liefern.

Sie stellte den Toyota in eine abseits liegende Parklücke, schloss sorgfältig ab und überprüfte noch einmal, dass von außen alles unverdächtig aussah. Auf keinen Fall durfte der bedauernswerte Tino Rücker vorzeitig entdeckt werden.

Dann stiefelte sie zum Aufzug. Gemeinsam mit einer vierköpfigen Familie und einem älteren Ehepaar fuhr sie nach oben.

Rücker hatte gesagt, dass er im vierten Stock wohne, in einem Eckzimmer, mit Blick aufs Meer. Juli stieg mit dem Ehepaar in der fünften Etage aus, ging dann im Treppenhaus nach unten und betrat den Flur des vierten Stockwerks. Zuerst wollte sie es rechts probieren, denn am Ende des Ganges befand sich ein großes Fenster. Das gab ihr die Möglichkeit, eine Touristin zu spielen, die sich an der Aussicht erfreuen wollte. Gelassen schlenderte sie hin, schaute auf die belebte Hauptstraße und über die Dächer der Nachbargebäude und drehte sich wieder um. Der Flur war leer.

Das nächstgelegene Zimmer auf der Meerseite hatte die Nummer 426. Juli steckte die Karte ins Schloss und stieß erleichtert die Luft aus, als ein kleines grünes Lämpchen aufleuchtete. Blitzschnell verschwand sie in Rückers Zimmer.

Ihrem neuen Hauptquartier.

Weder im Hauptraum noch im Bad brannte Licht. Das Bett war gemacht, die Vorhänge waren zugezogen. Die Putzfrauen hatten ihre Runde also schon absolviert. Und der Mann, der die Minibar auffüllte? Juli entdeckte keine leeren Flaschen oder benutzten Gläser. Der kleine Kühlschrank war voll. Aber vielleicht hatte Rücker gestern einfach nichts getrunken. Vorsorglich hängte sie das Bitte-nicht-stören-Schild an den Türknauf.

Dann unterzog sie das Zimmer einer gründlichen Inspektion. In dem großen Wandschrank lagen diverse Kleidungsstücke. Auf dem Schreibtisch fand Juli die gestrige Ausgabe der Ostsee-Zeitung und einen Krimi. In der schmalen Schublade steckte ein Klemmhefter mit diversen Unterlagen. Juli wollte sie nur kurz durchblättern, stutzte aber, als sie auf den eleganten grünumrandeten Kontoauszug einer Frankfurter Privatbank stieß.

Sechseinhalb Millionen Euro Guthaben?

Misstrauisch blätterte sie weiter. Da war ein weiterer Kontoauszug, diesmal von der Deutschen Bank. Über fünf Millionen Euro? Das konnte doch nicht wahr sein. Wen zum Teufel hatte sie hier gerade ins Jenseits befördert? Sie stieß auf ein Schreiben eines Rechtsanwaltes, in dem es um regelmäßige Zahlungen an eine Maria Rücker in Magdeburg ging. Halt, was war das? Ein Schreiben von LOTTO Thüringen.

*... wir gratulieren Ihnen auf diesem Wege nochmals sehr herzlich zu Ihrem Gewinn... wurde die Gesamtsumme wie vereinbart auf die von Ihnen angegebenen Konten überwiesen ... wünschen wir Ihnen alles Gute und verbleiben mit freundlichen Grüßen ...*

Juli setzte sich aufs Bett und zog ihr Smartphone hervor. Sie öffnete den Internetbrowser und gab bei Google die Suchwörter »Goldbach« und »Lotto« ein. Richtig, da stand es: Gewinner aus Goldbach knackt den Jackpot.

18.275.388,45 Euro.

Meine Güte! Aber das Geld hat dir kein Glück gebracht, Tino, dachte sie, so viel ist sicher. Sie sammelte die Unterlagen wieder ein und ließ den Hefter in ihrem Rucksack verschwinden. Vielleicht ergab sich später ja die Chance auf einen kleinen Nebenverdienst. Irgendjemand da draußen war seit knapp zwei Stunden Erbe eines Millionenvermögens. Möglicherweise diese Maria Rücker. Juli zog in Erwägung, ihr einen Kondolenzbesuch abzustatten.

Aber das war Zukunftsmusik.

Als sie die Vorhänge aufzog, pflichtete sie Rücker im Stillen bei. Der Blick über die Ostsee war wirklich grandios. Sie warf ihren Overall und die Fliegermütze nebst Sonnenbrille aufs Bett. Dann zog sie einen der beiden Sessel vors Fenster und entnahm ihrem Rucksack ein Paket mit Räucheraalsandwiches und eine kleine Flasche Weißwein. Die Sandwiches hatte Simon zubereitet.

Der unbezahlbare, bis über beide Ohren verliebte Simon. Der sie immerzu mit dem treuen Blick eines Dackels ansah. Und der jetzt im Strandhaus saß und sehnsüchtig ihre Rückkehr erwartete.

Ihre Zielperson, der Hamburger Unternehmer, hatte das Colonial am Freitag verlassen. Damit war ihr Auftrag eigentlich erledigt. Juli hatte Simon vorgeschlagen, noch ein paar Tage länger in Binz zu bleiben, privat. Das hatte den Dackelgrad seines Blickes um mehrere hundert Prozent in die Höhe schnellen lassen. Allerdings, so hatte sie betrübt hinzugefügt, müsse sie am Sonnabend zunächst nach Berlin fahren. In einer privaten Angelegenheit.

»Privat?« Die Eifersucht in seiner Stimme war unüberhörbar gewesen.

Juli hatte die Arme um ihn geschlungen und ihn sanft auf die Wange geküsst. »Meine Mutter feiert ihren sechzigsten Geburtstag. Sonntagmittag bin ich zurück. Dann haben wir Zeit für uns, hm?«

Sie sah ihm an, dass er sie am liebsten begleitet hätte, aber er wagte natürlich nicht zu fragen.

Kurz vor elf war Juli losgefahren, nicht nach Berlin, sondern nach Stralsund, wo sie den Peugeot in einem Wohngebiet abgestellt und sich, ausgestattet mit einer langen schwarzen Lockenperücke, bei einer Autovermietung am Bahnhof den Toyota RAV4 besorgt hatte.

Planmäßig war sie wieder in Binz angekommen. Der arme Tino Rücker hatte pünktlich vor dem Hotel gestanden. Anschließend war wie zuvor bei Kirijenko alles reibungslos verlaufen. Doch jetzt, beim dritten und letzten Teil ihres Auftrages, wurden die Dinge komplizierter. Nicht zuletzt deshalb, weil Julis Klient ein paar Extrawünsche geäußert hatte.

Während sie aß, sah sie nachdenklich aus dem Fenster. Das mit Eisschollen versetzte Wasser schaukelte träge hin und her. Der Strand war von einer flimmernden weißen Decke überzogen. Es war ein derart idyllischer Anblick, dass Juli spürte, wie kalte Wut in ihr aufstieg. Wut über diese verlogene Illusion. Denn die Welt da draußen hatte ganz und gar nichts Idyllisches.

# 24

Der Weg von Marseille nach Oberschleißheim war weit für eine Achtzehnjährige, aber folgerichtig. Denn das verschlafene Nest nördlich von München war der Sitz von Asbeck Security. Deutschlands erster Adresse in Sachen Personenschutz.

Juli hatte eine dreijährige Ausbildung absolviert, die sich von Waffenkunde und Psychologie über Kommunikations- und Befragungstechniken bis hin zu Kampfsport, Observationsübungen und Taktiktraining erstreckte. Die Lehrer wunderten sich über die Verbissenheit, mit der das kahlköpfige Mädchen zu Werke ging. Der eine oder andere versuchte, bei Grillfesten oder Biergartenabenden ein wenig mehr über sie zu erfahren. Aber Juli verriet nie, weshalb es sie danach drängte, andere Menschen zu schützen.

Die Abschlussprüfungen absolvierte sie mit herausragenden Ergebnissen. Danach meldete sie sich freiwillig für sogenannte Babysitterjobs. Sie bewachte Kinder von Wirtschaftsbossen, Spitzensportlern und Popstars. Das Geschäft boomte, denn Prominentensprösslinge waren ein beliebtes Ziel von Kidnappern. Juli begleitete ihre Schützlinge zur Schule und zum Tennistraining, ging mit ihnen zum Shoppen oder in die Schwimmhalle. Es war die glücklichste Zeit ihres Lebens.

Bis ein Sonderauftrag alles veränderte.

Es war ein schwüler Tag im August, ein Sonnabend, der für Juli mit einem ausgedehnten Brunch im City Hilton in München begonnen hatte. Auf dem Rückweg nach Oberschleißheim klingelte ihr Telefon.

»Juli? Hier Asbeck. Ich habe ein Problem. Stefan wurde gerade ins Krankenhaus gebracht. Blinddarm. Können Sie seine Nachtschicht bei Bernhard Lieber übernehmen?«

»Lieber? Dieser Fondsmanager?«

»Ja. BL Capital Management. Verwaltet knapp eine halbe Milliarde Kundengelder. Wir sind schon seit acht Jahren für ihn tätig. Bislang ohne Probleme.«

»Klingt wie ein Routinejob.«

»Es ist einer.«

»Wo wohnt er?«, fragte Juli.

»Direkt am Starnberger See. Sie lösen Georg um neunzehn Uhr ab. Er wird Sie einweisen. Viel Glück!«

Als Juli auf dem Anwesen des Finanzexperten ankam, war sie angenehm überrascht. Bernhard Lieber, der auf der Terrasse die Frankfurter Allgemeine las, wirkte ein wenig steif, das aber auf sympathische Weise. Obwohl es noch immer ziemlich warm war, trug er eine elegante dunkle Hose und ein dazu passendes Jackett über einem weißen Hemd mit Manschettenknöpfen. Keine Krawatte. Er war Mitte vierzig und schien in guter körperlicher Verfassung zu sein, obgleich Juli den Ansatz eines Bierbauchs bemerkte.

»Ich bin Bernhard Lieber. Guten Tag!«

»Juli Bohl.«

Er stand auf, um ihr die Hand zu geben. Sein Blick streifte kurz über Julis kahlen Kopf, aber seine Miene veränderte sich nicht im Geringsten. Er wies auf Georg, Julis Kollegen, der sie am Eingangstor abgeholt hatte. »Ich habe schon gehört, dass Sie heute kurzfristig einspringen müssen, Frau Bohl. Und das auch noch am Wochenende!«

Gemeinsam mit Lieber und Georg absolvierte Juli einen Rundgang auf dem weitläufigen Seegrundstück. Was sie sah, gefiel ihr. Es gab keine Büsche, die einem Eindringling Deckung boten. Der Rasen zum Wasser hin war tadellos gepflegt und gut zu überblicken. Um das Anwesen herum verlief ein hoher Metallzaun. Auch mit dem zweistöckigen Gebäude hatte Juli kein Problem. Die unteren Fenster waren vergittert, die Eingänge bestens gesichert. Von der Garage gab es eine Verbindungstür ins Haus, die ebenfalls verschlossen war. Die Alarmanlage gehörte zum Besten, was der Markt anzubieten hatte. Das Tor und ein paar weitere neuralgische Punkte wurden mit Kameras überwacht.

Als sie zum Haus zurückkehrten, stand eine Frau Ende zwanzig auf der Terrasse und packte den Inhalt eines Bastkorbes auf dem großen Holztisch aus: Eingelegte Steaks, Bratwürste, Oliven-

Ciabatta, einen kalifornischen Rotwein, alles, was man für einen Grillabend benötigte.

»Das ist meine Gattin«, sagte Lieber förmlich und stellte Juli vor.

Tanka Lieber hatte ein rundes Gesicht und blondes, im Nacken locker zusammengerafftes Haar. Obwohl sie offenkundig viel Zeit auf ihr Make-up verwendet hatte, fiel Juli ein Hämatom auf ihrer linken Wange ins Auge. Auch die großzügig aufgetragene Tönungscreme konnte es vor einem geübten Beobachter nicht vollständig verbergen. Als sie sich die Hände reichten, stellte Juli fest, dass sich an Tankas rechtem Handgelenk ebenfalls Blutergüsse befanden. Es sah aus, als wäre sie von jemandem ziemlich hart angepackt worden.

Julis Augen wurden schmal. Sie schenkte Tanka den Anflug eines Lächelns und sagte etwas gepresst zu Lieber: »Ich muss mit meinem Kollegen noch ein paar Details abstimmen.«

Dann zog sie Georg mit sich in Richtung des Sees, bis sie außer Hörweite waren. »Woher hat die Frau diese ganzen Blutergüsse?«, fragte sie scharf.

»Was denn für Blutergüsse?« erwiderte er scheinbar irritiert.

»Halt mich nicht für bescheuert, Georg! Also?«

Er seufzte und zuckte die Schultern. »Unser Klient kann mitunter ein wenig … impulsiv sein.«

»Impulsiv?« Juli sah ihn fassungslos an. »Sag mal, spinnst du? Willst du etwa sagen, dass wir hier einen Typen beschützen, der seine Frau verprügelt?«

»Nicht so laut!«, zischte Georg und sah ängstlich zu den Liebers. Doch der Fondsmanager schaute nicht zu ihnen. Er war mit dem Grill beschäftigt. »Vergiss nicht, dass er unser Klient ist. Und zwar ein sehr guter!«

»Er schlägt sie, und wir schauen zu? Oder hilfst du ihm etwa dabei?« Sie deutete mit dem Finger in Liebers Richtung. »Weil er doch ein so guter Klient ist? Asbeck Security – alles für Ihren Schutz. Und wenn Sie mal Ihre werte Gattin vermöbeln wollen, stehen wir Ihnen ebenfalls gern zur Seite!«

»Juli, Tanka Lieber ist eine erwachsene Frau. Wenn sie Probleme mit ihrem Mann hat, ist das allein ihre Angelegenheit, findest du nicht? Sie kann ausziehen, sich scheiden lassen, zur Polizei gehen, ins Frauenhaus, was auch immer. Bisher hat sie nichts davon getan. Mit welchem Recht sollten wir uns hier einmischen?«

In diesem Moment kam ein vielleicht siebenjähriger Junge mit aschblonden Haaren aus dem Haus. In der Hand hielt er einen Fußball.

»Das ist Anton«, sagte Georg. »Liebers Sohn.«

»Hat er vielleicht auch ein paar Hämatome, die wir bewundern können?«, fragte Juli sarkastisch.

Georg antwortete nicht.

Sie atmete gereizt aus. »Sag jetzt bitte nicht, dass das ein Ja sein soll!«

»Hör auf, hier den Moralapostel zu spielen!«, fauchte er. »Die drei sind eine Familie, und wie jede Familie haben sie nun mal ihre Probleme.«

»Ich soll also zusehen, wie eine Frau und ein Kind, die mir anvertraut wurden, misshandelt werden?«

»Zusehen? Nein, zum Teufel, du sollst wegsehen! So wie wir alle gelegentlich wegschauen. *Er* ist der Klient, Juli. Was zwischen ihm und seiner Frau passiert, geht uns nichts an.«

»Und wenn sie sich mal zur Wehr setzt? Mit einem Küchenmesser zum Beispiel. Würdest du zusehen, wie dein Klient abgestochen wird? Das wäre ja wohl keine gute Werbung.«

Georg funkelte sie an. »Eines sollte dir klar sein, Juli. Nicht alle unserer Klienten sind nett und liebenswürdig. Dann bräuchten sie uns nämlich nicht. Wenn du das nicht erträgst, solltest du lieber kündigen.«

Juli ging den Liebers aus dem Weg, was nicht sonderlich schwer war. Von einem Bodyguard wurde erwartet, dass er sich im Hintergrund hielt. Allerdings nahm sie sich die Freiheit, den kleinen Anton, der mit seinem Fußball auf dem Rasen herumtollte, zu begrüßen und ihn sorgfältig zu mustern, während er mit aufgerissenem Mund ihren kahlen Kopf anstarrte. Bei ihm entdeckte sie keine Blutergüsse. Aber das wollte nichts heißen. Schließlich war es nur eine Momentaufnahme. Georgs vielsagendes Schweigen hatte ihr genug verraten.

Als es im Freien zu kühl wurde, zogen sich die Liebers ins Obergeschoss der Villa zurück. Juli machte es sich mit einer Thermoskanne voll Kaffee und zwei Schinkenbrötchen im Überwachungsraum bequem, der gleich neben dem Haupteingang lag. Sorgfältig achtete sie darauf, dass sie stets alle Kameramonitore im Blick hatte. Die Zeit verging langsam und ereignislos. Alle fünfzehn Minuten stand Juli auf. In der Ausbildung hatte sie ein paar Tricks gelernt, mit denen sie ein Verkrampfen ihrer Muskeln verhindern konnte.

Kurz nach Mitternacht machte sie einen Rundgang im Erdgeschoss. Von der Küche führte ein separater Ausgang zu einem kleinen Kräutergarten. Einen Moment stand Juli am Fenster und blickte auf den See, in dem sich der Mond spiegelte. Der Rasen vor dem Haus glänzte leicht. Im Schilf am Ufer zirpten Grillen. Die Umgebung hätte nicht friedlicher sein können.

Doch als sie die Küchentür wieder hinter sich schloss, hörte sie aus der oberen Etage einen gequälten Schrei.

## 25

Nach dem Essen - Simons Brote hatten phantastisch geschmeckt - zog Juli sich aus und schlüpfte in den noch unbenutzten zweiten Hotelbademantel. Im Schrank fand sie weiße Frotteepantoffeln, die noch in einer knisternden Zellophanhülle steckten. Ihrem Rucksack entnahm sie eine Perücke aus kurzem blonden Kunsthaar, die sie mit einer geübten Bewegung über ihren Kopf zog.

Eine Sauna war nicht gerade der beste Ort, um falsche Haare zu tragen, aber nach allem, was sie bisher wusste, war das Windwood Spa der beste Ort, um ihren dritten Auftrag zu erledigen. Heute wollte sie das Terrain sondieren, und das würde sie garantiert nicht mit kahlem Kopf tun. Dann konnte sie der Polizei auch gleich ihre Beschreibung schicken. Allerdings nahm sie sich vor, nicht länger als eine Stunde zu bleiben und beim Duschen sehr vorsichtig zu sein.

Juli griff nach der Schlüsselkarte und überzeugte sich mit einem schnellen Blick, dass der Gang leer war. Dann zog sie die Tür hinter sich zu und ging mit eiligen Schritten zum Treppenhaus. Es gab einen speziellen »Bademantel-Lift«, der direkt in die Wellness-Etage führte. Aber auch der war wie die anderen Fahrstühle bedauerlicherweise mit einer Kamera ausgestattet.

Vor dem Eingang der Saunalandschaft stand ein schwarzer Marmortresen, hinter dem eine junge Angestellte saß. Sie lächelte Juli an. »Guten Tag! Würden Sie sich bitte in diese Liste eintragen?« Mit einem manikürten Finger tippte sie auf ein Klemmbrett.

»Natürlich.« Juli griff nach dem daneben liegenden Bleistift. »Könnte ich ein Wasser bekommen?«

»Gern.« Die Angestellte drehte sich zu dem blubbernden Plastikbehälter um.

Juli nutzte die Gelegenheit, um die Liste zu überfliegen. Es war schon das zweite Blatt dieses Tages, etwa bis zur Hälfte gefüllt. Blatt eins befand sich dahinter. Früh um neun hatte sich eine Frau namens Anja Lehmann eingetragen, Zimmer 412. Und - voilà! - um kurz nach halb elf war »Gruber/Rottmann - S5« vermerkt. Das »S5« stand für Suite 5, was mit den Angaben im Dossier des Concierges übereinstimmte. Die beiden Schwestern bekamen stets dieselben Räume.

Juli wandte sich wieder dem vorderen Blatt zu. Der letzte Eintrag stammte von 16.45 Uhr und lautete »M. Koeberlin - 334«. In die nächste Zeile schrieb Juli in Druckbuchstaben »Rücker« und dahinter die Zahl 426. Wenn die junge Windwood-Mitarbeiterin den Namen in den Computer eingab, würde sie feststellen, dass die Zimmernummer stimmte. Dass die Frau dann auch noch überprüfte, ob Tino Rücker in Begleitung angereist war, hielt Juli für unwahrscheinlich. Gerade, als sie den Stift weglegte, drehte sich die Angestellte wieder um.

»Bitte sehr!« Sie reichte Juli einen Becher. »Saunatücher finden Sie drinnen, neben den Duschen.«

Juli dankte ihr und ging durch die große Mahagonitür mit der Aufschrift *Windwood Spa*. Während sie trank, verschaffte sie sich einen Überblick. Im Internet hatte sie gelesen, dass sich der Wellness-Bereich des Hotels über knapp tausendfünfhundert Quadratmeter erstreckte. Neben einer finnischen Panoramasauna, zwei kleineren Saunen und einem orientalischen Kräuterdampfbad bot das Spa den Gästen ein Tepidarium, einen Eisbrunnen, ein Grottenbad und einen weitläufigen Ruheraum, in dem Wasserbetten und bequeme Lederliegen standen.

Juli wischte den leeren Trinkbecher sorgfältig ab, ehe sie ihn in einen Abfallkorb warf. Im Gegensatz zu dem dünnen Naturbleistift am Empfangstresen würden auf ihm verwertbare Fingerabdrücke zu finden sein. Gewiss, das Risiko war lächerlich gering, da die Abfallkörbe wahrscheinlich am Abend geleert wurden und die Ermittler das Spa erst morgen auf den Kopf stellen würden. Aber bei einem Auftrag in Dresden vor vier Jahren hatte sie ziemlich schlechte Erfahrungen gemacht und war seither geradezu paranoid, was dieses Thema anging. Zufällig war es genau jener Auftrag, der sie nun nach Binz geführt hatte. So etwas nannte sie Ironie. Sie hängte ihren Bademantel an einen Haken und duschte, wobei sie darauf achtete, dass ihre blonden Haare trocken blieben. Dicke dunkelblaue Badetücher lagen ordentlich aufgestapelt in großen Fächern direkt neben den Duschen. Sie nahm eines heraus und ging zur Finnischen Sauna.

Es war ein ziemlich großer Raum mit mehrstöckigen Holzbänken auf allen vier Seiten, unterbrochen lediglich von dem Ofen und der schweren Tür. Juli schätzte, dass hier in Spitzenzeiten bis zu hundert Gäste Platz fanden. Jetzt allerdings hatte sie vor dem Eingang nur etwa zehn Paar Badeschuhe gezählt. Das war ihr durchaus recht.

Sie ließ sich auf der mittleren Reihe nieder, gleich am Eingang, so dass sie alle anderen Gäste unauffällig im Auge behalten konnte. Schon nach wenigen Atemzügen umhüllte die herrliche, trockene Hitze sie wie ein Kokon. Auf ihrem Rücken bildete sich eine Gänsehaut. Wohlig beugte sie sich nach vorn, die Arme auf die Knie gestützt, und sah sich um. Neben dem Ofen hockten drei ältere

Leute, zwei Frauen und ein Mann, die sich zu kennen schienen. Angeregt tuschelten sie miteinander. Quer daneben hatte sich eine Mutter niedergelassen, die altkluge Fragen ihrer beiden Kinder beantwortete. Auf der obersten Bank saßen drei Männer in den Vierzigern, deren betont gleichmütige Blicke alle in dieselbe Richtung gingen. Juli ließ ihre Augen weiter nach links schweifen, bis sie sah, was die drei Besucher so fesselte.

Eine Frau Anfang dreißig, mit langen, glänzend-schwarzen Haaren, die ihr glatt über die Schultern und die Oberarme fielen. Sonnengebräunte Haut, wunderbar geformte Beine, sinnliche Lippen und natürlich eine riesige Oberweite. Juli verstand, was die drei Spanner so faszinierte. Die Frau verströmte eine fast schon provozierende Sinnlichkeit. Juli hatte das Gefühl, sie zu kennen, aber sie konnte nicht sagen, woher. Wahrscheinlich war es mehr der Typ Frau, der ihr bekannt vorkam.

Und den sie nicht sonderlich mochte.

Ihr ganzes Leben war Juli derartigen Frauen über den Weg gelaufen, hatte sie um ihr Aussehen und vor allem um ihre prächtigen Haare beneidet und ihre mitleidigen Blicke ertragen. Was wusste Miss Supermodel da drüben schon vom Seelenleben eines kahlköpfigen Mädchens, das nie begehrlich angesehen wurde? Was wusste sie von dem Spott, der die Hässlichen und Missgestalteten verfolgte? Von dem bohrenden Gefühl, reizlos, ja entstellt zu sein? Wie oft hatte Juli das verstohlene Tuscheln überhört, das einsetzte, sobald sie sich ohne Verkleidung unter Menschen begab.

Gewiss, wenn sie eine Perücke trug, wurden auch ihr bewundernde Blicke zugeworfen, weil sie einen schlanken, trainierten Körper hatte und ein fein geschnittenes, ovales Gesicht mit auffallenden braunen Augen, die helle Sprenkel hatten wie Bernsteine. Aber die Bewunderung der Männer galt einer Illusion. Irgendwann kam unweigerlich der Moment der Wahrheit, gewollt oder – wenn die Perücke wieder einmal über Nacht verrutscht war – ungewollt. Danach hatten es die meisten ihrer Verehrer ziemlich eilig. Natürlich gab es auch solche, denen ein kahler Kopf gefiel, aber das waren meistens Freaks, von denen sie sich lieber fernhielt. Oder Außenseiter wie Simon, die in ihr eine Leidensgenossin sahen. Mittlerweile beschränkte sich das Thema Männer für Juli auf gelegentliche One-Night-Stands. Ihr Beruf war ohnehin nicht gerade prädestiniert für eine Beziehung.

Als die Schwarzhaarige aufstand und nach ihrem Handtuch griff, waren plötzlich auch die drei Spanner der Meinung, dass sie genug geschwitzt hatten. Hastig folgten sie dem Objekt ihrer Begierde, um beim Duschen genüsslich ein paar weitere Blicke aus nächster Nähe zu riskieren.

Juli wandte sich ab, als die Frau an ihr vorbeiging, weil sie nicht ausschließen konnte, dass ihr ihre Abneigung anzusehen war. Aufmerksamkeit zu erregen, war das Letzte, was sie brauchen konnte.

Ein paar Minuten später ging sie ebenfalls hinaus. Sie duschte allein und warf sich ihren Bademantel über. Langsam wanderte sie im Spa-Bereich herum, sah sich die Lage der einzelnen Kabinen und Nischen an, das Grottenbad, den Ruheraum.

Nachdem sie eine Weile auf einem der Wasserbetten gelegen hatte, stattete sie dem Kräuterdampfbad einen Besuch ab. Es lag in einem durch eine Milchglastür abgetrennten Seitenbereich des Spa. Hier befanden sich auch weitere Duschen und Toiletten und vor allem mehrere separate Räume, in denen Massagen, Seifenschaumbäder und andere Behandlungen angeboten wurden.

Juli streifte ihren Bademantel ab und hängte ihn zusammen mit dem Handtuch an einen Haken. Von einem flachen Holztisch nahm sie eines der rotweißen Baumwolltücher, die das Windwood zum Unterlegen anbot. Als sie die Tür öffnete, um in die feuchte Wärme des runden Schwitzraumes einzutauchen, stand plötzlich Miss Supermodel vor ihr. Barfuß und schwer atmend, die gerötete Haut mit unzähligen kleinen Wasserperlen übersät. Einen Moment verharrten sie regungslos, ihre Gesichter nur wenige Zentimeter voneinander entfernt. Ihre Augen trafen sich.

Juli erstarrte.

Mit einem Mal wusste sie, wieso ihr die Frau bekannt vorkam. Zum Teufel, warum war sie nicht bereits vorhin in der Sauna darauf gekommen? Gewiss, die Sache war lange her und die Schwarzhaarige trug damals ein bisschen mehr an ihrem Traumkörper als ein paar Wassertropfen. Außerdem hatte Juli ihr Gesicht kaum zwei Sekunden gesehen. Trotzdem war sie wütend auf sich.

Genau diese Art von Nachlässigkeit bringt dich in Gefahr!

Es hatte mit dem Auftrag vor vier Jahren zu tun, als auch die Geschichte mit den Fingerabdrücken passiert war. Miss Supermodel war an jenem Tag in Begleitung von zwei uniformierten Polizisten im Saxonia Resort in Dresden aufgetaucht, gerade, als Juli verschwinden wollte. Sie hatte damals vermutet, dass es sich um die Staatsanwältin handelte, die ihre damalige Zielperson vernehmen sollte. Dass sie ihr jetzt hier in Binz wieder begegnete, wenige Tage nach Kirijenkos Tod, schien diese Annahme zu bestätigen.

Oder war das nur ein dummer Zufall? Machte die Frau hier gerade Urlaub?

Unwahrscheinlich, dachte Juli. Das Windwood war zu teuer für eine Beamtin. Außerdem hatten ihre beiden Zusammentreffen ein Bindeglied, und dieses Bindeglied war nun einmal der ehrenwerte Richter Wladimir Kirijenko aus Moskau. Derartige Zufälle gab es nicht. Nicht in ihrer Welt.

Doch noch war ja nichts passiert.

Dass sie die Schwarzhaarige wiedererkannt hatte, hieß nicht, dass es umgekehrt ebenso war. Vor vier Jahren hatte Miss Supermodel keinen Grund gehabt, in ihr mehr zu sehen als eine unbedeutende Hotelangestellte. Obendrein hatte Juli damals eine dunkle Perücke getragen. Wie groß war die Gefahr, dass sich die Schnüfflerin an ihre Begegnung damals erinnerte?

»Entschuldigung«, rang sich Juli ab und trat einen Schritt zurück.

Manja Koeberlin nickte nur und ging an ihr vorbei. Nichts deutete darauf hin, dass sie an ihrem blonden Gegenüber irgendein Interesse hatte. Achtlos warf sie ihr klitschnasses Sitztuch auf einen Holzschemel und tappte in Richtung der Duschen.

Oder bilde ich mir das alles nur ein? Spielt mir meine Intuition einen Streich, fragte sich Juli, als sie die natürliche Gelassenheit registrierte, mit der die Schwarzhaarige ihre nackte, überaus reizvolle Kehrseite präsentierte. Genau das war es, was sie an den Supermodels dieser Welt so hasste. Nicht ihre Schönheit.

Sondern ihre Art, sie als normal zu betrachten.

## 26

Der Schrei hatte Juli an ein waidwundes, von Wölfen umkreistes Reh erinnert. Sie hatte ihre Pistole aus dem Halfter gerissen und war mit großen Schritten die Treppe hinaufgestürmt.

Als sie die letzte Stufe erreichte, ging die Schlafzimmertür auf und Bernhard Lieber trat heraus, in einen eleganten chinesischen Morgenmantel gehüllt. Er schaltete das Licht im Korridor ein und schloss bedächtig die Tür hinter sich.

»Tut mir leid, dass wir Sie aufgeschreckt haben, Frau Bohl. Aber es ist alles in Ordnung.« Er lächelte beruhigend. »Meine Frau hatte einen Albtraum.«

»Einen Albtraum?«, fragte Juli misstrauisch.

»Ja. Ich danke Ihnen für Ihre Wachsamkeit, aber ...« Liebers Tonfall war eine Mischung aus Herablassung und Müdigkeit. »Wenn Sie nun freundlicherweise wieder Ihren Posten beziehen wollen. Ich schaue noch nach unserem Sohn.«

Juli drehte sich wortlos um.

Am nächsten Morgen absolvierte sie einen Inspektionsrundgang auf dem Grundstück. Als sie ins Haus zurückkehrte, sah sie, wie Tanka Lieber die Treppe hinunterkam. Sie nickte Juli kurz zu und wollte sich in die Küche begeben.

»Einen Moment bitte, Frau Lieber!«

Unsicher drehte Tanka sich um. Ihre Augen hatten ein intensives Blau, wie die tiefsten Stellen des Meeres. Jetzt schienen sie etwas feucht zu sein. Juli genügte ein einziger Blick, um alles darin zu sehen, die Scham und die Angst und die Resignation.

Tankas Unterlippe war aufgeplatzt, die Enden der Wunde klafften etwas auseinander. Am Kinn sah Juli eine frische Prellung. Diesmal hatte Tanka nicht versucht, sie mit Make-up zu verdecken. Juli trat dicht an sie heran und fuhr mit dem Finger vorsichtig an der blutigen Unterlippe entlang. Dann betrachtete sie mit gleicher Sorgfalt die Verletzung am Kinn und den Bluterguss auf der Wange, den sie gestern schon bemerkt hatte. Tanka wirkte angesichts der beinahe intimen Berührungen verunsichert. Aber sie hatten etwas derart Wohltuendes, ja Tröstendes, dass sie es geschehen ließ.

»Das ist also seine dunkle Seite«, flüsterte Juli.

Tanka vermied ihren Blick. »Es hat ihm leid getan«, erwiderte sie, ebenfalls flüsternd.

»Es tut ihm immer leid. Bis zum nächsten Mal.«

Tanka schüttelte den Kopf. »Bernhard ist gar nicht so. Er kann unglaublich zärtlich sein. Aber wenn er im Büro ein Problem hat oder über irgendetwas wütend ist, dann …«

»… brauchen Sie am nächsten Tag jede Menge Make-up.« Julis Finger kehrten zu Tankas Unterlippe zurück. »Ich fürchte allerdings, diesmal reicht Make-up nicht aus. Das hier muss genäht werden.«

»Sind die Angestellten von Asbeck Security etwa auch medizinisch ausgebildet? Hervorragend, Frau Bohl!« Lieber war lautlos die Treppe heruntergekommen, wieder in einen dunklen Anzug gekleidet. Jovial lächelnd fügte er hinzu: »Aber vielleicht sollten Sie sich nun lieber um die Dinge kümmern, für die Sie bezahlt …«

Er kam nicht dazu, den Satz zu vollenden, denn Juli trat einen Schritt vor, packte ihn mit beiden Händen am Revers und versetzte ihm einen wuchtigen Kopfstoß. Der Manager prallte zurück und stürzte auf die Treppe. Es gab ein helles *Pling*, als sein goldener Manschettenknopf das hölzerne Geländer streifte. Schon war Juli über Lieber, die Hand an seinem Hals. Ihre Gesichter waren einander so nahe, dass sie sein Rasierwasser riechen konnte.

»Fass sie noch einmal an, du Drecksack, und ich mach dich fertig! Ich mach dich ein für alle Mal fertig, hörst du!«

»Juli!« Das kurze, scharfe Kommando kam vom Eingang. Georg, der sie wieder ablösen wollte, stand in der Tür.

Sie ließ von Lieber ab, indes nicht, ohne ihm noch einmal mit aller Wucht zwischen die Beine getreten zu haben. Während er sich heulend auf der Treppe krümmte, stürmte Juli ohne ein Wort zu sagen an Georg vorbei.

Natürlich schmiss Asbeck sie umgehend hinaus.

Ein Angriff auf einen Klienten war so etwas wie ein Sakrileg in diesem Geschäft. Er hörte sich nicht einmal an, was sie zu sagen hatte. Binnen einer halben Stunde hielt sie ihre persönlichen Sachen in den Händen und wurde von einem Kollegen aus dem Gebäude eskortiert. Ihre Karriere als Personenschützerin war damit beendet. Auch ein anderes Unternehmen würde sie nicht mehr einstellen, dafür würde Asbeck sorgen, versicherte er ihr.

Juli zog sich in ihre kleine Dachgeschosswohnung zurück, trank Crémant mit Eis und dachte über ihre Zukunft nach. Die Geschehnisse am Starnberger See versuchte sie aus ihrem Gedächtnis zu streichen.

Bis sie drei Wochen später die Klatschspalte der Münchner Abendzeitung las. Von einem tragischen Unglücksfall im Hause des bekannten Fondsmanagers Bernhard Lieber war da die Rede. Dessen siebenjähriger Sohn Anton sei die Treppe hinuntergestürzt und an seinen schweren Kopfverletzungen verstorben. Seine Mutter habe einen Schock erlitten. Sie habe ins Krankenhaus eingewiesen werden müssen. Juli ließ die Zeitung sinken und schloss die Augen.

Eine Stunde später verließ sie die Wohnung. Ihr Ziel war das Klinikum Starnberg.

# 27

Die Neptun-Bar war nur über eine Wendeltreppe zu erreichen. Sie befand sich in einem galerieartigen Dachaufsatz des Windwood und wurde von einer Glaskuppel überragt, die einen freien Blick auf die Sterne gewährte.

Hier oben zeigte sich das vornehme Hotel von einer überraschend warmen Seite. Die aus alten Türen gezimmerten Mahagonitische mit den dunkelroten Ledersesseln standen weit genug auseinander, um ungestörte Gespräche zu ermöglichen. An den Wänden hingen stierblutfarbene Regale mit gebundenen Büchern. Weiche Teppiche verschluckten die geschäftigen Schritte der Kellner. Erleuchtet wurde der Raum nur von Kerzen und einem in der Ecke flackernden Kaminfeuer. In der Luft hing der Geruch von altem Pergament.

Juli öffnete die polierte schwarze Tür und begab sich zum Tresen. Nach einem kurzen Blick in die Karte bestellte sie sich einen Ardberg Provenance. Während der Barkeeper die bronzefarbene Flüssigkeit bedächtig in ein Glas goss, ließ Juli mit der interessierten Miene eines neuen Gastes den Blick schweifen.

Etwas seitlich vom Fenster saßen Nora Rottmann und Kerstin Gruber, in eine angeregte Unterhaltung vertieft. Sie waren vor etwa fünf Minuten gekommen. Juli hatte von einem kleinen Personalraum aus beobachtet, wie sie zur Wendeltreppe gegangen waren, und dann noch etwas gewartet, ehe sie ihnen folgte. Dass die beiden Schwestern ihre Abende meistens hier in diesem gemütlichen Refugium verbrachten, hatte Juli ebenfalls Walters Dossier entnommen.

Miss Supermodel war nirgends zu sehen.

Juli war mittlerweile davon überzeugt, dass die Schwarzhaarige keine unmittelbare Gefahr darstellte. Zwar ging sie davon aus, dass es sich bei ihr tatsächlich um die Dresdner Staatsanwältin handelte. Aber es war unwahrscheinlich – die Begegnung im Dampfbad hatte es bewiesen –, dass sie die dunkelhaarige Kellnerin eines Dresdner Hotels vier Jahre später mit einem blonden Gast des Windwood in Binz in Verbindung bringen würde.

Juli hob ihr Glas und nippte an dem Whisky, der intensiv nach Rauch und Torf schmeckte. Im Spiegel hinter dem Tresen prüfte sie ihr Aussehen. Sie trug einen anthrazitfarbenen Hosenanzug mit einem taillierten Blazer, die Perücke vom Nachmittag und breite silberne Ohrringe. Gegenüber dem Barkeeper hatte sie beiläufig erwähnt, dass ihr Ehemann die nächste Stunde mit seiner Geliebten namens Bundesliga verbringe und sie das Zimmer deshalb verlassen habe.

»Scheißfußball«, hatte sie betrübt hinzugefügt.

Der Barkeeper hatte verständnisvoll gegrinst.

Juli stellte das Glas ab und ging zu dem großen Panoramafenster, das sich über die gesamte Breite der Bar erstreckte. Während sie langsam daran entlangschlenderte, sah sie hinaus in die Dunkelheit. Vermutlich hatten viele Besucher hier das Gefühl, vor einer unvergänglichen Wand aus poliertem Onyx zu stehen, mit der seit Jahrtausenden immer gleichen Meeresbrandung im Ohr. Kein Wunder also, dass auch sie gänzlich gefesselt wirkte und vor lauter Faszination gar nicht bemerkte, wie sie sich immer weiter nach links bewegte, bis sie plötzlich mit der Hüfte gegen etwas Hartes stieß.

Es war die Lehne von Kerstin Grubers Stuhl.

Scheinbar beschämt, die angeregte Unterhaltung der beiden Frauen gestört zu haben, trat Juli zu ihnen. »Entschuldigen Sie bitte!«, sagte sie, leicht nach vorn gebeugt und die linke Hand auf den Tisch legend. »Jetzt wäre ich fast noch über Sie gestolpert. Aber ich bin zum ersten Mal hier oben und …«

»Das ging uns genauso«, sagte Nora Rottmann. »Man hat das Gefühl, zwischen Himmel und Erde zu schweben, nicht wahr?« Sie lachte und wies hinaus in die Dunkelheit. »Oder zwischen Himmel und Meer.«

»Es ist wirklich einzigartig«, fügte Kerstin hinzu. »Deshalb mögen wir diese Bar so sehr.«

Keine der Schwestern bemerkte, dass Juli mit der rechten Hand diskret einen selbsthaftenden Sender an der Unterseite des Tisches anbrachte. Was auch immer in den nächsten Minuten gesprochen wurde, sie würde es hören.

Normalerweise verzichtete sie darauf, einer Zielperson in Gegenwart Dritter persönlich gegenüberzutreten. Denn damit gab es Zeugen, die sie später beschreiben konnten. Juli mochte derartige Risiken nicht. Doch ihr Auftraggeber hatte ihr Vorgaben erteilt, die ein paar zusätzliche Wagnisse leider unvermeidlich machten.

»Aber nun möchte ich Sie nicht länger stören. Ich wünsche Ihnen noch einen angenehmen Abend!« Sie kehrte zu ihrem Glas an der Bar zurück. In ihrem Ohr steckte ein winziger drahtloser Empfänger. Aufgrund der geringen Entfernung war die Qualität der Übertragung hervorragend.

»... nicht glauben«, hörte sie eine Stimme. Dank des Spiegels hinter der Bar konnte sie sogar die Lippenbewegungen Nora Rottmanns verfolgen.

»Wenn ich es dir doch sage!« Das war Kerstin Grubers näselnder Tonfall. »Ich habe es ganz deutlich gehört. *Wenn ich Sie den Parteimitgliedern empfehle, führt an Ihrer Nominierung kein Weg vorbei, Toni. Dann sitzen Sie schon im nächsten Herbst im Bundestag.*«

»Toni? Toni Hillig? Seit wann hat er denn etwas mit Axel zu tun?« Nora kannte die politische Szene Stralsunds in all ihren Nuancen. Ungereimtheiten und Anomalien jedweder Art, Kontakte, gar Bündnisse zwischen Gegnern ließen sie hellhörig werden.

»Ich weiß es nicht.« Kerstin nahm einen Schluck von ihrem Bordeaux. »Eigentlich dachte ich immer, er und Peter ...«

»Er ist praktisch wie ein Sohn für uns.« Nora schüttelte den Kopf. »Hast du Axel zur Rede gestellt?«

»Natürlich. Bis jetzt war nie die Rede davon, dass er sein Mandat aufgibt. Nicht mit einer Silbe hat er das erwähnt.«

»Und als du ihn ...«

Kerstin winkte ab. »Ausgelacht hat er mich. Wie ich auf eine so dumme Idee käme. Seine Zeit in der Politik sei noch lange nicht um. Und wenn er sich irgendwann einmal zurückziehe, dann bestimmt nicht, um Peters Lakai zu einem Sitz im Bundestag zu verhelfen.«

»Das klingt schon eher nach dem Axel, den wir kennen und lieben«, sagte Nora trocken. »Vielleicht war es ja ein dummes Missverständnis.«

»Ich weiß, was ich gehört habe«, beharrte Kerstin. Im Spiegel sah Juli, wie sie zögerte, ehe sie fortfuhr. »Das Ganze hat mich misstrauisch gemacht. Axel fragt mich sonst alles Mögliche. Ob er Herrn X zu seinem Sommerfest einladen soll oder nicht. Ob er Frau Ministerin Y zum Geburtstag eine Karte schickt oder lieber anruft. Ob er beim Parteitag einen braunen Anzug trägt oder lieber einen grauen. Und jetzt plant er, seinen Job aufzugeben, ohne mir ein Sterbenswort zu sagen?«

»Wie gesagt, es könnte auch ein ...«

»Als er letzte Woche nach Thailand geflogen ist, habe ich sein Arbeitszimmer durchsucht.«

»Wie bitte?« Nora starrte sie an. »Das ist doch nicht dein Ernst!«

Kerstin Gruber lehnte sich zurück und nahm einen Schluck Rotwein. »Du wirst überrascht sein.«

Nora seufzte. »Was hast du denn gefunden?«

»Zunächst nichts. Und glaube mir, ich habe wirklich alles unter die Lupe genommen. Die Schubladen des Schreibtischs. Sämtliche Ordner in seinem Aktenschrank. Die Ablagefächer. Ich habe jedes Buch durchgeblättert, unter dem Schreibtisch nachgeschaut, sogar im Papierkorb. Nichts. Nur der Safe ...« Sie hielt inne, um Luft zu holen.

»Ja?«

»Der Safe hat plötzlich eine neue Kombination. Die alte kannte ich. Axel und ich haben keine Geheimnisse voreinander. Dachte ich jedenfalls. Und in dem Safe liegen persönliche Unterlagen von uns beiden. Geburtsurkunden, Familienbuch, so etwas. Doch auf einmal konnte ich ihn nicht mehr öffnen. Ich habe alle Zahlen probiert, die mir in den Sinn kamen. Sein Geburtsdatum. Unser Hochzeitstag. Und so weiter. Nichts.«

»Das heißt, du weißt nicht, was sich momentan im Safe befindet?«

»Richtig. Aber wie du dir denken kannst, wurde mein Misstrauen dadurch noch größer. Am Sonntag war ich in Axels Wahlkreisbüro. Dort habe ich ebenfalls alles durchwühlt. Ohne Ergebnis. Als ich wieder zu Hause war, fiel mir der Keller ein. Dann kam die Garage dran und anschließend der Dachboden.«

»Klingt, als seist du ziemlich beschäftigt gewesen.«

»Worauf du Gift nehmen kannst. Am Mittwoch stand in der Ostsee-Zeitung ein Artikel über einen Wirtschaftsspionage-Fall in Stockholm. Da hieß es, dass Kopierer, Faxgeräte und so weiter heutzutage alles kleine Computer seien mit Festplatten, auf denen sämtliche Daten zwischengespeichert werden. Dieser Typ in Stockholm wurde ertappt, weil er vertrauliche Unterlagen über den Firmenkopierer gezogen hat. Da kam mir eine Idee.«

Nora rieb sich mit Daumen und Zeigefinger über den Nasenrücken. »Bist du sicher, dass ich sie hören will?«

»Und ob! Ich habe bei unserem Fax die Tonerpatrone herausgenommen. Im Keller hatten wir noch eine leere. Die habe ich hineingeschoben. Und dann habe ich den Servicedienst angerufen. Mein Mann ist gerade im Ausland, und ich kleines Dummerchen habe doch keinen blassen Schimmer, wie man die Patrone wechselt. Aber unser Berliner Büro will meinem Mann etwas ganz, ganz Wichtiges schicken …«

»Ich kann's mir lebhaft vorstellen.« Nora wedelte mit der Hand. »Weiter!«

»Ich habe dem Monteur gesagt, dass schon die letzten Blätter kaum noch lesbar gewesen seien. Ob ich sie noch mal ausdrucken könne. Er meinte, das sei kein Problem. Die letzten fünfzehn Faxe seien noch im Speicher. Auch die gesendeten.« Kerstin sah ihre Schwester mit einer Mischung aus Traurigkeit und Triumph an. »Und die hat er mir dann netterweise noch einmal ausgedruckt.«

»Was hast du denn nun gefunden? Red schon!«

»Das Meiste betraf Axels politische Arbeit. Aber dazwischen kam das hier.« Kerstin nahm ihre Handtasche und zog eine A4-Seite in einer Klarsichtfolie heraus. Sie enthielt vier handschriftliche Zeilen.

»Herrn Görtes, HSB«, las Nora im Schein der Kerze. »Ich bestätige die Terminänderung. Sonnabend, 15. Dezember, 20.00 Uhr, Renaissance Phuket Resort. Wir treffen uns in meiner Suite. AG.«

Als sie wieder aufblickte, war ihre Stirn gerunzelt. »HSB. Hast du eine Idee, was es damit auf sich hat?«

»Das Fax wurde an eine Nummer mit Dresdner Vorwahl gesendet. Ich habe im Internet nachgeschaut. HSB steht für Herzog, Strasser & Beermann. Die größte Anwaltskanzlei Sachsens.«

»Und was hat Axel mit denen zu tun?«

»Ich weiß es nicht. Dieser Görtes ist Anwalt für Steuerrecht. Axel hat ihn mir gegenüber nie erwähnt.«

»Vielleicht ist die Kanzlei in Thailand tätig und hat deinen Mann um Unterstützung gebeten. Du weißt schon, Türen öffnen, Kontakte herstellen.«

Kerstin schüttelte den Kopf. »Glaube ich nicht. Ich habe mir auf der Homepage der Kanzlei den Lebenslauf von diesem Görtes angeschaut. Kein Wort über Asien.«

»Trotzdem, ich vermute, dass diese Sache«, Nora tippte auf die Klarsichthülle, »mit Axels politischer Arbeit zu tun hat. Bestimmt gibt es eine ganz harmlose Erklärung dafür.«

»Ich weiß nicht. Mein Gefühl sagt mir, dass es nichts Harmloses ist.« Kerstin zögerte einen Moment. »Außerdem gab es noch ein zweites Fax.«

## 28

In Thailand war es nach Mitternacht, aber Axel Gruber schlief nicht. Er benötigte ohnehin nicht viel Schlaf und heute, nach einem herrlichen Tag am Strand, fühlte er sich erholt und ausgeruht. Außerdem liebte er die nächtliche Schönheit der Insel. Seine letzten Stunden auf Phuket wollte er genießen. Schlafen konnte er auch später im Flugzeug.

Entspannt saß er auf dem Balkon seiner Suite, keine zweihundert Meter vom Wasser entfernt. Der in majestätische Dunkelheit gehüllte Ozean verriet sich nur durch das rhythmische Rauschen der Brandung. Palmensilhouetten schwankten in einer sanften Brise. Irgendwo knarzte ein vertäutes Boot. In der Luft hing der Geruch von Orchideen, Plumeriablüten und geöltem Teakholz. Die Schönheit dieses Moments, das Gefühl völliger Sorglosigkeit ließen Grubers Haut kribbeln.

Das nannte er Glück.

Sein Gast war vor ein paar Stunden wieder gegangen. Dem Gespräch mit ihm hatte etwas Unwirkliches angehaftet. Gruber musste an die dümmlichen Werbespots denken, in denen Lottogewinner Besuch von einem Mann mit einem Koffer voller Geld erhielten. Allerdings hatte sein Gast keinen lumpigen Koffer mitgebracht. Nein, er war mit einem ganzen Sattelschlepper erschienen.

Jedenfalls im übertragenen Sinne.

Rechtsanwalt Görtes hatte einen Laptop aus der Tasche geholt und die Homepage der Cyprus Commercial Bank in Singapur aufgerufen. Dort hatte er nacheinander die Zugangsdaten für zwei von ihm am Tag zuvor eröffnete Nummernkonten eingegeben. Als Axel Gruber die erfreulichen Summen anstarrte, die auf dem Bildschirm aufleuchteten, wusste er, dass er nicht weniger sah als den Schlüssel zu seinem Paradies.

Zufrieden nahm er einen Schluck Martini.

Es war verblüffend, wie sich Einschätzungen je nach Perspektive grundlegend änderten. In den Augen der meisten seiner Wähler war er wohlhabend, ja reich. Üppige Diäten und eine Reihe der breiten Öffentlichkeit unbekannter Zulagen, eine Aufwandspauschale, die doppelt so hoch war wie sein Aufwand, und absurde Büromaterialzuschüsse ergaben Monat für Monat eine erfreuliche fünfstellige Summe. Ja, er verdiente recht gut.

Und doch viel zu wenig.

Als Politiker bewegte er sich häufig in Kreisen, in denen sein Einkommen mickrig, ja lächerlich wirkte. Er hatte Menschen getroffen, die wirklich reich waren. Die genug Geld hatten, um keine Zeit zu verschwenden. Menschen, die sich jeden Wunsch erfüllen konnten, immer und überall, weil alles auf dieser Welt zu verkaufen war, an den richtigen Mann, zum richtigen Preis. Bei jenen

Begegnungen war sich Gruber der Bescheidenheit seines eigenen Wohlstandes auf schmerzhafte Weise bewusst geworden. Und der Abhängigkeiten, mit denen auch ein politisches Amt einherging. Abhängigkeiten, die ihn in ein Korsett zwangen, das zwar wesentlich bequemer war als das von Otto Normalbürger. Aber eben ein Korsett.

Brennende Wut stieg in ihm auf, wenn er an die unsäglichen Wahlkämpfe dachte, die er alle vier Jahre über sich ergehen ließ. Wahlkämpfe, die nichts anderes waren als eine Schmierenkomödie für die breite Masse. Oder die nächtlichen Parteivorstandssitzungen, die er besuchen musste, um Putschpläne seiner Gegner schon im Ansatz zu ersticken. Seine zahllosen Grußworte vor Interessengruppen, wo er geistlose Sätze aufsagte und alle klatschten, als hätte er gerade eine neue Relativitätstheorie entwickelt. Mehr und mehr hatte er in diesem Korsett gelitten, wie ein Hund, der ein zu enges Halsband trug. Doch damit war jetzt Schluss.

Für ihn war das Rattenrennen an dieser Stelle zu Ende.

Er hatte seinen Ausstieg sorgfältig geplant. Fortan würde er frei sein, völlig frei, und die Schönheit dieser Welt genießen. Gruber lächelte bei diesem Gedanken. Doch dann, im selben Atemzug, regte sich jener Stachel in seiner Brust, den er nur zu gut kannte.

Was war mit *ihr*?

Nein, er durfte nicht darauf hoffen, dass sie noch eine gemeinsame Zukunft haben könnten. Andererseits, warum etwas ausschließen, was theoretisch nach wie vor möglich war, jetzt sogar viel eher als bisher? Wenn er seine Karten geschickt ausspielte, wenn das Schicksal und die Sterne ihm wohlgesonnen waren, dann konnte es vielleicht doch noch funktionieren, gegen alle Wahrscheinlichkeiten. Und dann wäre sein Glück wirklich perfekt.

Axel im Paradies. Mit seiner Eva.

## 29

»Was denn noch?« Nora blickte Kerstin fragend an.

Juli beobachtete im Spiegel, wie Kerstin Gruber ihrer Schwester und sich selbst ein weiteres Glas Bordeaux eingoss, ehe sie ein zweites A4-Blatt aus ihrer Handtasche zog. »Hier.«

Nora schaute es sich an. »Ein E-Ticket?«

»Für einen Flug von Berlin-Tegel nach Singapur«, nickte Kerstin. »Über Amsterdam. Ausgestellt auf meinen Göttergatten. Ich muss wohl nicht erst erwähnen, dass ich von einer solchen Reise nicht das Geringste weiß.«

»Moment, Moment.« Nora wies auf das Papier. »Hast du dir mal das Datum angeschaut? Zehnter Februar.« Sie sah Kerstin an. »Unser Geburtstag, Schwesterherz. Jetzt ergibt das doch alles einen Sinn. Ich meine, dieser Flug und sein Rückzug aus der Politik. Vielleicht ist das sein Geschenk für dich. Du weißt schon, endlich mehr Zeit für euch beide. Und an deinem Ehrentag reist ihr beide nach Asien. Die zweiten Flitterwochen sozusagen. So viel Romantik hätte ich Axel gar nicht zugetraut.«

»Und damit liegst du völlig richtig.« Kerstin faltete die Hände ineinander. »Siehst du vielleicht irgendwo meinen Namen auf diesem Ticket? Und kannst du dich erinnern, dass ich jemals davon gesprochen hätte, einmal nach Singapur zu wollen? Außerdem ist mir bei dem Datum etwas ganz anderes ins Auge gefallen.«

»Was denn?«

»Drei Tage vorher findet in unserem Wahlkreis die Nominierung für die Bundestagswahl im September statt. Wenn Axel da seinen Rückzug aus der Politik verkündet, würde es doch passen, wenn er sich anschließend einen Trip nach Asien gönnt. Er hat mir nicht gesagt, dass er aufhören will, und auch nichts von diesem Flug nach Singapur. Ich scheine in seinem Leben keine große Rolle mehr zu spielen.«

»Aber vielleicht …«

Kerstin schüttelte traurig den Kopf. »Nein, Nora. Bei uns beiden ist es nicht so wie bei Peter und dir. Axel und mich hat nie die große Liebe verbunden. Eigentlich«, sie schürzte die Lippen, »eigentlich sind wir nur ein gut eingespieltes Politikerpaar. Ich mime die fürsorgliche und sozial engagierte Ehefrau an der Seite des Herrn Abgeordneten. Das bringt Wählerstimmen und hilft Axel, sich sein Mandat zu sichern. Im Gegenzug partizipiere ich an seinen Einnahmen und der Ehrerbietung, die ihm entgegengebracht wird. Glaub es oder nicht, aber ich mag das Leben, das ich führe. Ich liebe es, mit Axel zur Wahl der Sanddornkönigin zu gehen und zum Sportlerball. Alle sind freundlich, wir haben die besten Plätze und amüsieren uns prächtig.«

Nora wollte etwas sagen, aber Kerstin hob die Hand.

»Natürlich ist das alles völlig belanglos. Aber ich will ja auch nicht die Welt verändern. Ich brauche kein Vorstandsbüro wie du. Ich bin glücklich mit dem, was ich habe. Doch jetzt sieht es so aus, als wenn Axel die ganze Sache von heute auf morgen beenden will. Dann bin ich die Exfrau eines Exabgeordneten. Also gar nichts mehr.« Tränen traten ihr in die Augen.

»Kerstin, hör auf!« Nora klang verärgert. »Du phantasierst dir hier etwas zusammen. Dieser Flug nach Singapur kann genauso gut mit Axels Mandat zu tun haben. Und das Gespräch mit Toni hast du vielleicht wirklich falsch verstanden. Ich meine, selbst wenn Axel irgendwann zurücktreten wollte, dann doch nicht für einen, der auf Peters Seite steht.«

Es sei denn, flüsterte ihr eine innere Stimme zu, derjenige hätte die Seiten gewechselt. Aber was weiß Toni, was für dich interessant ist, Axel? Sie nahm sich vor, diesen Gedanken gleich nach ihrer Rückkehr mit Peter zu erörtern.

»Und dieser Anwalt aus Dresden?«, fragte Kerstin, wobei sie sich wenig damenhaft mit dem Handrücken die Nase abwischte. »Wieso treffen er und Axel sich heute in Thailand?«

»Keine Ahnung«, erwiderte Nora unwirsch. »Aber auch dafür fallen mir tausend harmlose Erklärungen ein.«

»Vielleicht soll er ja die Scheidung einreichen.«

»Unsinn. Du hast doch selbst gesagt, dass er ein Steueranwalt ist, keiner für Familienrecht. Vielleicht hat Axel einfach nur Ärger mit dem Finanzamt und will dich damit nicht belasten. Viel wahrscheinlicher ist aber, dass dieses Treffen mit Axels Mandat und seiner Reise nach Thailand zu tun hat. Pass auf, am Montag redest du mit ihm. Du wirst sehen, dass sich alles aufklärt.«

Nora war keineswegs überzeugt davon, aber Kerstin schien wieder etwas Hoffnung zu schöpfen. Sie atmete tief durch und legte ihre Hand auf die von Nora. »Danke.«

Ihre Unterhaltung wandte sich anderen Themen zu. Den morgigen Massageterminen, dem Essen im Castello und Noras Sohn, der in München Architektur studierte.

Als die beiden Schwestern die Bar verlassen hatten, nahm Juli ihr Glas und setzte sich auf Noras Stuhl. Unauffällig zog sie den Sender wieder von der Tischunterkante ab und steckte ihn in die Tasche. Zehn Minuten später kehrte auch sie in ihr Zimmer zurück. Sie ging sofort ins Bett. Morgen würde ein harter Tag werden.

## 30

Bernhard Lieber wurde von Asbeck Security rund um die Uhr bewacht. Aber tagsüber, wenn er in seinem Büro in München-Bogenhausen saß, um riesige Kapitalströme zu dirigieren, war seine Villa am Starnberger See relativ leicht einzunehmen. Jedenfalls für jemanden, der über einen Haustürschlüssel verfügte und den Sicherheitscode der Alarmanlage kannte.

Juli hatte ihren Wagen einen Kilometer entfernt in einem Waldstück stehen lassen und war das letzte Stück zu Fuß gegangen. Sie besaß auch einen Schlüssel für das hohe Stahltor, hatte sich aber dafür entschieden, an einer von der Straße und den Nachbargrundstücken nicht einsehbaren Stelle über den Zaun zu klettern. Vor den Überwachungsbildschirmen im Inneren der Villa saß derzeit niemand, wie sie wusste.

Nachdem sie sich ein Paar Gummihandschuhe übergestreift hatte, öffnete Juli mit Tankas Schlüssel die massive Eingangstür.

Einen Moment später ertönte der leise summende Warnton der Alarmanlage. Auf einem roten Display in der Eingangshalle begann ein Countdown. Nun blieben ihr dreißig Sekunden. Mehr als genug, wenn der Code seit Tankas Einweisung ins Krankenhaus nicht geändert worden war.

Sechs. Sieben. Eins. Neun. Sieben.

Mit angehaltenem Atem tippte Juli den Code ein und stieß erleichtert die Luft aus, als das Summen abbrach. Auf dem Display leuchtete anstelle der roten Zahlen ein freundliches grünes *Welcome!* auf.

Juli absolvierte einen schnellen Rundgang durchs Erdgeschoss, um sich zu vergewissern, dass tatsächlich niemand da war. Dann begab sie sich in die obere Etage. Auch hier inspizierte sie alle Räume, ehe sie sich dem Schlafzimmer zuwandte. Es war größer als ihr gesamtes Apartment. Das Kingsize-Bett stand vor einem breiten Fenster mit Blick auf den Starnberger See. Eine Verbindungstür führte ins Wohnzimmer, aber Juli interessierte sich mehr für das auf der anderen Seite angrenzende Bad.

Sie fragte sich, ob der Hausherr hier ein paar Erbstücke unterbringen musste oder doch seinem persönlichen Geschmack Ausdruck verliehen hatte. Denn der terrakottafarbene Kachelofen und eine in der Mitte des Raumes stehende gusseiserne Wanne mit Füßen, die Löwentatzen nachempfunden waren, verliehen dem Raum etwas Altertümlich-Rustikales. Die aufwändigen Mosaikkacheln an den Wänden und mehrere große, goldgerahmte Spiegel vervollständigten diesen Eindruck. Die Decke war in Zinnoberrot gehalten.

Ein Versteck bot das Bad leider nicht. Juli beschloss, hinter der Tür Stellung zu beziehen. Sie warf einen Blick auf die Uhr. Kurz nach fünf. Lieber verließ das Büro wahrscheinlich nicht vor sieben oder acht. Zeit genug also, um noch einmal hinunterzugehen.

Auf der dunklen Holztreppe blieb sie stehen.

Hier war der kleine Anton in den Tod gestürzt. Was die Zeitungen nicht berichtet hatten, nicht berichten konnten, weil selbst die Polizei davon nichts wusste, waren die tatsächlichen Umstände dieses Unglücks. Bei ihrem Besuch im Krankenhaus hatte

Juli Tankas immer wieder von Weinkrämpfen unterbrochener Schilderung gelauscht, wie Anton die Treppe hinaufgeeilt war, voller Eifer, weil im Fernsehen gleich seine Lieblingsserie beginnen würde. Dabei hatte er ein Glas mit Cola fallen lassen. Die schäumende Flüssigkeit war in alle Richtungen gespritzt. Leider auch auf die weiße Gabardinehose von Bernhard Lieber, der gerade von oben herunterkam. Voller Wut hatte er seinem Sohn eine kräftige Ohrfeige versetzt. Anton verlor das Gleichgewicht, stürzte die Treppe hinunter und schlug mit dem Kopf auf dem Boden auf. Er war seinen Schädelverletzungen erlegen, ehe der Notarzt eintraf.

»Ich hätte mich von Bernhard trennen müssen«, hatte Tanka verzweifelt geflüstert. »Schon vor vielen Jahren. Dann würde Anton jetzt noch leben.«

Sie lag in einem Einzelzimmer mit heruntergelassenen Jalousien, ganz so, als wäre Dunkelheit alles, was das Leben nach dem Tod ihres Sohnes noch für sie bereithielt.

»Warum haben Sie es nicht getan?«, fragte Juli, ihre Stimme kälter und vorwurfsvoller, als sie es beabsichtigt hatte. »Anlässe gab es doch mehr als genug.«

Tanka sah sie an. »Ich war jung, als ich Bernhard kennenlernte, eine kleine Verkäuferin in einem Juweliershop in Schwabing. Er lud mich zum Essen ein. Sie können sich das vielleicht nicht vorstellen. Ich war nie zuvor einem Mann wie ihm begegnet. Schon die Art, wie er sprach, wie er sich kleidete, wie er ... mich berührte. Er war älter, hatte so viel Erfahrung, in allem. Er kaufte mir Blumen, mietete mir ein neues Apartment, trug mich buchstäblich auf Händen. Schließlich heirateten wir sogar. Es war wunderschön zwischen uns.«

»Bis es aufhörte, schön zu sein.«

Tanka nickte niedergeschlagen. »Bis ich das entdeckte, was Sie seine dunkle Seite nennen. Es kam ganz allmählich. Er schrie, wenn er wütend war, beschimpfte mich. Um sich anschließend zu entschuldigen. Irgendwann schlug er mich zum ersten Mal. Mit dem Handrücken. Wegen einer Nichtigkeit. Und wieder tat es ihm leid. Er schwor, dass es nie wieder vorkommen würde. Aber es gab ein zweites Mal und ein drittes Mal.«

»Und es blieb nicht beim Handrücken«, sagte Juli sachlich.

Tanka sah sie an. »Nein. Aber das war doch nur eine Seite von ihm. Und als Anton kam, dachte ich ...«

»Dass ihn das ändern würde? Dass das Gute in ihm die Oberhand gewinnen würde?« Juli schüttelte verständnislos den Kopf. »Die Menschen ändern sich nicht, Frau Lieber. Wir sind, was wir sind.«

»Ja, heute bin ich klüger. Heute weiß ich, dass es falsch war. Und dass dieser Fehler Anton das Leben gekostet hat. Ich werde mir das nie verzeihen.« Wieder wurde sie von Weinkrämpfen geschüttelt. »Ich hasse ihn. Und ich hasse mich. Warum habe ich nicht einfach ...?«

»Er muss dafür bezahlen.« Juli stand mit verschränkten Armen an der Wand, ihre Augen hielten Tankas Blick fest. »Er muss dafür bezahlen«, wiederholte sie.

»Bezahlen?« Tanka schniefte. »Am liebsten würde ich ihn umbringen. Warum soll er weiterleben, wenn unser Sohn tot ist?«

»Wie wollen Sie das schaffen – mit einem Leibwächter im Haus? Außerdem würde man Sie zuerst verdächtigen.«

»Haben Sie vielleicht eine bessere Idee?«

Juli überlegte einen Moment, dann sah sie Tanka an. »Ja. Ich kenne jemanden, der das übernehmen könnte. Vielleicht sofort. Aber dafür muss ich telefonieren.«

Natürlich kannte sie niemanden, der einen solchen Job übernehmen würde. Aber sie hielt es für besser, wenn die Witwe in spe den Tod ihres Mannes nie mit einem konkreten Gesicht verband. Juli stellte Tanka ein paar sehr gezielte Fragen, etwa nach Liebers Arbeitszeiten und dem Code der Alarmanlage. Zum Schluss hatte Juli sie um den Hausschlüssel gebeten.

Auf der beigefarbenen Auslegware der Treppe war noch immer der dunkle Colafleck zu sehen. Er erinnerte Juli an Blut. Sie trat vorsichtig darüber hinweg, lief die Treppe hinunter und ging in die Küche. Im Kühlschrank fand sie drei Milchflaschen, Naturjoghurt, zwei große Becher mit Vanillepudding, etliche gefüllte Tupperdosen und einen angeschnittenen Schokoladenkuchen. Juli nahm sich die Freiheit, einen Teller aus einem Wandschrank zu holen und ein Stück Kuchen abzuschneiden. Dazu gönnte sie sich ein Glas Milch.

Natürlich spülte sie das Geschirr anschließend sorgsam ab und stellte es wieder zurück.

Gegen halb neun, als sie längst ihren Posten im Bad bezogen hatte, hörte sie, wie unten eine Tür geöffnet wurde. Bernhard Lieber kehrte heim. Der Fondsmanager genoss Personenschutz der Stufe zwei, der für Klienten seiner Gefährdungsklasse völlig ausreichend war, aber eben nicht gänzlich wasserdicht. Stufe zwei bedeutete zum Beispiel, dass der Mitarbeiter von Asbeck Security nicht sämtliche Räume checkte, wenn er mit Lieber am Abend das Haus betrat. Vielmehr verließ er sich darauf, dass die Alarmanlage verdächtige Aktivitäten signalisieren würde.

Juli hörte Stimmen in der Eingangshalle. Dann kam jemand herauf. Sie stellte sich im Bad links neben die Tür, so würde diese sich in ihre Richtung öffnen und Lieber sie nicht sofort bemerken. Der Jemand – sie ging davon aus, dass es der Hausherr war – erreichte die Etage und betrat das Schlafzimmer. Vielleicht, um sich umzuziehen? Kurze Stille, dann weiteres Türklappern. Als Nächstes erklangen Geräusche, die auf einen eingeschalteten Fernseher hindeuteten. Offenbar war Lieber ins Wohnzimmer gegangen, denn im Schlafzimmer hatte Juli kein Gerät gesehen.

Ein Knarren der Dielen unter dem dicken Teppich verriet, dass Lieber wieder zurück war. Die Schritte kamen näher.

Jetzt ging die Tür des Bades auf.

Juli atmete flach durch den Mund. Sie sah Lieber im Profil. Er trug Boxershorts und ein weißes T-Shirt. In der rechten Hand hielt er eine Tageszeitung. Mit langsamen Schritten ging er zur Toilette. Juli machte einen Schritt nach vorn, eine Bewegung, die Lieber aus den Augenwinkeln wahrnahm. Ruckartig drehte er den Kopf. Seine Augen weiteten sich in Entsetzen. Für jede weitere Reaktion war es indes zu spät, denn Juli hatte das Überraschungsmoment auf ihrer Seite.

Sie packte Lieber am Rücken und am Hals. Dann schlug sie ihm das rechte Bein weg und zog ihn nach hinten. Es war eine spezielle

Variante eines Ko-Uchi-Gari, der kleinen Innensichel. Lieber stieß einen halblauten Schreckensschrei aus. Für ein paar Hundertstelsekunden lag er wie eine Frau beim Tanz in Julis Armen. Seine Beine schnellten nach oben. Verzweifelt ruderte er mit den Händen, während Juli sich leicht nach rechts drehte. Trotz der Anstrengung atmete sie ruhig und gleichmäßig. Als Liebers Genick über dem gusseisernen Wannenrand schwebte, drückte sie ihn mit der rechten Hand kräftig nach unten. Es gab ein unangenehm knackendes Geräusch, so als würde man einen starken Ast abbrechen.

Bernhard Lieber teilte das traurige Schicksal seines Sohnes, wobei Juli hoffte, dass sein Weg direkt in die Hölle führen würde.

Nach einem prüfenden Blick in die gebrochenen Augen ihres Opfers ließ sie den Körper fallen und verließ das Bad, um durchs Schlafzimmer in Richtung des Wohnzimmers zu eilen. Sie musste damit rechnen, dass der Schrei oder der dumpfe Aufprall im darunterliegenden Stockwerk zu hören gewesen war. Auf eine Begegnung mit einem ihrer früheren Kollegen war sie naturgemäß nicht erpicht.

Tatsächlich wurde schon wenige Momente später an die Tür des Schlafzimmers geklopft.

»Herr Lieber?«, hörte sie eine Stimme mit starkem Akzent. »Alles in Ordnung?« Es war nicht Georg, sondern ein anderer Bodyguard, Radomir, ein Serbe, mit dem Juli allerdings nie näher zu tun gehabt hatte.

Als er keine Antwort bekam, öffnete Radomir langsam die Tür. »Herr Lieber, ist alles in Ordnung? Ich komme jetzt herein.«

Als Juli davon überzeugt war, dass ihr Ex-Kollege das Schlafzimmer betreten hatte, verließ sie das Wohnzimmer. Der noch immer laufende Fernseher übertönte alle Geräusche, die sie dabei verursachte. Sie eilte die Treppe hinunter, schaltete im Überwachungsraum mit wenigen Handgriffen sowohl die Alarmanlage als auch die Überwachungskameras aus und suchte das Weite.

Einige Wochen später fuhr sie zum Münchner Hauptbahnhof.

In der überfüllten Eingangshalle kam ihr eine Frau mit Sonnenbrille und einem breitkrempigen Sommerhut entgegen. Niemand bemerkte, dass sie Juli im Vorbeigehen einen Schlüssel für ein Schließfach in die Hand drückte. Juli entnahm ihm wenige Minuten später eine Ledertasche mit zweihunderttausend Euro in kleinen, nicht durchgehend nummerierten Scheinen. Tanka Lieber, Witwe und Alleinerbin des auf tragische Weise ums Leben gekommenen Fondsmanagers Bernhard Lieber, hatte sich erkenntlich gezeigt.

Und so den Grundstein für Julis neue Karriere gelegt.

## 31

Das Windwood Spa öffnete um acht Uhr, aber Juli ging davon aus, dass so früh noch keine Angestellte draußen vor der Tür saß. Natürlich lag schon die Liste bereit, in der sich die Gäste eintrugen. Doch im Spa war am Morgen noch nicht allzu viel los, weshalb der Marmortresen frühestens ab zehn besetzt sein würde, vielleicht sogar erst ab Mittag.

Als Juli kurz vor acht Rückers Zimmer verließ, entschied sie sich wiederum gegen den Fahrstuhl und für das Treppenhaus. Sie trug die blonde Perücke, Hotelbadeschlappen und einen dünnen, eng anliegenden Stretchanzug, den sie später gegen den Bademantel austauschen würde. Der steckte jetzt in einer Plastiktüte mit dem Logo des Hotels, die sie unter dem Arm hielt.

Es war nicht Julis erster Ausflug an diesem Tag. Gegen sieben war sie bereits in die Tiefgarage gegangen, um ihren Rucksack auf dem Beifahrersitz des Toyotas zu deponieren. Später würde alles sehr schnell gehen müssen. Sie konnte es sich nicht leisten, Zeit mit der Rückkehr ins Zimmer zu verschwenden. Deshalb wollte sie dort nichts zurücklassen. Alles, was sie in den nächsten Stunden brauchte, befand sich zusammen mit dem Bademantel in der Plastiktüte: ein dunkles Seidentuch, eine große Sonnenbrille, eine schwarze Lockenperücke und vor allem ein extra langes USB-Ladekabel. Die Stecker an beiden Enden waren abgeschnitten.

In der zweiten Etage lugte Juli vorsichtig durch die Tür des Treppenhauses. Wie sie erwartet hatte, war es um diese Zeit noch relativ ruhig. Hinter dem Tresen saß niemand. Im Fitnessstudio standen zwar die ersten Gäste auf den Laufbändern, aber sie wandten ihr den Rücken zu und starrten auf einen Bildschirm, der irgendwo über ihnen flimmerte.

Blitzschnell huschte Juli zum Eingang des Spa. Vorsichtig schaute sie hinein. Hinten am Grottenbad prüfte eine Angestellte gerade die Sauberkeit des Wassers. Sie tauchte etwas, das wie ein Plastikröhrchen aussah, hinein, schüttete den Inhalt wieder aus und hielt das Röhrchen erneut in das Becken. Juli nutzte die Gelegenheit, um mit zwei, drei großen Sätzen in Richtung der Glastür auf der rechten Seite zu springen, die zum Dampfbad und den Behandlungsräumen führte. Sie war im Seitentrakt verschwunden, ehe sich die Angestellte am Grottenbad wieder erhoben hatte.

Tief einatmend sah Juli sich um. Der Kräuterduft des Dampfbades lag in der Luft und vermischte sich mit dem Geruch von Massageöl und Chlor. Auch hier war es ruhig, sie schien noch ganz allein zu sein. Massagen wurden erst ab elf Uhr verabreicht. Juli zog den Stretchanzug aus und den Bademantel an. Sorgfältig rollte sie Hose und Oberteil zusammen und steckte beides in die Plastiktüte, die sie in den Holzeimer neben dem Dampfbad legte, der für die benutzten Sitztücher vorgesehen war. Dann nahm sie einige der rot-weißen Tücher, machte sie unter der Dusche etwas nass und stopfte sie zusammengeknüllt ebenfalls in den Eimer, bis von ihrer Tüte nichts mehr zu sehen war. Zum Schluss vergewisserte sie sich noch einmal, dass das USB-Kabel und das Seidentuch in den Taschen des Bademantels steckten.

Dann begab sie sich zur Toilette.

Der Raum verströmte dieselbe kühle Eleganz wie der Rest des Hotels. Der Fußboden war aus grünem Marmor. Neben dem Eingang stand ein langgezogener Glaswaschtisch mit vier nebeneinanderliegenden Becken, die über Armaturen aus gebürstetem Edelstahl verfügten. Es gab zwei Sensorhändetrockner, aber neben jedem Waschbecken lag auch ein Stapel kleiner weißer Frotteetücher. An der gegenüberliegenden Wand befanden sich die Toilettenkabinen. Die Zwischenwände waren massiv und reichten von der Decke bis zum Boden. Auch die dicken Holztüren ließen oben und unten keine unnötigen Freiräume. Es war immer schön, wenn sich ein Hotel um die Intimsphäre seiner Gäste sorgte. Juli entschied sich für die zweite Kabine von links und verschwand darin. Sie warf einen Blick auf die Uhr. Kurz nach acht.

Nun hieß es warten.

## 32

Das Callgirl stammte aus Rostock. Manja hatte das Mädchen gebeten, für die Vernehmung nach Binz zu kommen. Das Gespräch sollte zwar nicht im Hotel stattfinden, sondern auf dem Polizeirevier, aber vielleicht würde sich ja die Notwendigkeit ergeben, Kirijenkos Suite noch einmal aufzusuchen.

Das Binzer Polizeirevier befand sich auf der Jasmunder Straße, im selben Gebäude wie die Gemeindeverwaltung, einem etwas zergliedert wirkenden Mehrzweckbau. Zu den anderen Mietern gehörte eines der unzähligen griechischen Restaurants des Ortes. Der Leiter der Dienststelle hatte Manja sein Zimmer zur Verfügung gestellt, einen zwar hellen, aber kleinen Raum mit Resopalschreibtisch und einem PC, der schon veraltet war, als die Behörde ihn gekauft hatte.

Manja kannte solche Räume aus Dresden. Und solche Computer auch.

Sie bat das Mädchen, auf einem der beiden Besucherstühle Platz zu nehmen. »Ich bin Staatsanwältin Koeberlin«, sagte sie, nachdem eine ältere Polizistin zwei Tassen Kaffee gebracht hatte und diskret wieder verschwunden war. »Wie ist Ihr Name?«

»Sunny Liliou.«

»Ist das ein … äh … Künstlername?«, fragte Manja ein wenig verdattert.

»Das ist der Name, unter dem ich arbeite. Er steht auch in meinem Ausweis. Möchten Sie ihn sehen?« Die Frau griff nach einer weißen Umhängetasche und begann, darin zu wühlen.

»Schon gut.« Manja winkte ab. »Wie alt sind Sie?«

»Einundzwanzig.«

Manja lag die übliche nächste Frage nach dem Beruf auf der Zunge, aber die verkniff sie sich. Nachdem sie die Anschrift des Mädchens notiert hatte, legte sie ihren Stift weg und sah ihren Gast an.

Sunnys Schultern waren soldatisch straff, aber sie ließ den Kopf leicht hängen. Ihre roten Haare wirkten gefärbt oder zumindest getönt, passten jedoch gut zu ihren sommersprossenübersäten Wangen. Sunny trug Jeans, Stiefel und einen weißen Pullover. Ihren Anorak mit Fellkragen hatte sie ausgezogen und auf den Stuhl neben sich gelegt.

»Wie ich schon am Telefon gesagt hatte, möchte ich mit Ihnen über den letzten Montag sprechen.«

Sunny nickte.

»Ich weiß, dass Sie der Polizei schon erzählt haben, was passiert ist. Lassen Sie uns bitte trotzdem noch einmal darüber reden. Manchmal erinnert man sich beim zweiten oder dritten Mal an Details, die einem zuvor nicht wichtig erschienen.«

Wieder nickte das Mädchen.

»Wann haben Sie erfahren, dass Sie Richter Kirijenko an dem Abend treffen sollten?«

»Ich wusste es schon einige Tage vorher. Er hatte mich angerufen und gefragt, ob ich Zeit hätte.«

»Er hat direkt mit Ihnen gesprochen?«

»Ja. Er war sozusagen«, Sunny blies die Wangen auf, »ein Stammkunde.«

»Das heißt, er hat Sie angerufen und den Montagabend gebucht.«

Das Mädchen zuckte mit den Schultern. »Wenn Sie so wollen. Ich sollte am späten Nachmittag ins Windwood kommen und in der Suite auf ihn warten. Den Concierge wollte er entsprechend informieren.«

»Lief es sonst auch so ab?«

»Im Grunde schon.«

»Kirijenko ist diesmal später angereist als üblich. Hat er Ihnen einen Grund dafür genannt?«

Sunny schüttelte den Kopf. »Nein. Ich habe aber auch nicht danach gefragt.«

»Sie sind also vom Concierge in die Suite gebracht worden. Und dann?«

»Na ja. Er hatte gesagt, dass er vermutlich am frühen Abend kommt. Da noch etwas Zeit war, habe ich ein Bad genommen. Gegen sechs war er dann da. Wir haben geredet, er hat uns eine Flasche Champagner bestellt und dann etwas zu essen.«

»Sie haben mit ihm zu Abend gegessen?«

»Ja, ganz normal. Viele Kunden mögen das.«

»In der Suite?«

Sunny nickte. »Am ersten Abend wollte er meistens nicht mehr ins Restaurant. Wir haben etwas aus der Karte gewählt und in die Suite bringen lassen. Nach dem Essen hat er ebenfalls ein Bad genommen. Und dann sind wir ins Schlafzimmer.«

»Haben Sie irgendetwas Ungewöhnliches bemerkt? Geräusche, das Öffnen einer Tür, Schritte?«

»Nein. Nichts. Das habe ich auch den Polizisten schon gesagt.«

»Wir vermuten, dass der Killer in die Suite gekommen ist, als Sie noch da waren. Er hat wahrscheinlich im Bad oder im Wohnzimmer gewartet, bis Sie gegangen sind«, sagte Manja. »Haben Sie eine Vorstellung, wie viel Glück Sie hatten?«

Das Mädchen schlug die Augen nieder, blickte dann aber wieder auf Manja. »Wie kommen Sie eigentlich darauf? Ich meine, dass ich noch in der Suite war, als der Täter …?«

Manja tippte auf die Akte, die auf dem Schreibtisch lag. »Das elektronische Türschloss. Die Tür wurde gegen elf geöffnet. Da waren Sie und Kirijenko gerade im Schlafzimmer. Sie haben gegenüber der Polizei angegeben, dass Sie hinterher nicht mehr ins Bad gegangen sind. Wieso eigentlich nicht?«

Sunny kratzte mit dem Finger auf ihrer linken Handfläche herum. »Ich wollte einfach nur nach Hause«, erwiderte sie ein wenig unwirsch. »Ist das vielleicht verboten? Während ich mich anzog, hat Wladimir dann allerdings gefragt, ob ich in den nächsten Tagen Zeit habe.«

»Sie meinen, Sie haben weitere Termine vereinbart?«

»Ja. Für Mittwoch und für gestern, jeweils abends. Und für übermorgen.«

»Waren das seine Vorschläge oder Ihre?«

»Die Termine ergaben sich mehr oder weniger im Gespräch. Mittwoch und Samstag passten bei mir. Ich hatte ihm außerdem den Montag vorgeschlagen, aber da klappte es bei ihm nicht. Deshalb sind wir auf den Dienstag ausgewichen.«

»Das haben Sie in Ihrer ersten Vernehmung aber nicht erwähnt.«

»Es hat mich ja auch keiner danach gefragt.«

»Wieso ging es am Montag nicht?«

Sunny zuckte wieder die Schultern. »Keine Ahnung. Ich habe mich nicht danach erkundigt. Kunden mögen es nicht sonderlich, ausgehorcht zu werden. Wenn er keine Zeit hat, hat er keine Zeit. Fertig.«

Manja beugte sich nach vorn. »Sunny, wie hat er genau reagiert, als Sie ihm den Montagabend vorschlugen?«

Das Callgirl stützte ihr Kinn auf eine Hand und dachte nach. »Nein, das geht nicht, sagte er. Da habe ich einen Termin in …« Sie trommelte mit der anderen Hand auf die Tischplatte. »Was hat er gleich gesagt, wo er ist? Auf jeden Fall hat er seinen Kalender aufgeschlagen, weil er sich unsere Verabredungen notieren wollte.«

»Sie meinen, so eine Art Taschenkalender?«, fragte Manja. Sie konnte sich nicht erinnern, in der Asservatenliste etwas davon gelesen zu haben.

»Ja«, bestätigte Sunny. »Etwas kleiner als ein Buch. Schwarz, wenn ich mich recht entsinne.«

»Wo hatte Kirijenko den Kalender denn plötzlich her, als er mit Ihnen über weitere Treffen sprach? Ich meine, so etwas nimmt man ja nicht unbedingt mit ins Schlafzimmer.«

»Gute Frage.« Sunny überlegte. »Ja, richtig, der war in seiner Aktentasche, und die hat er extra aus dem Flur geholt.«

Manja nickte. »Und weiter?«

»Naja, dann ging er mit mir die einzelnen Tage durch. Als wir zum Montag kamen, hat er mit seinem Stift auf eine Seite getippt und gesagt: Nein, das geht nicht. Da habe ich einen Termin in … Stralsund. Das war es. Einen Termin in Stralsund.«

»Keine Andeutung, was für eine Art von Termin? Oder mit wem?«

Sunny schüttelte unschlüssig den Kopf. »Nein.«

»Versuchen Sie sich bitte zu erinnern, Sunny. Jedes Detail ist wichtig. Haben Sie vielleicht zufällig gesehen, was an diesem Tag in seinem Kalender stand? Hat er irgendeine beiläufige Bemerkung gemacht?«

»Nein, wirklich nicht. Das Einzige, was mir noch einfällt …«

»Ja?«

»Als er den Kalender aufschlug, lag da eine Art Prospekt drin. So ein bunter Flyer, wie man ihn in Touristinformationen findet. Er legte ihn zur Seite, als er unsere Termine eintrug.«

»Wissen Sie noch, wofür der Flyer geworben hat?«

Wieder dachte Sunny nach. »Nein. Ich meine, das Wort Devin gelesen zu haben. Aber ich bin mir nicht sicher.«

## 33

Mittlerweile war es kurz vor halb elf. Die Geschäftigkeit im Spa nahm allmählich zu. In ihrer Toilettenkabine hörte Juli, dass die Tür zum Seitentrakt nun häufiger geöffnet wurde. Das Wuseln emsiger Schritte und gelegentliche, gedämpfte Wortwechsel verrieten ihr, dass die ersten Behandlungstermine anstanden.

Nora hatte um elf eine Hot-Stone-Massage gebucht. Kerstin sollte um halb zwölf Algenwickel erhalten. Nach allem, was Juli wusste, und auch nach dem gestrigen Gespräch der Schwestern ging sie davon aus, dass beide zusammen ins Spa kommen würden. Kerstin wäre also eine halbe Stunde lang allein, ohne ihre Zwillingsschwester. In Julis Überlegungen spielten diese dreißig Minuten eine entscheidende Rolle. Um kurz nach halb elf verließ sie die Kabine. Vorsichtig öffnete sie die Toilettentür und sah hinaus.

Der Gang war leer.

Sie hielt es für das Sinnvollste, die letzten Minuten im Kräuterdampfbad zu warten. Gestern hatte sie festgestellt, dass der mit Fliesenornamenten gestaltete Raum nur spärlich durch winzige, in der gewölbten Decke angebrachte Lichtpunkte beleuchtet wurde, die offenbar den Eindruck eines Sternenhimmels erwecken sollten. Von draußen war allerdings selbst das nicht zu erkennen, alles schien dunkel. Zudem war in der Mitte um eine Marmorsäule ein ebenfalls mit kleinen Fliesen verzierter Brunnen angebracht, aus dem Kräuterdampf austrat. An der Säule waren goldene Wasserhähne angebracht, die es den Besuchern ermöglichten, sich zu erfrischen. Wer hinter dem Brunnen saß, war für jene, die draußen vorbeiliefen, praktisch unsichtbar. Von dort konnte Juli durch die Glastür in Ruhe beobachten, was Kerstin tat, ehe sie ihre Algenwickel bekam. Ideal wäre es natürlich, wenn sie sich dafür entschied, das Dampfbad aufzusuchen. Aber darauf konnte Juli nicht bauen. Schon wahrscheinlicher war hingegen, dass Kerstin die Dusche oder die Toilette benutzte, ehe sie sich in den Behandlungsraum begab. Planmäßig müsste ihre Schwester dann längst auf der Massagebank liegen, so dass Juli Gelegenheit bekam, sich mit Kerstin zu beschäftigen. Vorausgesetzt, es war kein weiterer Gast in der Nähe.

Nachdem sie eines der rot-weißen Tücher ausgebreitet hatte, nahm Juli hinter der Säule Platz. Das USB-Kabel legte sie neben sich und bedeckte es mit einem Ende des Tuches.

Geduldig wartete sie.

Draußen wurde die Tür zum Seitentrakt geöffnet. Ein athletisch gebauter Mann kam herein, der nur ein Handtuch um die Hüften trug. Er lief am Dampfbad vorbei in Richtung der Duschen. Kurz darauf erklang das Rauschen des Wassers. Der Mann kam zurück, trocknete sich ab und verschwand gemeinsam mit einer Angestellten, die in diesem Moment auftauchte und seinen Namen rief, in einem der Massageräume.

Kurz darauf ging die Eingangstür erneut auf.

»... der Kellner heute früh irgendwie unaufmerksam war?«, hörte sie Kerstins Stimme. Juli spürte ein Hitzegefühl im Magen. Ihre Muskeln spannten sich an.

Es geht los!

»Ja, aber das ist mir schon gestern aufgefallen«, erwiderte Nora. »Da hatte er doch meinen Kaffee vergessen.«

Die beiden Frauen zogen die weißen Hotelbademäntel aus und hängten sie zusammen mit ihren Handtüchern an die Haken neben dem Dampfbad. Dann tappten sie weiter in Richtung der Duschen. Kurz darauf rauschte es. Juli hörte, dass die Zwillinge ihre Unterhaltung fortsetzten, konnte aber nicht verstehen, was gesprochen wurde.

Wenige Momente später tauchten Nora und Kerstin wieder auf. »Es ist gleich elf. Ich gehe nach hinten«, sagte Nora. »Der Masseur ist bestimmt schon da.«

»Mach das. Ich setze mich noch ein paar Minuten ins Dampfbad«, entgegnete Kerstin. »Treffen wir uns später im Ruheraum?«

»Einverstanden.« Nora zog ihren Bademantel an.

Kerstin öffnete die Glastür des Dampfbades. Nachdem sie hereingekommen war, dauerte es einen Moment, ehe sie inmitten des Nebels die Gestalt hinter dem Kräuterbrunnen sitzen sah.

»Guten Tag«, sagte sie und hustete, weil der Wasserdampf in ihre Atemwege gedrungen war.

Juli war sich nicht sicher, ob Kerstin bereits erkannt hatte, dass sie es mit der gestrigen Besucherin aus der Neptun-Bar zu tun hatte. »Guten Tag«, erwiderte sie freundlich.

Jetzt schien sich Kerstin Gruber an die Stimme zu erinnern. Ihre inzwischen an das spärliche Licht gewöhnten Augen fixierten Juli. »Wir haben uns doch gestern Abend gesehen, nicht wahr?«

»In der Bar«, bestätigte Juli. »Als Sie gegangen sind, habe ich mich übrigens gleich an Ihren Tisch gesetzt. Die Atmosphäre ist wirklich einzigartig.«

»Das finde ich auch. Sind Sie zum ersten Mal im Windwood?«

Als Frau eines Politikers hatte Kerstin genügend Empfänge besucht, um eine Meisterin des Small Talks zu sein. Lockerleicht ging ihr die belanglose Plauderei von der Zunge. Aber Juli war nicht an Plauderei interessiert. Verborgen von dem Brunnen nahm sie das USB-Kabel und wickelte es um beide Handballen. Alles, was sie noch brauchte, war eine Gelegenheit, das Kabel um Kerstin Grubers Hals zu legen.

Und zwar schnell und überraschend.

Ihr Opfer wog schätzungsweise um die siebzig Kilo, deutlich mehr als sie selbst. Juli hatte nicht die Absicht, sich auf ein Handgemenge einzulassen.

»Mein Gott, ist das heute wieder heiß hier«, stöhnte Kerstin. Sie richtete sich auf und beugte sich nach vorn, um einen der goldenen Hähne aufzudrehen. Sie hielt ihre Hände unter das heraussprudelnde Wasser, um sich das Gesicht zu benetzen.

Jetzt, dachte Juli und erhob sich.

In diesem Moment ging die Tür auf.

## 34

»Wir haben vielleicht eine Spur!« Die triumphierende Stimme von Günter Mast dröhnte durch den Hörer. »Frank Schilling ist gerade bei mir. Er ...«

»Hat es was mit Stralsund zu tun?«, unterbrach ihn Manja aufgeregt. »Mit Devin?«

Der Oberstaatsanwalt stutzte. »Nein. Wie kommen Sie darauf? Haben Sie aus dieser Sunny noch was rausgeholt?«

»Sie meint, am Montagabend habe Kirijenko eine Verabredung in Stralsund gehabt. Vielleicht irgendwo auf der Halbinsel Devin.«

»Mit wem?«

»Keine Ahnung. Aber das muss in seinem Taschenkalender stehen. Wurde der in der Suite gefunden?«

»Ein Kalender? Nein«, erwiderte Mast ungeduldig. »Dafür haben wir aber etwas ganz anderes. Ich stelle auf Lautsprecher um, dann kann Herr Schilling es gleich selbst erzählen.«

»Die russische Miliz hat uns vorhin einen Bericht geschickt«, erklang die Stimme des BKA-Ermittlers. »Vor fünf Jahren ist ein Vizegouverneur der Provinz Primorje ermordet worden.«

»Primorje?«

»Im Fernen Osten Russlands, am Japanischen Meer. Die Gebietshauptstadt ist Wladiwostok. Nun raten Sie mal, wie der gute Mann ums Leben kam!«

»Wenn Sie so fragen, würde ich sagen, durch drei Messerstiche in die Brust.«

»Volltreffer. Aber das ist noch nicht alles. Als man ihn fand, trug er eine schwarze Augenbinde.«

»Das passt ja fast schon zu gut«, sagte Manja. »Wieso bekommen wir diese Information erst jetzt?«

»Wir reden hier über Russland, Frau Koeberlin«, erwiderte Schilling im gereizten Ton eines Pragmatikers, der mit einem weltfremden Wissenschaftler spricht. »Es ist ein ziemliches raues Land. Hunderte Auftragsmorde pro Jahr bleiben unaufgeklärt. Parlamentsabgeordnete, Vizegouverneure, Bürgermeister, Bankiers, Journalisten, Finanzbeamte. Es gibt dort kein Register, in das Sie die Begriffe Messer und Augenbinde und Hotel eingeben und dann wird Ihnen ein Name ausgespuckt.«

»Mit anderen Worten, auch in diesem Fall wurde der Täter nie gefasst?«

»Richtig. Aber die Behörden waren damals überzeugt, dass Boris Bykow hinter dem Attentat steckte, ein Unternehmer aus Nishni Nowgorod. Ihm werden Verbindungen zur russischen Mafia nachgesagt. Zwischen Bykow und dem Vizegouverneur hatte es Streit wegen des Verkaufs einer Werft an die Koreaner gegeben.«

»Und jetzt kommt das Allerbeste«, ließ sich Mast vernehmen. »Der Aufsichtsratsvorsitzende der Soran-Werft in Warnemünde heißt …«

»Boris Bykow?«, fragte Manja.

»Exakt«, bestätigte Schilling. »Eine seiner Tochtergesellschaften hat sie vor zehn Jahren gekauft. Das heißt, wenn wir Kirijenko irgendwie mit diesem Unternehmen in Verbindung bringen können, gibt es einen Tatverdächtigen.«

»Haben Sie sich inzwischen Ihre Akte schon angeschaut, Frau Koeberlin?«, fragte Mast. »Taucht der Name Soran da auf?«

»Nicht, dass ich wüsste. Aber ich gehe gleich noch einmal alles durch«, antwortete Manja diplomatisch. Die Akte lag unangerührt in ihrem Hotelzimmer. »Übrigens, wurde eigentlich Kirijenkos Mobiltelefon gefunden?«

»Nein. Kein Kalender, kein Mobiltelefon.«

»Dann muss der Killer die Sachen mitgenommen haben. Vielleicht enthielten sie ja Hinweise auf den Auftraggeber. Kontakte, Termine, Memos, irgendetwas in dieser Richtung. Hat der Richter von der Suite aus telefoniert?«

»Negativ«, erwiderte Mast. »Das haben wir überprüft. Hören Sie, können Sie sich bitte Ihre alte Akte möglichst schnell vornehmen? Derweil schauen wir uns alles an, was wir hier über die Soran-Werft und ihre Eigentümer haben. Wir wollen gleich morgen früh nach Warnemünde fahren. Je mehr wir dann wissen, umso besser.« Mast legte auf.

Manja seufzte. Sie war achttausend Kilometer geflogen, von der Sonne Floridas in den bitterkalten Ostsee-Winter. Der Jetlag steckte ihr noch in den Knochen, und heute war ihr erster Arbeitstag seit fast drei Jahren. Sie hatte keinerlei Verlangen, eine verstaubte Ermittlungsakte durchzulesen.

Der Leiter des Polizeireviers steckte seinen Kopf durch die Tür. »Noch einen Kaffee für Sie?«

Manja schüttelte den Kopf. »Nein, ich gehe zurück ins Windwood. Dann können Sie Ihr Büro wiederhaben.«

Der Polizist wirkte nicht, als wäre er sonderlich scharf darauf.

»Sagen Sie«, begann Manja, »auf dieser Halbinsel, die zu Stralsund gehört ...?«

»Devin?«

»Ja. Gibt es dort irgendwelche touristischen Attraktionen?«

»Da befindet sich ein Naturschutzgebiet«, erwiderte der Revierleiter, lässig gegen den Türrahmen gelehnt. »Genauer gesagt, ein ehemaliges Naturschutzgebiet. Der Status wurde vor kurzem aufgehoben, damit dort ein Hotel gebaut werden kann. Kleiner als das Windwood, aber genauso vornehm. Fünf Sterne, mit eigenem Golfplatz. Devin Residenz. Es heißt übrigens, dass die Russen dahinterstecken.« Im gleichen Atemzug zählte der Mann eins und eins zusammen. »Moment mal, glauben Sie, dass dieser tote Richter da irgendwie mit drinhing?«

In Manjas Kopf rotierte es. »Die Russen?«, echote sie, ohne auf seine Frage einzugehen.

»Ja. Offiziell steht eine Firma namens DRM hinter dem Projekt. Devin Residenz Management. Aber man munkelt, dass in Wahrheit ...«

»DRM. Wo haben die ihren Sitz?«, unterbrach ihn Manja.

»In Stralsund«, erwiderte der Polizist. »Ich glaube, im Gewerbegebiet Stadtkoppel.«

## 35

»Das ist heute wirklich nicht unser Tag.« Seufzend trat Nora Rottmann in das Dampfbad. »Erst dieser Kellner, jetzt der Masseur. Angeblich ist er unterwegs aufgehalten worden. Aber in fünfzehn Minuten soll er da sein.«

Juli war hinter der Säule noch immer halb aufgerichtet, als Noras Blick auf sie fiel. »Oh, Verzeihung, ich dachte, meine Schwester wäre allein.«

»Kein Problem. Ich wollte sowieso gerade raus.« Juli wandte sich um und griff nach dem Sitztuch, wobei sie das Kabel unauffällig darin verschwinden ließ. Beim Hinausgehen achtete sie darauf, dass nichts zu sehen war.

Nachdem sie die Tür hinter sich geschlossen hatte, atmete sie tief durch, verärgert über die unerwartete Störung. Andererseits – wenn Nora ein paar Sekunden später gekommen wäre, hätte Juli ein noch größeres Problem gehabt. Sie begab sich zu den Duschen, um sich kalt abzubrausen. Zum Glück hielt sich dort gerade kein anderer Gast auf, so dass sie sich wegen des Kabels in ihrer Hand keine Gedanken machen musste. Mit dem Sitztuch trocknete sie sich notdürftig ab. Als sie wieder am Dampfbad vorbeilief, nahm sie ihren Bademantel vom Haken und zog ihn an. Das USB-Kabel stopfte sie in die rechte Seitentasche. Dann holte sie ihre Plastiktüte aus dem Holzeimer neben der Tür hervor und ließ das benutzte Tuch hineinfallen.

Und nun?

Zurück zur Toilette. Diesmal war sie allerdings nicht allein. Vor einem der Waschbecken stand eine Frau mittleren Alters, die gerade den Sitz ihrer imposanten blonden Hochsteckfrisur begutachtete. Das verbesserte Julis Laune nicht gerade. Sie verschwand in einer der Kabinen und ließ sich auf dem Klo nieder.

Denk nach, befahl eine innere Stimme.

Nora hatte sie hier im Spa gesehen, etwas, das nicht geplant gewesen war. Das erforderte eine geringfügige Änderung ihres Planes. Sie zog die Perücke mit den gelockten schwarzen Haaren aus der Plastiktüte und tauschte sie gegen die blonde aus. Dank jahrelanger Übung brauchte sie hierfür nur wenige Sekunden und vor allem keinen Spiegel.

Nach einer Weile hörte sie das Klappern der Tür, dann herrschte Stille. Miss Hochsteckfrisur war verschwunden. Juli trat aus der Kabine hinaus und schaute vorsichtig auf den Gang. Dort lief gerade ein in Weiß gekleideter Angestellter hastig zu einem der hinteren Behandlungsräume und trat nach einem schuldbewussten Klopfen ein. War das vielleicht Noras verspäteter Masseur?

Einen Moment später kam der Mann wieder heraus. »Frau Rottmann?«, rief er und kam nach vorn. »Frau Rottmann?«

Die Tür des Dampfbades öffnete sich, Dunstschwaden wehten heraus. Dann erschien Nora Rottmann, die sich das rot-weiße Tuch vor den nackten Körper hielt. »Ja?«

»Ich wollte Ihnen nur sagen, dass ich jetzt da bin«, sagte der Masseur, respektvoll Abstand haltend. »Entschuldigen Sie bitte meine Verspätung. Wegen eines Unfalls war die L 29 hinter Serams einige Zeit gesperrt.«

»Na schön. Lassen Sie mich schnell duschen«, erwiderte Nora. »Dann komme ich zu Ihnen.«

»Sehr gern. Ich bereite inzwischen alles vor«, erwiderte der Mann und drehte postwendend um.

Liebe Kerstin, dachte Juli, die durch den Türspalt alles beobachtete, bis zu deiner Massage sind es noch ein paar Minuten. Bitte bleib noch ein bisschen genau dort, wo du jetzt bist.

Ihr Stoßgebet wurde erhört. Nach einigen Momenten kam Nora aus der Dusche, trocknete sich ab und zog den Bademantel über. Mit eleganten Schritten verschwand sie in Richtung der Massageräume.

Kerstin war wieder allein.

Plötzlich hörte Juli, wie die Eingangstür aufgerissen wurde. Viel zu schwungvoll für diese Oase der Besinnlichkeit. Zwei Teenager kamen herein, Mädchen um die sechzehn, siebzehn. Unbekümmert schnatterten sie miteinander, während sie neugierige Blicke nach links und nach rechts warfen und dann zum Dampfbad gingen.

Mist, fluchte Juli lautlos. Haut ab, ihr Zicken!

Die Mädchen zogen, unablässig weiter miteinander redend, die Bademäntel aus, wobei die eine ihre prächtige hüftlange Mähne herumwarf. Julis Augen wurden schmal. Die beiden verschwanden ins Dampfbad.

Juli zählte in Gedanken bis dreißig.

Ruhe, mahnte sie sich, bleib ruhig!

Wenige Momente später ging die Tür des Schwitzraumes erneut auf. Kerstin kam heraus, wie zuvor ihre Schwester von weißen Nebelschwaden umgeben. Zielstrebig wandte sie sich den Duschen zu.

Jetzt!

Juli verließ die Toilette und legte ihren Plastikbeutel auf eine Sitzbank aus Holz. Die gläserne Tür des Dampfbades passierte sie mit abgewandtem Gesicht. Sie hatte keine Ahnung, ob die Mädchen gerade hinausschauten, sah aber keinen Grund, ein Risiko einzugehen.

Kerstin stand unter der großen Schwalldusche und ließ das kalte Wasser genüsslich auf sich herabprasseln. Juli zog langsam das USB-Kabel aus der Bademanteltasche, den Blick auf Kerstins Rücken gerichtet.

Schön weiterduschen, dachte sie, und auf keinen Fall umdrehen!

Mit einer geübten Bewegung wickelte sie das Kabel erneut um beide Hände. Dann machte sie zwei Schritte nach vorn.

## 36

Manja las nicht in ihrer alten Ermittlungsakte. Jedenfalls noch nicht. Stattdessen hatte sie nach ihrer Rückkehr ins Hotel einen kurzen Zwischenstopp in der Internetecke im Erdgeschoss eingelegt.

Im Archiv der Ostsee-Zeitung fand sie zum Stichwort »Devin Residenz« etliche Artikel. Die DRM GmbH plante in der Tat den Bau eines Luxushotels inmitten des einhundert Hektar großen Naturschutzgebietes vor den Toren Stralsunds. Die Lage hätte nicht idyllischer sein können. Neben riesigen, von Weißdorn- und Ginsterbüschen gesäumten Grasflächen, dem Birkenmoor und einer berühmten Orchideenwiese bot die Halbinsel herrliche Sanddünen, klare Seen und eine fast schon malerische Steilküste. Vor einigen Jahren war hier eine Thermalquelle entdeckt worden.

Das Projekt erfreute sich starker politischer Unterstützung, wenig verwunderlich bei Investitionen in Höhe von über siebzig Millionen Euro. Das Land hatte sich sogar bereit erklärt, die Einstufung Devins als Naturschutzgebiet zurückzunehmen, damit eine Baugenehmigung erteilt werden konnte. Neben dem imposanten Hauptgebäude sollten ein großes Thermalaußenbecken mit Blick auf die Küste und ein Golfplatz entstehen. Die Eröffnung der Anlage war für den kommenden Sommer geplant.

Die Geschäftsführer von DRM hießen Hans Bartel und Viktor Reznik. Beide Namen sagten Manja nichts. Bartel hielt einundfünfzig Prozent an dem Unternehmen, der Rest befand sich im Besitz einer Fondsgesellschaft. Reznik besaß keine Anteile. Dem Porträt eines Online-Wirtschaftsportals zufolge stammte er aus Moskau und war etwa ein Jahr nach Gründung des Unternehmens auf Bartels Initiative als zweiter Geschäftsführer zu DRM gekommen. Ein Foto zeigte die beiden bei einer Pressekonferenz. Reznik war die einzige Verbindung nach Russland, die Manja entdecken konnte. Sie gab bei Google »DRM« und »Kirijenko« ein und »Reznik« und »Kirijenko«. Dann »Saxonia Resort« und »Bartel«. Nichts. Sie durchsuchte die Archive zweier russischer Tageszeitungen nach Hinweisen auf ein Verfahren am Obersten Gericht in Moskau, das Bartel oder Reznik möglicherweise mit dem Richter in Verbindung gebracht hätte. Ohne Ergebnis. Vielleicht hatte Kirijenko die Leute von DRM ja bei einem seiner regelmäßigen Urlaube an der Ostsee kennengelernt. Aber selbst wenn, hieß das noch nicht, dass es zu irgendeiner geschäftlichen Beziehung gekommen war oder dass DRM gar etwas mit seinem Tod zu tun hatte.

Mit gerunzelter Stirn schloss Manja die Browserfenster.

So kam sie hier nicht weiter. Es half alles nichts, sie würde sich in ihre alte Akte vertiefen müssen.

## 37

Juli hielt die Luft an, als sie ihre Hände mit dem Kabel hob.

In ihrer Branche gab es Leute, die Aufträge gegen Frauen nicht annahmen. Prinzipiell nicht. So wie manche Anwälte die Verteidigung von Kinderschändern ablehnten. Oder einige Personenschützer nicht für Drogenhändler arbeiteten. Es war gewissermaßen die letzte Bastion. Das Minimum eines ohnehin nur schwach entwickelten Moralkodexes. Eine Vorsichtsmaßnahme für den Fall, dass *da oben* doch einer saß und zuschaute.

Auch Juli hatte ein paar Regeln.

Nicht gegen Frauen zu arbeiten, gehörte nicht dazu. Schon frühzeitig hatte sie erfahren müssen, dass Frauen genauso grausam und rücksichtslos sein konnten wie Männer. Sie sah keinen Grund, einen Unterschied zu machen. Zwar wusste sie nicht, worin genau das Vergehen Kerstin Grubers bestand, weshalb ihr Mann sie lieber in der Welt der Toten sah als in der hiesigen. Aber das interessierte sie auch nicht. Sie fragte nicht nach Schuld und nicht nach Gründen. Sie vollstreckte lediglich Urteile, die andere gefällt hatten.

Als Grubers Frau jetzt unmittelbar vor ihr stand, ging alles sehr schnell. Juli schlang das Kabel um ihren Hals, überkreuzte die Hände und zog mit aller Kraft. Kerstins Arme ruderten durch die Luft, versuchten, nach etwas zu greifen, sich festzuhalten. Doch das dünne Kabel unterbrach nahezu schlagartig die Blutzufuhr zum Kopf. Ihr Hirn kollabierte. Statt eines lauten Schreis war nur ein ersticktes Gurgeln zu hören, das jedoch von der sprudelnden Dusche übertönt wurde. Schon bald wurden Kerstins Bewegungen schlaffer, bis sie schließlich ganz aufhörten.

Juli trat nach hinten, zog den Körper mit sich und ließ ihn nach unten sinken, als sie überzeugt war, dass Kerstin es hinter sich hatte. Ein kurzer Blick über die Schulter. Niemand war zu sehen. Sie lugte um die Ecke des Duschbereichs. Nichts. Die beiden Teenager saßen offensichtlich noch im Dampfbad und tauschten Neuigkeiten aus. Blitzschnell zog Juli das dünne schwarze Seidentuch aus der Bademanteltasche und legte es Kerstin um die Augen. Sie verknotete es eilig am Hinterkopf und erhob sich. Das Kabel steckte sie in die Tasche.

Sie schlich zurück zum Dampfbad, wandte im Vorbeigehen erneut ihr Gesicht ab und schnappte sich ihre Plastiktüte. Aus den Augenwinkeln bemerkte sie, dass ihr aus Richtung der Behandlungsräume eine weiß gekleidete Spa-Angestellte entgegenkam. Instinktiv steuerte Juli nach links, zur Toilette, und drückte die Tür auf, wobei sie darauf achtete, der Frau ihren schwarz gelockten Hinterkopf zuzuwenden.

»Frau Gruber?«, hörte Juli die Frau sagen. »Kerstin Gruber?«

Kopfschüttelnd gab Juli einen verneinenden Laut von sich, ohne sich dabei umzudrehen, und verschwand in der Toilette. Unschlüssig schaute die Frau in Richtung der Duschen, von wo noch immer das Prasseln des Wassers zu hören war. Durch den Türspalt sah Juli, dass die Angestellte ihre Aufmerksamkeit nun auf das Dampfbad richtete. »Frau Gruber?«, ertönte es erneut. »Frau Gruber für halb zwölf?«

Eilig verließ Juli die Toilette und ging zur Zwischentür, die ins Hauptareal des Spa führte. Dort registrierte sie mit einem Seitenblick, dass vor der Panoramasauna vier Paar Schuhe standen. Weiter hinten verließ gerade ein älterer Mann den Ruheraum. Aber soweit sie es erkennen konnte, schaute niemand zu ihr.

Hinter dem Grottenbad gab es eine weitere Toilette. Juli steuerte zielstrebig darauf zu, schloss sich in einer Kabine ein und streifte den Bademantel ab. Dann zog sie den schwarzen Stretchanzug an, der wie eine zweite Haut an ihrem Körper lag. Die Hosenbeine krempelte sie so nach oben, dass ihre Waden unbedeckt waren. Zuletzt warf sie sich den weißen Bademantel wieder über.

Jetzt nichts wie raus!

Als sie an der Milchglastür vorbeiging, hörte sie von drinnen einen spitzen Schrei. Die Angestellte oder die Teenager hatten Kerstin offenbar entdeckt.

Schneller!

Juli ging zum Ausgang des Spa, passierte die schwere Mahagonitür und ging in Richtung des Treppenhauses, ohne der Frau am Tresen einen Blick zuzuwerfen. Zudem rieb sie sich mit der rechten Hand die Wange, so dass die Angestellte später bestenfalls eine schwarzhaarige Frau beschreiben konnte, aber mit Sicherheit kein Gesicht.

Das Treppenhaus war leer. In Gedanken pries Juli die Bequemlichkeit der Hotelgäste. Mit schnellen, aber nicht hastigen Schritten lief sie nach unten in Richtung Tiefgarage, wobei sie den Bademantel auszog und in die Plastiktüte stopfte. Zuletzt setzte sie die Sonnenbrille auf. Natürlich war es merkwürdig, das Hotel im Winter in Badeschlappen und mit Sonnenbrille zu verlassen, aber sie hoffte, dass dieses Detail den Security-Leuten an den Videobildschirmen nicht auffallen würde. Oder dass die Männer sie für einen Gast hielten, der nur schnell etwas aus dem Auto holen wollte.

Am Vormittag war in der Tiefgarage deutlich weniger los als nachmittags. Viele Stellplätze waren frei, so auch die beiden neben Julis Toyota. Aber in weiser Voraussicht hatte sie gestern rückwärts eingeparkt. Die zur Seite zu öffnende Hecktür würde ihr zusätzlichen Schutz vor den neugierigen Augen der Kameras bieten. Juli bückte sich, um den Schlüssel hervorzuholen, den sie heute früh zusammen mit einem Paar Gummihandschuhen hinter dem Vorderrad deponiert hatte. Die Handschuhe streifte sie über, ehe sie die Fahrertür öffnete. Sie startete den Wagen und rollte ein Stück nach vorn, denn für das, was nun kam, benötigte sie Platz. Den Motor ließ sie laufen.

Sie stieg aus und vergewisserte sich, dass im Parkhaus alles ruhig war. Dann begab sie sich hinter das Auto und öffnete die Hecktür. Mit einem Teppichmesser schnitt sie die Plastikfolie auf, um Tino Rückers Leiche freizulegen. Der pestartige Geruch, der ihr entgegenkam, ließ sie schwindeln. Mit angehaltenem Atem arbeitete sie weiter. Zum Schluss band sie auch Rücker eine schwarze Augenbinde um, die sie sorgfältig mit einem doppelten Knoten versah. Mit zusammengebissenen Zähnen zog sie die Leiche nach vorn, immer weiter an die Ladekante heran, bis der schwere Körper schließlich auf den schwarzen Asphalt der Garage sackte. Juli schloss die Hecktür, machte, dass sie ans Steuer kam, und gab Gas.

Falls die Wachleute beobachtet hatten, was da vor sich ging, hatten sie jedenfalls nicht schnell genug reagiert. Denn die rot-weiße Schranke sprang gehorsam nach oben, als Juli mit dem Toyota heranfuhr. Die Schillerstraße war leer. Zügig machte sie sich in Richtung Ortsausgang davon.

## 38

Manjas Ermittlungsakte bestand aus vier dicken Ordnern. Sie hatte gerade mit dem ersten begonnen, als es hektisch an ihre Tür klopfte. »Frau Koeberlin?«, hörte sie eine unterdrückte Stimme. »Sind Sie da?«

Es war Walter, der Concierge.

Manja erhob sich von ihrem Bett, auf dem sie es sich mit ihren Unterlagen und einer Tafel Marzipanschokolade bequem gemacht hatte, und lief zur Tür. »Was ist denn los?«

»Kommen Sie! Schnell, um Gottes willen!«, sagte Walter mit halblauter Stimme. »Es gibt zwei neue Todesfälle.«

Manja eilte mit ihm zum Fahrstuhl. »Wie bitte? Gleich zwei?«, zischte sie.

Eine Stunde später befand sich das Windwood im Ausnahmezustand.

Die Tiefgarage war für den Besucherverkehr gesperrt, das Spa ebenfalls. Polizisten in weißen Schutzanzügen und Überschuhen begannen mit der Spurensicherung. Andere Beamte saßen in der Security-Zentrale und sahen sich die Videoaufzeichnungen an.

Die Zeit der Diskretion und der Rücksichtnahme war vorbei.

Im Konferenzraum wurden Trennwände aufgestellt und Hotelgäste wie am Fließband befragt. Es dauerte nicht lange, ehe die ersten Journalisten und Kamerateams eintrafen. Nur von grimmigen Wachleuten konnten sie am Betreten des Windwood gehindert werden.

»Es ist eine Frau!« Frank Schilling stürmte in das Büro des Hoteldirektors, in dem die Ermittler eine Art Kommandozentrale errichtet hatten. In seinem Schlepptau folgte Andreas Stein, ein durchtrainiert wirkender Kriminalkommissar aus Stralsund, der sich bei Schilling persönlich für die SoKo beworben hatte und ihm jetzt assistierte. Stein trug Jeans und ein Jackett mit Schottenkaro. In seinen Haaren glänzte ziemlich viel Gel. Er war ein ehrgeiziger junger Mann, dem es sichtlich gefiel, zum Zentrum der Macht zu gehören.

Schilling pfefferte ein grobkörniges Foto auf den Tisch, einen Kamera-Screenshot. Es zeigte die Tiefgarage und das Profil einer schlanken, schwarzhaarigen Frau in einem dunklen Stretchanzug. Ihr Gesicht wurde von den lockigen Haaren und der Sonnenbrille fast vollständig verdeckt. »Sie hat diesen Rücker aus dem Auto gezogen.«

Günter Mast und Manja sahen sich das Bild an. »Haben wir kein besseres?«, fragte der Oberstaatsanwalt. »Eines, auf dem man mehr vom Gesicht erkennt?«

Schilling schüttelte den Kopf. »Sieht nicht gut aus. Das Miststück wusste offenbar genau, wo sich die Kameras befinden. Das hier ist die einzige Profilaufnahme.«

»Was sagen die Securityleute?«, fragte Manja. »Haben sie die Frau schon einmal gesehen? Handelt es sich um einen Hotelgast?«

Stein meldete sich zu Wort. »Das überprüfen wir gerade. Bislang haben wir nichts, was uns weiterhilft.« Er bedachte Manja mit einem langen Blick, der von ihrem Gesicht über den blauen Pullover bis zu den Beinen und wieder zurück wanderte.

Mast setzte sich auf die Tischkante und rieb sich müde die Augen. »Okay, mal sehen, ob ich das verstehe. Wir haben also einen russischen Bundesrichter, der erstochen wird. Dann diesen Tino Rücker, der zwei Kugeln in die Brust bekommt.«

»Aber vermutlich nicht im Windwood«, warf Schilling ein.

»Nein. Doch er war ein Gast des Hotels und wurde auch hier gefunden. Und als Drittes haben wir die Frau eines Bundestagsabgeordneten, die unten im Spa erdrosselt wird. Gibt es irgendeinen Hinweis auf eine Verbindung zwischen den drei Opfern?«

»Alle drei trugen schwarze Augenbinden, die auf den ersten Blick aus derselben Quelle stammen.« Schilling ging zum Tisch in der Sitzecke und goss sich eine Tasse Kaffee ein. Dann griff er nach einem der belegten Brötchen, die der Direktor den Ermittlern hatte bringen lassen. »Einen Nachahmungstäter können wir also vorläufig ausschließen.«

»Gut. Wir gehen folglich von einem Täter aus. Beziehungsweise«, Mast deutete auf das Foto, »einer Täterin. Oder einer

Tätergruppe, die aber für alle drei Morde verantwortlich ist. Der einzige gemeinsame Nenner bei allen drei Opfern ist bislang, dass sie Gäste des Windwood waren. Löst sich unser Tatverdächtiger, dieser Werft-Typ, etwa gerade in Luft auf, noch ehe er offiziell ein Beschuldigter war? Ich sehe nicht, dass dieser Rücker und die Frau irgendetwas mit der Soran-Werft zu tun haben.«

»Vielleicht hat der Täter es ja auf das Hotel abgesehen«, sagte Manja. »Eine Erpressung zum Beispiel.«

Mast schüttelte den Kopf. »Nilius hat nichts davon gesagt.«

»Womöglich hat er es verschwiegen.« Das war wieder Stein, der bei Manja offenbar Sympathiepunkte sammeln wollte. »Vielleicht gab es eine Forderung, und er wollte nicht zahlen.«

»Kann ich mir nicht vorstellen.« Mast schüttelte skeptisch den Kopf. »Die weiteren Morde wären doch gar nicht nötig. Der Täter müsste seine Forderung nur öffentlich machen. Der Schaden für das Windwood wäre enorm. Nein, die könnten es sich gar nicht leisten, eine Erpressung einfach zu ignorieren.«

»Kirijenko ist mit Abstand das hochrangigste Opfer.« Schilling lief kauend vor der Fensterfront hin und her. »Und er war der Erste, der umgebracht wurde. Gehen wir doch einmal weiter davon aus, dass die Täterin es in erster Linie auf ihn abgesehen hatte. Damit ist Bykow als Auftraggeber nach wie vor im Spiel. Haben die anderen Opfer vielleicht etwas gesehen, was sie nicht sehen sollten?«

»Kerstin Gruber ist erst vier Tage nach dem Mord angereist«, sagte Manja zwischen zwei Schlucken Kaffee.

»Aber dieser Rücker könnte etwas gesehen haben«, beharrte Schilling. Er sah seine Notizen durch. »Der Arzt meinte, dass er mindestens schon zwölf Stunden tot ist. Welchen Grund hatte die Täterin, ihn so lange zu verstecken?«

»Offenbar, damit sie Kerstin Gruber noch töten konnte, bevor wir hier alles auf den Kopf stellen«, vermutete Mast. »Wir müssen die Vergangenheit aller drei Opfer unter die Lupe nehmen. Und jeden Schritt rekonstruieren, den sie hier in Binz gemacht haben. Es muss eine Verbindung geben.«

»Hoffentlich«, murmelte Manja. »Wenn sie nämlich völlig willkürlich ausgewählt worden sind, zum Beispiel, weil es doch um eine Erpressung des Windwood geht oder weil wir es mit einem Psychopathen zu tun haben, der sich für ein Zimmer ohne Meerblick rächen will, dann ...«

»Was dann?«, fragten Mast und Schilling beinahe synchron.

»Dann spricht nichts dafür, dass es bei diesen drei Toten bleibt, oder?«

## 39

Juli brauchte etwas mehr als fünfzig Minuten bis nach Stralsund. Bevor sie den RAV4 bei Avis abgab, wischte sie alle glatten Flächen sorgfältig mit einem Tuch ab. Zwar hatte sie den Wagen nie ohne Handschuhe gefahren, aber sicher war sicher. Ehe sie ausstieg, sah sie sich ein letztes Mal um, um sich zu vergewissern, dass sie nichts vergessen hatte.

Auf dem Weg nach Stralsund hatte sie sich umgezogen. Jetzt trug sie anstelle des schwarzen Stretchanzuges und der Badeschlappen einen dünnen Wollmantel und einen knielangen Rock zu dunkelbraunen Stiefeln. Fliegermütze und Sonnenbrille sorgten dafür, dass ihr Gesicht wieder weitgehend verdeckt war. Die Haare hingegen lugten unter der Mütze hervor. Wenn die Ermittler irgendwann bei der Autovermietung auftauchten, bekamen sie eine Beschreibung, die mit den Fotos aus der Tiefgarage übereinstimmte. Mit anderen Worten, sie erfuhren nichts, was sie nicht schon wussten, und würden noch verbissener nach einer Frau mit langen schwarzen Locken suchen.

Zufrieden verließ Juli das Avis-Büro, ihren Rucksack über der Schulter. Der Peugeot stand knapp vierzig Fußminuten entfernt in einem Neubaugebiet. Sie wählte einen kleinen Umweg, um zunächst zum Tierpark zu laufen, löste eine Tageskarte für fünf Euro und ging hinein. Am Gehege der afrikanischen Zwergziegen lief sie einen Bogen, blieb dann unvermittelt stehen und sah sich um.

Alles wirkte unverdächtig. Es gab keinen Hinweis auf einen Verfolger oder darauf, dass sie beobachtet wurde. Sie ging zur Toilette, um sich erneut umzuziehen. Der Mantel verschwand zusammengerollt in ihrem Rucksack, die Fliegermütze folgte und auch der Rock. Stattdessen zog sie Jeans und einen dicken Wollpullover an, dazu eine andere Perücke, diesmal eine mit halblangen blonden Haaren. Keine Mütze. So verwandelt verließ sie den Tierpark.

Eine Verbindung zwischen der schwarzhaarigen Mieterin des Toyotas und der attraktiven Blondine, die auf der Lion-Feuchtwanger-Straße in einen silbernen Peugeot stieg, würde nicht herzustellen sein.

Juli nahm Kurs auf Binz, hielt aber unterwegs noch am Bahnhof an, um Rückers Klemmhefter in einem Schließfach zu deponieren. Vielleicht ließ sich in dieser Sache ja wirklich noch etwas Geld verdienen. Denn der Job in Binz würde ihr nichts einbringen, so viel stand fest. Umso vielversprechender waren Rückers Unterlagen. Allerdings hatte Juli keine Lust, der Polizei im Fall einer Kontrolle erklären zu müssen, wie diese Dokumente in ihren Besitz gelangt waren. Auch die schwarze Perücke, das USB-Kabel und sämtliche Kleidungsstücke, die sie im Windwood und danach benutzt hatte, durften natürlich nicht bei ihr gefunden werden. Sie ließ sie in verschiedenen Mülltonnen verschwinden. Rückers Schlüsselkarte zerbrach sie in kleine Einzelteile und warf sie in einen Papierkorb.

Kurz nach zwei erreichte sie ohne Zwischenfälle das Strandhaus. Sie stellte den Peugeot in den Carport und ging ins Haus.

»Simon?« rief sie.

Niemand antwortete.

Auf dem Esstisch stand ein großer Strauß roter Rosen. In der Küche fand sie den Kassenbeleg eines Feinkostgeschäfts, auf dem eine Flasche Champagner und diverse Antipasti ausgewiesen waren. Juli warf einen Blick in den Kühlschrank. Im obersten Fach sah sie eingelegte Oliven und Auberginen, gefüllte Weinblätter und Garnelensalat in Knoblauchsauce. Unten lag der Champagner.

Juli lächelte. Offenbar hatte Simon eine Art Wiedersehensfeier geplant. Aber von ihm selbst fehlte jede Spur. Vorsichtig, um kein Geräusch zu verursachen, ging sie die Treppe zu seinem Zimmer hinauf. Es war leer.

Dann kam ihr eine Idee. Sie schlich zu ihrem Schlafzimmer und drückte vorsichtig die Klinke hinunter. Da lag er, mit verträumtem Grinsen selig schlummernd. Nachdenklich betrachtete sie ihn eine Weile.

Er hat es sich verdient, dachte sie schließlich. Und ich mir auch.

Juli ging in die Küche, um die Champagnerflasche zu öffnen und zwei Gläser zu füllen. Damit kehrte sie ins Schlafzimmer zurück. Sie zog ihren Pullover aus und knöpfte die Jeans auf. Dann nahm sie die blonde Perücke ab. Nur mit Höschen und BH bekleidet legte sie sich neben Simon.

»Aufwachen«, flüsterte sie in sein Ohr.

»Was?« Er blinzelte und öffnete die Augen. Als er sie sah, erschien auf seinem Gesicht ein so aufrichtiges Lächeln, dass Juli einen Stich verspürte.

Dann schien ihm einzufallen, dass er sich in ihrem Zimmer befand. Verlegen blickte er sie an. »Ich dachte ... vielleicht duftet die Bettdecke noch nach dir. Dann wollte ich nur mal kurz die Augen zumachen und ...«

»Bei mir ist es etwas später geworden. Hier!« Sie hielt ihm ein Glas hin.

Simon richtete sich auf und nahm es. Verschämt zog er die Decke hoch, um seinen nackten Oberkörper zu verstecken. Um den Hals trug er ein Lederbändchen mit einem silbernen Kreuz. Sein schüchterner Blick wanderte über Juli, die sich neben ihn gesetzt hatte. »Ich habe dich vermisst.«

Statt einer Antwort lächelte sie nur und prostete ihm zu. »Ziemlich gute Wahl«, sagte sie anerkennend, als sie den Champagner probiert hatte.

Linkisch zuckte er mit den Schultern, aber es war offensichtlich, dass er sich über das Lob freute.

Sie strich Simon über die Wange, zog seinen Kopf zu sich heran und küsste ihn auf den Mund. Ungestüm und unbeholfen zugleich erwiderte er ihren Kuss, auf eine Weise, die Julis Haut kribbeln ließ. Ohne ihre Lippen von seinen zu lösen, stellte sie ihr Glas ab und nahm ihm seins ebenfalls aus der Hand. Dann zog sie langsam, aber nachdrücklich die Bettdecke weg.

»Ausziehen!«, befahl sie heiser, den Blick auf seine Shorts gerichtet. In ihren Augen lag ein fiebriges Verlangen.

Simon war deutlich anzusehen, wie unsicher er sich fühlte. Doch genauso offenkundig war, dass er hier und nur hier sein wollte, hier bei ihr. Während er ungeschickt seine langen Beine aus den Shorts fädelte, erhob Juli sich vom Bett. Sie streifte den BH ab, dann ihr Höschen, jede Bewegung verfolgt von seinen flackernden Augen.

Dann kam sie zum Bett zurück und ließ sich langsam auf ihn gleiten. Mit einem Mal umgab ihn himmlische Wärme. Er hatte das Gefühl, in einem Prisma zu schweben. Juli richtete sich auf, stützte die Hände auf seinem Oberkörper ab und schloss die Augen, um sich schon bald in dem wunderbar wiegenden Gefühl zu verlieren. Ihre Lippen bewegten sich, formten aber keine Worte. Sie vergaß, wer sie war und wo und warum sie hier war. In diesem Moment gab es für sie nur Empfinden, nur die prickelnde Hitze, die Reise durch ein irrlichterndes Universum, von der schon bald nichts weiter bleiben würde als der Hauch eines Traums beim Erwachen.

## 40

Als Manja am nächsten Morgen erwachte, war es noch dunkel. Sie tastete nach ihrem Handy, um die Zeit abzulesen.

Kurz nach halb sieben.

Dreißig Minuten später ging sie, mit einer hellblauen Bluse und einem anthrazitfarbenen Hosenanzug bekleidet, in den Frühstückssaal des Windwood. Ihr Blick fiel auf den Servierwagen neben dem Eingang, auf dem sonst die aktuellen Tageszeitungen lagen. Heute war nur ein Stapel Prospekte zu sehen, die auf die Massageangebote im Spa hinwiesen.

Manja machte kehrt und stattete dem Zeitungsladen einen Besuch ab. Ein Blick genügte, und sie wusste, warum die Direktion derzeit nicht darauf erpicht war, den Gästen zum Frühstück kostenlose Lektüre anzubieten. Die Aufmacher der Blätter waren verheerend.

*Windwood-Mörder schlägt wieder zu!*

*Neue Hotelmorde in Binz!*

*Rätselhafte Todesserie im Windwood!*

Für die Journalisten schien die Sache klar zu sein. In Binz trieb ein Psychopath sein Unwesen, der es auf die Gäste des Nobelhotels abgesehen hatte.

Am Abend hatte Manja ein sehr ausführliches Gespräch mit Maximilian Nilius geführt. Der Direktor hatte Stein und Bein geschworen, keine Geldforderung eines Erpressers erhalten zu haben. »Ich würde mit Freuden zahlen, wenn ich die Sache dadurch beenden könnte, Frau Koeberlin.« Manja glaubte ihm, denn diesmal gab es mit Sicherheit unzählige vorzeitige Abreisen und Stornierungen. Das Weihnachtsgeschäft konnte Nilius wohl vergessen.

Manja kaufte die Ostsee-Zeitung, die FAZ und zwei Boulevardblätter und kehrte in den Frühstückssaal zurück. Dort suchte sie sich einen freien Tisch am Fenster aus und bestellte Kaffee. Am Büffet goss sie sich ein Glas Möhrensaft ein und belud einen Teller mit Brötchen, Butter und diversen Käsescheiben. Trotz des heißen Kaffees fröstelte Manja. Sie hoffte, sich nicht bereits in ihren ersten Tagen in Deutschland eine Erkältung eingefangen zu haben.

Gestern waren die Aufgaben für den heutigen Tag verteilt worden. Manja sollte Axel Gruber aufsuchen, den Ehemann des dritten Opfers, und anschließend mit Kerstins Schwester Nora sprechen, die gestern nach Stralsund zurückgekehrt war. Derweil wollten Mast und Schilling nach Warnemünde fahren, um die Bosse der Soran-Werft zu vernehmen. Mast hatte am Abend noch herumtelefoniert und einen Ermittlungsrichter aufgetrieben, der ihm einen Durchsuchungsbeschluss für die Werft unterschrieben hatte.

Während Mast und Schilling dem Devin-Prospekt in Kirijenkos Kalender keine Bedeutung beimaßen, glaubte Manja nicht so recht an einen Zusammenhang zwischen der Tat in Primorje und den Morden in Binz. Russische Auftragsmörder interessierte es in der Regel nicht, ob sie beobachtet wurden. Der Gouverneur der Goldregion Magadan war in Moskau auf offener Straße erschossen worden, mitten auf dem berühmten Nowy Arbat. Eine Überwachungskamera hatte das Geschehen aufgezeichnet. Trotzdem war der Täter nie gefasst worden. In St. Petersburg war ein Killer seelenruhig in ein Restaurant marschiert, um einem Stadtrat ein Messer in die Brust zu stechen. Demgegenüber war Kirijenkos Mörder mit größter Diskretion vorgegangen. Und wenn die Tat irgendwie mit der Soran-Werft in Verbindung stand, wie kamen dann Tino Rücker und Kerstin Gruber ins Spiel? Manja schüttelte unmerklich den Kopf. Es passte einfach nicht. Zwischen den drei Opfern musste eine Verbindung bestehen. Aber welche?

Nach Sunnys Aussage hätte Wladimir Kirijenko am Abend eine Verabredung in Stralsund gehabt. Ihr Gespür sagte ihr, dass sie herausfinden mussten, wo und mit wem. Sie hatte gelernt, auf derartige Eingebungen zu hören. Deshalb war es ihr ganz recht, dass ihr Weg heute in die Hansestadt führte.

## 41

Juli steuerte den Peugeot durch den Morgenverkehr. Zum dritten Mal innerhalb von drei Tagen war sie auf dem Weg zum Festland.

Simon hatte sie einen Zettel hinterlassen.

*Mein Chef hat sich gemeldet. Eiliger Auftrag in Stralsund.*
*Bin am Nachmittag zurück.*
*Alles Liebe, Juli*

Vielleicht lag Simon sogar noch im Bett, wenn sie wiederkam. Er war nicht gerade ein Frühaufsteher. In der letzten Nacht hatte sie festgestellt, dass er auf eine fast schon gespenstische Weise schlief. Nicht wie sie, oberflächlich, beinahe misstrauisch. Sondern tief und in irritierender Arglosigkeit. Wie ein kleiner Junge, für den das Leben noch ein Füllhorn voller Freuden war und der nichts, aber auch gar nichts Böses kannte. Es kam selten vor, dass Juli in Gegenwart eines anderen Menschen überhaupt Schlaf fand. Als sie Simon beobachtet hatte, hatte sie ihn um das Vertrauen beneidet, das er der Welt entgegenbrachte. Ein Vertrauen, das sie, wie sie wusste, nie wieder empfinden konnte. Sie fragte sich, ob sie es jemals empfunden hatte.

Wenigstens als Kind? *Boule de billard*. Sie schüttelte sich.

Auf der B 96 in Richtung Stralsund war deutlich mehr los als am Wochenende, aber sie kam dennoch gut voran. Sie rechnete auch nicht mit Straßensperren. Zwanzig Stunden nach einem Mord machte das keinen Sinn mehr.

Axel Gruber wohnte in einer verklinkerten Villa in der Knieper Vorstadt, etwa fünfzehn Fußminuten vom Stadtzentrum entfernt. Zwei Straßen weiter befand sich ein ehemaliger Friedhof, eine weitläufige parkähnliche Anlage mit dichtem Baumbestand und wuchernden Sträuchern. Gruber hatte Juli gestern Abend in einem anonymen E-Mail-Account, den sie gemeinsam nutzten, die Nachricht hinterlassen, hier gegen acht Uhr dreißig auf ihn zu warten.

Normalerweise traf Juli ihre Klienten nicht. Und sie ließ sich schon gar nicht vorschreiben, wann und wo sie auf jemanden zu warten hatte. Aber dieser Fall hier war kein gewöhnlicher. Gruber hatte bereits vor dem Auftrag auf einer persönlichen Begegnung bestanden, in einem McDonald's auf der A 24.

»Wenn Sie mein Gesicht sehen, muss ich Sie anschließend töten«, hatte Juli am Telefon gesagt. Doch Gruber war im Besitz einer Information, die für sie so wertvoll war, dass sie sich schließlich doch darauf eingelassen hatte.

Juli parkte den Wagen auf der Hainholzstraße und betrat den Friedhof durch einen Seiteneingang. An einem steinernen Brunnen, halb verdeckt durch ein Gestrüpp aus vertrockneten Brombeerbüschen und Efeu, wartete sie. Gruber erschien eine Minute vor halb, über dem Kopf eine große Anorakkapuze. Er bedeutete Juli mit einer Handbewegung, ihm zu folgen.

Stumm wanderten sie an verwitterten Grabsteinen, Buchenstämmen und scheinbar wahllos angeordneten Koniferen vorbei. Die Luft war klar, und der Schnee knirschte angenehm unter ihren Schritten.

»Ihre Aufträge sind erledigt. Es gab keine Probleme«, sagte Juli, als sie an einer makellos weißen Wiese haltmachten. Hier konnte sie niemand belauschen.

»Verstehe«, erwiderte er in einem knappen, leidenschaftslosen Tonfall, den er offenbar für den richtigen im Umgang mit einer Auftragskillerin hielt. »Haben Sie überprüft, ob Kirijenko einen Taschenkalender bei sich hatte oder ein Handy mit Terminfunktion?«

Juli nickte. »Beides. Ich habe die Sachen vernichtet, wie Sie es wollten.«

»Gut. Ich weiß zwar nicht, ob er unsere heutige Verabredung notiert hatte, aber ein wenig Vorsicht kann nicht schaden. Ich danke Ihnen für Ihre Mühe!«

»Was uns zum zweiten Teil unserer Abmachung bringt.«

Gruber sah sich um, aber weit und breit war niemand zu sehen.

»DRM«, knurrte er.

»DRM?«

»Devin Residenz Management. Das ist die Firma, die das neue Hotel drüben auf der Halbinsel baut. Sie hat ihren Sitz im Gewerbegebiet Stadtkoppel, keine zehn Minuten von hier. Der zweite Geschäftsführer heißt Viktor Reznik. In seinem Büro gibt es einen Safe. Darin finden Sie die Pistole.«

Juli dachte nach. »Woher wissen Sie das?«, fragte sie schließlich.

»Wir haben uns dort einmal getroffen, Reznik, Kirijenko und ich. Im Mai, nach der feierlichen Grundsteinlegung auf Devin. Es war spät, die beiden hatten schon ordentlich getankt. Reznik wollte unbedingt noch ein Firmenproblem mit mir besprechen. Er hat den Safe geöffnet, um einen Ordner zu holen. Dabei fiel etwas heraus. Eine Pistole.«

»Und wie kommen Sie darauf, dass ...?« Juli verstummte, weil hinter ihnen ein Rentner mit einem Trauerkranz schlurfend den Weg entlanglief.

»Die Pistole steckte in einer Plastiktüte, wie ein Beweismittel bei Gericht«, sagte Gruber, nachdem der Rentner wieder außer Hörweite war. »Sie wirkte klein, geradezu winzig.«

Juli musste unwillkürlich nicken. Das war einer der Gründe, warum sie sich bei dem verdammten Auftrag in Dresden für die Beretta 950 entschieden hatte. Selbst mit einem aufgeschraubten Schalldämpfer war sie leicht zu verbergen.

»Ich habe irgendeine blöde Bemerkung gemacht. Was das denn für eine Puppenstubenpistole sei. Das schien Kirijenko zu verärgern. Er schnappte die Tüte und hielt sie mir unter die Nase. Ob ich wissen wolle, wie es dem Mann gehe, der zuletzt in die Mündung dieser Puppenstubenpistole geschaut habe.«

Juli presste die Lippen aufeinander.

»Als Kirijenko sich wütend vor mir aufbaute und mir seine Schnapsfahne in die Nase wehte, wurde mir etwas mulmig.« Gruber lachte verlegen. »Ich wollte ihn besänftigen und meinte, das höre sich nach einer unkonventionellen Problemlösung an, wie ich sie liebe. Naja, und da erzählte er mir, was es mit dieser Pistole auf sich hatte und warum er sie in einer Tüte aufbewahrte. Meine Lebensversicherung, sagte er.«

Juli war rot angelaufen. »Wo liegt das Büro?«, fragte sie gepresst.

»Im zweiten Stock, linke Seite, direkt gegenüber dem des Geschäftsführers. Wegen Reznik müssen Sie sich übrigens keine Gedanken machen. Er wird nicht da sein.«

»Wieso nicht?«

»Ein schwerer Schlaganfall vor vier Monaten. Er liegt seitdem im Koma.«

»Wie praktisch. Deshalb meinten Sie bei unserem ersten Gespräch also, ich könne Kirijenko ausschalten, ohne Gefahr zu laufen, dass die Waffe in falsche Hände gerät, wie er es mir angedroht hat.« Juli sah auf die schneeverhangenen Büsche am anderen Ende der Wiese. »Haben Sie eine Idee, wieso Kirijenko die Pistole gerade bei Reznik versteckt hat?«

»Sagt Ihnen der Name Petras Valkunas was? Genannt der Litauer? War bis vor drei Jahren in Dresden eine ziemlich große Nummer.«

Juli ließ sich nichts anmerken. »Ich habe von ihm gehört«, antwortete sie vage.

»Reznik hat etliche Jahre in Dresden gelebt. Er und Valkunas kannten sich. So wie ich Kirijenko verstanden habe, befand sich die Waffe erst bei Valkunas. Nach dessen Verhaftung hat Reznik sie an sich genommen.«

Juli nickte. Das ergab einen Sinn.

»Außerdem war es aus Kirijenkos Sicht eine todsichere Sache«, fügte Gruber hinzu. »Besser als ein Bankschließfach. Von seiner Verbindung zu Reznik wusste niemand.«

Wieder nickte Juli. Obwohl sie diskret Nachforschungen über Kirijenko angestellt hatte, war ihr der Name Reznik noch nie begegnet.

»Ich habe noch einen kleinen Bonus für Sie«, sagte Gruber.

Juli sah ihn stumm an.

»Die Safe-Kombination. Hier!« Er gab ihr einen Zettel, auf dem sechs Zahlen standen.

Juli starrte darauf. »Woher kennen Sie die?«, fragte sie überrascht.

Gruber lachte. »Reznik war wie gesagt an dem Abend schon ziemlich voll. Er hat die Zahlen aufgesagt, während er sie am Safe mühsam eingegeben hat. Dabei erläuterte er mir wichtigtuerisch, dass dies sein Geburtsdatum in umgekehrter Reihenfolge sei.« Er zuckte die Schultern. »Ich habe mir die Zahlen damals natürlich nicht gemerkt. Aber da der liebe Viktor auf meiner Glückwunschliste steht, brauchte ich nur im Computer nachzusehen.«

»Danke«, sagte Juli. Sie sah Gruber von der Seite an. »Eins noch. Weshalb haben Sie darauf bestanden, dass wir uns vor diesem Job treffen?«

»Ich wollte Ihnen den Auftrag persönlich erteilen.« Gruber wandte ihr den Kopf zu. »Ihnen dabei in die Augen sehen. Um sicher zu sein, dass ich, wenn ich meinen Teil des Handels erfüllt habe, nicht das gleiche Schicksal erleide wie Ihr Klient Wladimir Kirijenko.«

Juli erwiderte seinen Blick. »Ich pflege Absprachen einzuhalten. Wenn er das auch getan hätte, wäre er jetzt noch am Leben.« Sie ließ dem Nachruf auf den ehrenwerten Wladimir Alexandrowitsch Kirijenko eine pietätvolle Pause folgen, ehe sie fortfuhr. »Ich habe übrigens auch einen kleinen Bonus für Sie. Allerdings weiß ich nicht, ob er Ihnen gefällt.«

Gruber runzelte die Stirn. »Nämlich?«

»Nora ist über einen gewissen Rechtsanwalt Görtes und Singapur im Bilde.« Juli informierte ihn mit leiser Stimme über die Unterhaltung, die Kerstin mit ihrer Schwester am Sonnabend in der Bar geführt hatte.

»Dieses Miststück!«, murmelte Gruber, als sie fertig war.

Juli fragte sich, ob er Nora oder Kerstin meinte.

»Ich nehme an, Sie werden sich um die Pistole kümmern wollen«, sagte Gruber nach einer Weile.

Juli murmelte etwas, was nach Zustimmung klang, nicht sonderlich erpicht darauf, ihre Pläne zu diskutieren. Andererseits - es war mehr eine Feststellung Grubers als eine Frage. Warum sollte sie mit drei Menschenleben für eine Information bezahlen, wenn sie sie anschließend nicht nutzte?

»Eventuell«, Gruber zögerte, »hätte ich noch einen Job für Sie. Eine Art Anschlussauftrag. Diesmal natürlich gegen Bezahlung. Wären Sie interessiert?«

»Nora?«, fragte Juli.

Eine Wolke drang aus der Kapuze, als Gruber die Luft ausstieß. »Ich … ich muss erst noch darüber nachdenken.«

»Sie wissen, wie Sie mich erreichen.« Juli drehte sich um und verschwand.

# 42

Für Toni Hillig begann die neue Arbeitswoche in der Wanne. Im ganzen Raum roch es nach Honig und Vanille, seiner bevorzugten Badeölmischung. Wohlig seufzend räkelte er sich im heißen Wasser. Aus einem unsichtbaren Lautsprecher ertönte *La Bohème*. Die Ostsee-Zeitung in seinen Händen war mittlerweile ganz klamm. Hillig legte sie weg. Den Artikel über die Ereignisse im Windwood hatte er zweimal gelesen.

Gestern war er am späten Abend noch bei Gruber gewesen. Um Trost zu spenden natürlich und um sein Beileid auszusprechen, aber auch, weil er sich fragte, ob diese fürchterliche Sache in Binz ihre delikate Absprache berühren könnte. Trauernde Menschen neigten zu ungewöhnlichen Reaktionen. Vielleicht wollte Gruber nun plötzlich doch in Berlin weitermachen, weil ihm daheim die Decke auf den Kopf fiel. Oder weil er glaubte, es seiner verflossenen Kerstin zu schulden. Oder aus einem anderen albernen Grund.

Hillig hatte das Thema natürlich nicht direkt zur Sprache gebracht. Himmel, schließlich hatte der Mann gerade seine Frau verloren! Nein, er hatte stumm Grubers Hand gedrückt und dann, weil sein Gegenüber offenbar reden wollte, eine Stunde mit ihm im Wohnzimmer gesessen, Rotwein getrunken und sich angehört, was für ein wundervoller Mensch Kerstin gewesen sei. Hillig hatte sie nicht sonderlich gut gekannt, es aber dennoch geschafft, so etwas wie Anteilnahme auszudrücken. Am Ende hatte er beiläufig eine SD-Speicherkarte auf den Tisch gelegt. »Hier, darum hatten Sie mich gebeten«, hatte er gemurmelt. »Die Aufnahme von Rottmann. Auch wenn das jetzt natürlich völlig unwichtig ist.«

»Danke«, hatte Gruber knapp erwidert. Und bei der Verabschiedung an der Haustür dann doch noch die erlösenden Worte gesagt. »Wissen Sie, Toni, das, was Kerstin heute passiert ist, bestärkt mich nur in meinem Entschluss. Keiner von uns weiß, wie viel Zeit ihm noch bleibt. Ich bin froh, dass ich in Ihnen einen würdigen Nachfolger habe.«

Ja, das war er in der Tat. Ein würdiger Nachfolger. Die Nominierung durch die Partei sollte im Februar stattfinden, die Bundestagswahl im September. Im Grunde spielte ihm Kerstins Tod sogar in die Hände. Die Erinnerung an den tragischen Verlust, den Axel Gruber erlitten hatte, würde noch frisch sein. Alle würden es verstehen, wenn der altgediente Abgeordnete sich dazu entschloss, den Stab an einen Jüngeren zu übergeben. Das Mandat war Hillig so gut wie sicher.

Mitglied des Deutschen Bundestages mit achtundzwanzig.

Wie lukrativ doch so ein kleiner Verrat sein konnte. Hillig wusste nicht, wofür Gruber die Aufzeichnung des Gesprächs verwenden wollte. Aber ihm war natürlich klar, dass Peter Rottmann Schaden nehmen würde. In gewisser Weise bedauerte er das. Er hatte dem Oberbürgermeister viel zu verdanken. Aber Grubers Angebot war zu verlockend gewesen. Hillig wusste, dass Rottmann ihm nichts Vergleichbares bieten konnte.

Träge betrachtete er das beschlagene Fenster seines Bades. Am Freitag hatte er sich mit dem Makler die Wohnungen angeschaut und eine entdeckt, die seinen Vorstellungen haargenau entsprach. Nun standen noch ein paar Telefonate mit dem Chef des Maklers aus, um ein Preis-Arrangement zu treffen. Da er ab Herbst auch wesentlich mehr verdienen würde, war der Kauf kein Problem. Ein neuer Job. Mit höherem Gehalt. Und eine neue Wohnung.

Das waren Weihnachtsgeschenke ganz nach Toni Hilligs Geschmack.

## 43

Andreas Stein, dem jungen Kripobeamten, war es gelungen, als Manjas Begleiter abgestellt zu werden. Bei der gestrigen Lagebesprechung hatte er unvermittelt angeboten, sie mit seinem Dienstwagen nach Stralsund zu chauffieren und bei den Vernehmungen das Protokoll zu führen. Manja war das gar nicht recht, aber Mast hatte die Idee gefallen.

Kurz vor neun holte Stein Manja im Hotel ab. Während der ganzen Fahrt versuchte er, sie mit weitschweifigen Erzählungen über seine sportlichen Glanztaten zu beeindrucken. Er war begeisterter Triathlet und nahm regelmäßig an irgendwelchen Amateurwettbewerben im ganzen Land teil. Als sie Grubers Villa auf der Lindenstraße erreichten, schwirrte Manja der Kopf.

Froh, Steins Tiraden zu entkommen, stieg sie aus dem Auto und sah sich um. Grubers Anwesen war mit einem hohen Metallzaun und einer blickdichten Hecke umgeben. Der Volksvertreter legte offenbar Wert auf Privatsphäre.

Manja klingelte am Tor.

»Ja, bitte?«, ertönte es nach einer Weile durch die Sprechanlage.

»Manja Koeberlin. Guten Morgen, Herr Gruber. Würden Sie …«

»Ich gebe keine Interviews. Das werden Sie ja wohl verstehen.«

»Ich bin von der Staatsanwaltschaft. Wir benötigen dringend einige Informationen, die wir nur von Ihnen bekommen können.«

Eine Weile war es still. Manja glaubte schon, dass der Abgeordnete ihre letzten Worte gar nicht mehr gehört hätte. Doch dann, nach einer kleinen Weile, kam ein übergewichtiger Mittfünfziger mit schütterem rötlichem Haar und Doppelkinn ans Tor. Er trug Cordhosen und einen grauen Cardigan. Seine Augen waren rot, und als er Manja begrüßte, glaubte sie, Alkohol in seinem Atem zu riechen.

»Bitte entschuldigen Sie die frühe Störung, Herr Abgeordneter«, sagte sie förmlich und hielt ihren Ausweis hoch. »Staatsanwältin Manja Koeberlin. Gestatten Sie, dass ich Ihnen mein aufrichtiges Beileid ausspreche. Das hier ist übrigens Kriminalkommissar Stein.«

Gruber nickte nur, machte aber keine Anstalten, sie hereinzubitten. Apathisch stand er vor ihnen.

»Wir möchten Ihnen gern in aller Kürze ein paar Fragen stellen«, fuhr Manja hastig fort. »Je schneller wir mit unseren Ermittlungen vorankommen, umso größere Chancen haben wir, den Täter zu überführen. Dürften wir hereinkommen?«

»Natürlich, entschuldigen Sie.« Jetzt erst öffnete Gruber das Tor. Er führte Manja und ihren Begleiter ins Haus, wo sie ihm in das mit Ahornparkett ausgestattete Wohnzimmer folgten. Er bat sie, auf der braunen Ledercouch Platz zu nehmen, während er einen Stapel alter Zeitungen und Magazine auf dem Tischchen davor zusammenraffte und hinaustrug. Auch hier drin hing ein leichter Alkoholgeruch in der Luft. Manja entdeckte jedoch weder eine Flasche noch ein Glas.

»Kann ich Ihnen etwas anbieten?«, fragte Gruber, als er schon in der Tür stand. »Kaffee? Tee? Wasser?«

»Tee wäre großartig«, erwiderte Manja.

»Für mich bitte auch«, sagte Stein.

Als der Abgeordnete ihnen schließlich gegenübersaß und jeder von ihnen eine Tasse Kräutertee in der Hand hielt, kam Manja zur Sache.

»Wie gesagt, was Ihrer Frau passiert ist, tut uns sehr leid. Ich habe gehört, dass Sie erst am gestrigen Abend von einer Dienstreise zurückgekehrt sind«, begann sie.

Gruber nickte. »Ja. Aus Thailand.«

»Wann haben Sie von den Ereignissen in Binz erfahren?«

»Einer meiner Berliner Mitarbeiter hat mich am Flughafen abgeholt.«

»Wie Sie sicherlich wissen, hat es im Windwood innerhalb kürzester Zeit drei Todesfälle gegeben«, sagte Manja. »Das erste Opfer war ein hochrangiger russischer Richter. Wladimir Kirijenko. Wir glauben, dass die Morde an Ihrer Frau und an einem weiteren Gast irgendwie mit dieser ersten Tat zu tun haben. Kannten Sie Kirijenko?«

Sie beobachtete Gruber sehr genau, um keine noch so kurze Regung in seinem Gesicht zu versäumen. Doch sie sah nichts weiter als einen müden, von Jetlag und Trauer gepeinigten Mann, der offensichtlich Kopfschmerzen hatte. Die fleischigen Wangen waren unsauber rasiert. Einen Arm presste Gruber an die Brust, als müsse er etwas zusammenhalten, das zu zerbrechen drohte.

Fast unmerklich schüttelte er den Kopf. »Nein. Ich habe zwar schon in etlichen Gremien gesessen, aber nicht im Justizausschuss. Die Kollegen dort haben ab und zu mit Richtern zu tun, auch mit ausländischen. Ich nicht.«

Manja hatte sich gestern Abend im Internet die Parlamentsdokumente des Deutschen Bundestages vorgenommen. Drucksachen, Plenarprotokolle, Tätigkeitsberichte. Sie hatte keine Verbindung zwischen Gruber und dem Richter finden können.

»Er hat jedes Jahr zweimal im Windwood Urlaub gemacht. Vielleicht sind Sie ihm hier bei irgendeiner Gelegenheit begegnet.«

»Nein, nicht dass ich wüsste.«

»Waren Sie in Ihrer Tätigkeit als Abgeordneter jemals mit Sachen befasst, die einen Bezug zu Russland hatten?«

Gruber stieß ein krächzendes Lachen aus. »Natürlich. Ich sitze seit über zwanzig Jahren im Parlament.«

»Ich meine nicht als Abgeordneter allgemein, sondern in«, sie suchte nach dem richtigen Wort, »herausragender Position. Als Ausschussvorsitzender zum Beispiel.«

Gruber schien der Befragung allmählich überdrüssig zu werden. »Keine Ahnung. Natürlich gab es Dinge, die einen Bezug«, er dehnte das Wort, »zu Russland hatten. Aber nichts, was mich irgendwie mit der russischen Justiz in Verbindung gebracht hätte.«

»Und mit Werften vielleicht? Der Verkehrsausschuss befasst sich ja auch mit der Schifffahrt.«

»Wie?« Gruber schien die Frage nicht zu verstehen.

Da Manja selbst nicht so recht an Schillings Theorie glaubte, vertiefte sie das Thema nicht. »Kirijenko hätte heute Abend eine Verabredung hier in Stralsund gehabt. Wissen Sie etwas davon?« Wieder beobachtete sie ihn sehr genau. Denn falls der Richter sich mit dem bis gestern im Ausland weilenden Gruber hatte treffen wollen, ergab es einen Sinn, dass er später als sonst nach Binz gekommen war. Doch auch diesmal fand sie kein Anzeichen, dass Gruber log.

»Wieso sollte ich denn davon wissen?«, entgegnete er unwillig. Seine gequälte Miene war die eines trauernden Mannes, der gerade seine Frau verloren hatte und nun mit abstrusen Fragen gepeinigt wurde.

»Ist es nicht ungewöhnlich, dass ein hochrangiger ausländischer Staatsbediensteter in der Stadt ist und der zuständige Bundestagsabgeordnete nicht informiert ist?«

»Nein, nicht wenn es ein privater Besuch ist. Ich wusste ja auch von seinen Urlauben im Windwood nichts. Und um ehrlich zu sein, habe ich nicht das Gefühl, dass mich die privaten Ausflüge ausländischer Richter etwas angehen.«

»Ihre Frau hat ebenfalls regelmäßig im Windwood übernachtet«, sagte Stein, der bisher stumm zugehört hatte. »Könnte sie Kirijenko dort kennengelernt haben?«

Grubers Blick wurde eisig. »Was genau wollen Sie damit andeuten?«

Der Polizist wurde rot. »Entschuldigung, ich glaube, das haben Sie missverstanden ...«

Manja hob die Hand, um ihn zum Schweigen zu bringen. »Könnte es sein, dass es in den vergangenen Jahren zwischen Ihrer Frau und Kirijenko Gespräche gab. Sie wissen schon, von Gast zu Gast. Im Fahrstuhl oder im Spa zum Beispiel. Könnte Ihre Frau auf diese Weise Informationen erhalten haben, die sie für den Täter zu einer Gefahr werden ließen?«

Gruber stellte seine Tasse ab. Er lehnte sich zurück und rieb sich die Schläfen. »Ich kann mir das nicht vorstellen. Sie hat nie davon erzählt.«

»Aufgrund der Videoaufzeichnungen in der Tiefgarage und der Zeugenaussagen gehen wir derzeit davon aus, dass die Morde von einer Frau verübt wurden.« Stein zog einen Hefter aus seiner Umhängetasche. »Hier ist ein Bild, das von einer Überwachungskamera aufgenommen wurde. Haben Sie diese Frau vielleicht schon einmal gesehen?«

Gruber betrachtete das Foto, dann schüttelte er den Kopf. »Nein.«

»Und das hier ist Wladimir Kirijenko. Kommt Ihnen das Gesicht bekannt vor?« Stein präsentierte ein weiteres Foto.

Auch dieses sah sich der Abgeordnete genau an. »Tut mir leid.«

»Dann möchten wir Sie nicht länger stören.« Manja griff nach ihrer Umhängetasche und stand auf. »Danke, dass Sie sich die Zeit genommen haben.«

## 44

Die DRM GmbH hatte ihre Büros in einem nüchternen, zweigeschossigen Kasten aus Beton und Glas. Nach ihrer Ankunft war Juli zunächst ein paar Mal durch das gesamte Gewerbegebiet gefahren, um ein Gefühl für die Umgebung zu bekommen. Das trapezförmige Areal im Nordwesten der Stadt wirkte auf den ersten Blick recht freundlich. Es gab Parkbuchten und hübsch gepflasterte Fußwege, die von Bäumen und Sträuchern gesäumt waren. Die Gebäude standen weit genug auseinander, um sich nicht gegenseitig zu erdrücken. In der Nähe befand sich ein Neubaugebiet, weshalb Fußgänger mit Hunden zum normalen Straßenbild gehörten.

Nachdem sich Juli einen ersten Eindruck verschafft hatte, kaufte sie bei einem Supermarktbäcker in der Nähe einen Becher Kaffee und zwei Mohnschnecken. Dann kehrte sie zum Gewerbegebiet zurück, stellte sich in eine Parkbucht auf dem Handwerkerring und beobachtete mit Hilfe ihres Steiner Fernglases das DRM-Gebäude schräg gegenüber.

Der Firmenparkplatz befand sich hinter dem Haus. Im Erdgeschoss gab es eine Art Empfangstheke mit einem älteren Mann, der eine blaue Uniform und eine Schirmmütze trug. Das erschwerte die Sache. Um in Rezniks Büro zu gelangen, musste sie an dem Wachmann vorbei.

Natürlich hätte sie es in der Nacht versuchen können. Aber erstens wusste sie nicht, ob das Gebäude alarmgesichert war oder vielleicht sogar bewacht wurde. Zweitens drängte alles in ihr danach, ein düsteres Kapitel ihrer Karriere so schnell wie möglich abzuschließen. Sie hatte keine Ahnung, ob die polizeilichen Ermittlungen die Verbindung zwischen Kirijenko und Reznik offenlegen und sich jemand für den Inhalt des Safes interessieren würde. Aber wenn die Waffe in die falschen Hände fiele, hätte sie ein ernstes Problem. Je schneller sie also die Pistole an sich brachte, umso besser.

Juli war überrascht über das rege Kommen und Gehen bei DRM. Alle paar Minuten passierte jemand den Empfangstresen. Zumeist handelte es sich um Männer, einige in Anzügen, andere in Handwerkerkluft. Einen Ausweis musste, soweit sie es erkennen konnte, niemand vorzeigen. Aber das besagte nichts. Vielleicht kannte der Wachmann die Angestellten. Ein schnauzbärtiger Hüne im Blaumann schien ihn um eine Auskunft zu bitten und wurde mit gestikulierenden Handbewegungen in die obere Etage geschickt. Kurz nach halb elf hielt direkt vor dem DRM-Gebäude ein gelber Lieferwagen mit dem Logo eines Paketdienstes.

Ohne das Fernglas wegzulegen, griff Juli nach einer Mohnschnecke.

Der Fahrer stieg aus, öffnete die hintere Tür und holte fünf große, längliche Papphülsen heraus, wie sie zum Aufbewahren von Bauplänen benutzt wurden. Damit ging er ins Haus. Kauend beobachtete Juli, wie er dem Wachmann an der Theke lediglich zunickte und weiter in Richtung der Treppe ging.

Das brachte sie auf eine Idee.

Sie stopfte den Rest der Mohnschnecke zurück in die Papiertüte und startete den Peugeot. Ihr Ziel war ein Einkaufszentrum in der Nähe des Hauptbahnhofs.

Auf dem Parkplatz standen nur wenige Autos, was Juli nicht verwunderte. Es war Montag, und die Geschäfte waren erst seit anderthalb Stunden geöffnet. Sie stellte ihren Wagen ab und betrat die Mall. Als erstes suchte sie die Toilette im Untergeschoss auf. Der Kaffee machte sich bemerkbar, und sie wusste nicht, wann sich die nächste Gelegenheit ergeben würde. Schon in ihren ersten Monaten bei Asbeck Security hatte sie gelernt, derart triviale Dinge nie auf die leichte Schulter zu nehmen. Einen Job zu vermasseln, weil die Blase drückte, war ziemlich peinlich.

Als sie wieder herauskam, entdeckte sie ein Internetcafé, das etwas versteckt hinter einem Zierbrunnen lag. Sie überlegte kurz, dann entschloss sie sich, hineinzugehen, denn das Surfen per Smartphone war mühsam, und sie musste nur kurz googeln, um das Gesuchte zu finden: *Mamas Pizza*, ein Lieferdienst, der mehrere Filialen in Stralsund unterhielt. Ein PR-Foto zeigte einen freundlich lächelnden Boten mit knallroter Windjacke und einer dazu passenden Baseballkappe, auf der in weißen Buchstaben der Firmenname prangte.

In einem Sportgeschäft im Erdgeschoss fand Juli eine ähnliche Kappe und bei Esprit erwarb sie eine Daunenjacke, beides in Rot. Mit den Tüten in der Hand fuhr sie zurück in die untere Etage. Ihre nächste Station war ein kleiner Laden, der sich *Textildruck Stralsund* nannte. Es war nur ein einziger Angestellter da, ein junger Mann mit ziemlich langen Haaren.

»Ich würde die hier gern bedrucken lassen.« Juli zog die Mütze hervor.

»Farbe?«, fragte der junge Mann.

»Weiß.«

»Direkt- oder Flockdruck?«

»Ich möchte die Mütze gleich wieder mitnehmen.«

»Also Direktdruck.« Der Angestellte nickte gleichmütig. »Was soll draufstehen?«

»Mamas Pizza.« Juli grinste so breit, dass ihre Wangen schmerzten. »Ist ein Geschenk für unsere Mutter.« Sie wollte, dass ihr Gegenüber sich gar nicht erst fragte, weshalb sie sich den Namen einer Pizzakette auf die Mütze drucken ließ. Aber entweder bemerkte er das gar nicht, oder es war ihm völlig gleichgültig.

Ein paar Minuten später stand Juli wieder auf dem Parkplatz, sämtliche Einkäufe sorgfältig in Tüten verborgen. Sie packte alles in den Kofferraum des Peugeot und fuhr zurück in Richtung Stadtkoppel.

Unterwegs hielt sie bei einem Laden für Gastronomiebedarf und kaufte für knapp dreißig Euro eine große Thermobox aus Styropor. Außerdem stattete sie einer Filiale von Mamas Pizza einen Besuch ab.

»Hallo.« Sie lächelte das braunhaarige Mädchen an der Theke an. »Ich möchte sechs Pizzen bestellen. Einmal Hawaii, einmal Meeresfrüchte, zweimal Thunfisch mit Zwiebeln und zwei Four Seasons.«

»Gern.« Das Mädchen, wahrscheinlich eine Studentin, die sich ein paar Euros dazuverdiente, stellte noch einige Fragen zu Größe,

Extrazutaten und Getränken und kassierte sechsunddreißig Euro. »Es dauert aber ungefähr eine Stunde«, sagte sie fast entschuldigend.

Juli nickte gleichmütig. »Dann bin ich in einer Stunde wieder da.«

## 45

»Setzen Sie mich unterwegs im Gewerbegebiet Stadtkoppel ab«, sagte Manja, während sie auf einen Zettel mit handschriftlichen Notizen sah. »Wenn Sie im Polizeirevier alles erledigt haben, kommen Sie dorthin, um mich wieder abzuholen.«

»Was wollen Sie denn in Stadtkoppel?«, fragte Stein überrascht.

»Da hat die Firma, die auf Devin das Hotel baut, ihren Sitz. DRM. Vielleicht gibt es da eine Verbindung zu Kirijenko. Diese Sunny hat mich darauf gebracht. Mast und Schilling glauben zwar nicht so recht daran, aber wenn wir schon mal hier sind …«

Er zuckte die Schultern. »Sie sind der Boss. Wissen Sie schon, wie lange Sie dort brauchen?«

»Eine Stunde, mehr nicht. Danach fahren wir zu Nora Rottmann.«

»Wenn Sie Lust haben, können wir vorher irgendwo einen Happen essen gehen. Ich kenne ein paar nette Restaurants in der Altstadt, ganz in der Nähe des Bankhauses.« Stein sah, wie sich Manjas Miene verdüsterte, und fügte schnell hinzu: »Nur falls Sie Hunger haben, natürlich.«

»Wir werden sehen.« Manja wollte noch einmal ihre Notizen über DRM durchgehen, bemerkte aber, dass Stein sie aus den Augenwinkeln gefällig musterte. Genervt presste sie die Lippen aufeinander.

»Wollen Sie sich für alle Fälle noch meine Nummer aufschreiben?«, brach er einige Atemzüge später das Schweigen. »Man kann ja nie wissen.« Er nannte ihr seine Mobilnummer, die Manja widerwillig in ihr Handy eingab.

»Bis später!«, sagte sie, als sie auf dem Handwerkerring ausstieg. Sie war nicht unglücklich darüber, dass Stein sie diesmal nicht begleitete. Bei DRM fischte sie völlig im Trüben, und so etwas tat sie lieber allein.

Hans Bartel, der Geschäftsführer, empfing sie mit einem warmen, festen Händedruck. »Ich freue mich, Sie kennenzulernen, Frau Koeberlin. Darf ich Ihnen vielleicht ein Glas Tee anbieten? Oder einen Kaffee?«

Manja nickte. »Tee, bitte.«

Bartel griff zum Telefonhörer und erteilte seiner Sekretärin Anweisungen. Derweil betrachtete Manja die gerahmten Fotos, die an einer Wand neben dem Schreibtisch hingen. Sie zeigten Bartel neben dem Bürgermeister und diversen Abgeordneten, zusammen mit dem Ministerpräsidenten und einer Reihe von Leuten, die Manja nicht kannte. Es gab auch Fotos von der Grundsteinlegung auf Devin, die im Mai stattgefunden hatte. Feierlich gekleidete Menschen mit Sektgläsern in den Händen lächelten in die Kamera. Hans Bartel, der einen weißen Schutzhelm trug, versenkte im Fundament eine Metallkassette, in der sich vermutlich eine Tageszeitung, Euromünzen und ähnlicher Plunder befanden. Als Manja diese Aufnahmen näher betrachtete, wusste sie plötzlich, dass ihr Besuch bei DRM nicht umsonst sein würde.

»Kommen Sie, lassen Sie uns da drüben Platz nehmen!« Bartel geleitete Manja zu einer Sitzgruppe vor einem großen Ostsee-Gemälde. Er war ein großer, dünner Mann mit schmalen Lippen und vorstehenden Wangenknochen, der allein durch die Art, wie er auf der Couch saß, einem Besucher das Gefühl vermittelte, willkommen zu sein. Sie nahmen sich die Zeit für etwas Small Talk, bis der Tee zusammen mit einer Schale Kekse gebracht wurde. Mit aufrichtiger Begeisterung erzählte Bartel vom Baufortschritt auf Devin.

»So, was kann ich für Sie tun, Frau Koeberlin?«, fragte er, als seine Sekretärin das Büro wieder verlassen hatte.

»Richter Wladimir Kirijenko.«

Bartel seufzte. »Scheußliche Sache. Genau wie die beiden anderen Morde natürlich. Die Frau unseres Abgeordneten. Man stelle sich das mal vor! Und dann dieser Gast aus … woher kam er gleich? Schlimm für Binz, aber auch für die Region insgesamt. Hier leben ziemlich viele Menschen vom Tourismus.«

»Kannten Sie Kirijenko?«

Er wirkte überrascht. »Ich? Wie kommen Sie denn darauf?«

»Sie sind ihm nie begegnet?«

»Nein.«

Manja rührte ihren Pfefferminztee um. »Wieso ist er dann auf einem der Bilder da drüben zu sehen?« Sie nickte in Richtung der Fotowand.

»Was?« Bartels irritierter Blick folgte ihrem, dann sah er wieder zu ihr.

»Kommen Sie, ich zeige es Ihnen.« Sie stand auf und ging zu den Fotos, um mit dem Finger auf eines am Rand zu deuten. »Der Mann da hinten rechts. Das ist Wladimir Kirijenko.«

Bartel holte umständlich eine Brille aus einem Lederetui und setzte sie auf. Das Foto zeigte im Vordergrund fünf Anzugträger, die um einen Stehtisch mit weißem Tuch gruppiert waren. Einer von ihnen war Bartel, der Mann neben ihm der Abgeordnete Axel Gruber. Die anderen kannte Manja nicht. Aber im Hintergrund des Bildes, schon leicht verschwommen, standen an einem anderen Tisch zwei Männer, die in ein vertrauliches Gespräch vertieft schienen. Der größere von beiden war Kirijenko. Er sprach gerade, während der zweite, der älter wirkte und ebenfalls slawische Züge hatte, mit verschränkten Armen und versteinerter Miene zuhörte.

»Wer ist der Mann daneben?«, fragte Manja. »Viktor Reznik, der zweite Geschäftsführer?«

»Ja«, erwiderte Bartel. »Er stammt aus Moskau. Ich wusste allerdings nicht, dass er diesen Kirijenko ...« Kopfschüttelnd verstummte er.

Manja sah ihn an. »In der Ostsee-Zeitung stand, dass Reznik auf Ihre Initiative zu DRM kam.«

Bartel nickte. »Ich kenne ihn schon seit vielen Jahren.« Er geleitete Manja zurück zur Sitzecke. »Er war früher mein Mentor.«

Sie setzten sich wieder.

»Ich habe zu DDR-Zeiten für die Deutsche Außenhandelsbank gearbeitet«, fuhr Bartel fort. »Zu meinem Aufgabengebiet gehörte die Betreuung unserer Konten in Afrika. Mosambik. Angola. Äthiopien. Ich habe vier Jahre da unten verbracht. Witja war in gleicher Funktion für die Sowjetunion tätig. Er hat mich damals sozusagen unter seine Fittiche genommen.« Lachend fügte er hinzu: »Und mich vor einigen Dummheiten bewahrt.«

»Witja?«

»Eine Kurzform von Viktor. Von seinen Freunden wird Reznik nur Witja genannt.«

Manja dachte nach. Witja. Irgendetwas läutete da bei ihr. Aber wieso? Sie kannte niemanden mit diesem Namen.

»Ich habe ihn zu DRM geholt, weil er ein Genie ist, was Finanzen angeht«, fuhr Bartel fort. »Das hat uns eine perfekte Arbeitsteilung ermöglicht. Ich habe mich um den Bau gekümmert, er sich um das Budget.« Er seufzte, ehe er hinzufügte: »Aber das ist nun vorbei, wie es aussieht.«

Manjas Wangen wurden heiß. »Was wollen Sie damit sagen?«

»Witja hatte einen schweren Schlaganfall«, flüsterte Bartel. »Vor vier Monaten schon. Er liegt seither im Krankenhaus. Die Ärzte sagen, dass er das Bewusstsein vermutlich nicht wiedererlangen wird.«

Manja rieb sich die Nase, während sie diese Neuigkeit verarbeitete. Angesichts des Fotos an der Wand hatte sie gehofft, einen Treffer gelandet zu haben. Aber wenn Reznik schon seit August außer Gefecht gesetzt war, konnte er ja kaum mit den Ereignissen in Binz zu tun haben.

»Er fehlt mir«, sagte Bartel. »Nicht nur als Freund. Wissen Sie, da drüben auf Devin verwirkliche ich einen Traum. In den vergangenen Jahrzehnten habe ich als Direktor in mehreren großen Hotels gearbeitet. Immer wieder habe ich mir ausgemalt, wie es wäre, mein eigenes Haus zu führen, eines, das ganz nach meinen Vorstellungen errichtet wurde. In meinem Kopf schwirren tausend Ideen herum, wie man hier und da noch etwas verbessern kann. Der Marmor für die Bäder, die Möbel, das Glas für die Fenster. Leider kosten all diese Ideen Geld. Leidenschaft lässt einen schnell den Blick für die Realität verlieren.« Sein Mund verzog sich zur Andeutung eines Lächelns. »Den Blick für so hässliche Dinge wie den Baupreisindex oder steigende Kreditzinsen. Witja hat mir auf die Finger geklopft, wenn es nötig war.«

»Vor einigen Jahren habe ich zusammen mit einer Moskauer Kollegin gegen Kirijenko ermittelt«, sagte Manja. »Er soll für eine richterliche Entscheidung Geld kassiert haben. Dabei ging es um ein Luxushotel. Nun reden wir im Zusammenhang mit Ihrem Millionen-Projekt über ihn. Der Mann schien Hotels zu lieben.«

Bartel zuckte mit den Schultern. »Das tue ich auch. Aber Kirijenko hatte mit unserem Vorhaben nichts zu tun, das kann ich Ihnen versichern. Nicht das Geringste.«

»Was machte er dann bei der Grundsteinlegung?« Manja zeigte in Richtung der Fotowand.

»Wahrscheinlich hat Witja ihn mitgebracht. Von Landsmann zu Landsmann sozusagen.«

»Obwohl Sie Mehrheitseigner von DRM sind, erzählt man sich hier in der Gegend, dass hinter dem Unternehmen in Wahrheit *die Russen* stünden. Haben Sie eine Erklärung für diese Gerüchte?«

Bartel stieß seufzend die Luft aus. »Ich habe mit Witja unzählige Male die Baustelle besucht. Oft waren auch andere Personen anwesend. Arbeiter, Architekten, Mitglieder der Bürgerschaft, Pressevertreter. Witja und ich sprechen natürlich Russisch miteinander. Irgendeiner wird das aufgeschnappt und seine Schlüsse gezogen haben. Aber Witja hält keine Anteile an der Firma. Und dieser Kirijenko schon gar nicht.«

»Ist russisches Geld in den Bau geflossen?«

Bartel schüttelte den Kopf. »Keine Kopeke. Das können Sie mühelos überprüfen. Eigenkapital, Privatanleger, Kredite, Fördermittel - alles ist lückenlos dokumentiert.«

## 46

Kurz vor zwölf war Juli wieder in Stadtkoppel. Sie parkte das Auto vor einer leerstehenden Investruine mit zersplitterten Scheiben, gute hundertfünfzig Meter vom DRM-Gebäude entfernt. Sie wollte nicht, dass der Wachmann oder irgendein anderer Angestellter, der zufällig aus dem Fenster sah, sie mit dem Peugeot in Verbindung brachte. Schnell zog sie die rote Daunenjacke an und setzte die Baseballkappe auf. Im Rückspiegel prüfte sie, dass ihre blonde Perücke richtig saß. Dann nahm sie die Thermobox aus dem Kofferraum, hob leicht den Deckel an und machte sich auf den Weg. Der Duft der frischen Pizzen stieg ihr in die Nase. Genau aus diesem Grund war sie nicht mit einer leeren Box gekommen. Auch der Wachmann würde den Geruch bemerken und ihre Verkleidung umso bereitwilliger akzeptieren.

Direkt vor dem Haus stand ein Seat, in dem ein Mann saß. Der Wagen hatte ein Behördenkennzeichen. Julis Alarmpegel stieg von Gelb auf Rot. Der Mann las die Bild-Zeitung, weshalb sie nicht viel von ihm sah. Sie überlegte. Wenn er auf sie warten würde, hätte er wohl kaum einen derart exponierten Platz zum Parken gewählt. Also schien er aus anderen Gründen hier zu sein. Kurz bevor sie die Tür des Gebäudes erreichte, wandte sich Juli ihm noch einmal beiläufig zu. Der Mann war ganz und gar in seine Zeitung vertieft. Nichts deutete auf eine von ihm ausgehende Gefahr hin.

Sie betrat den gläsernen Eingangsbereich, der mit einer imposanten Empfangstheke, einer Sitzecke mit Glastisch und Chromstühlen sowie einem Feng-Shui-Wasserspiel an der Wand ausgestattet war. Gerade gingen drei Angestellte in fast identischer Aufmachung - dunkle Mäntel, dunkle Anzüge, schwarze Lederschuhe - am Empfangstresen vorbei, offenbar auf dem Weg zum Mittagessen. Die Thermobox vor der Brust trat Juli zur Seite, um ihnen Platz zu machen, dann nickte sie dem Wachmann routiniert zu und ging weiter in Richtung der Treppe.

Sie war darauf vorbereitet, dass er ihr irgendetwas hinterherrufen würde: Zu wem wollen Sie denn, junge Dame? Kann ich

Ihnen vielleicht behilflich sein? Für alle in Betracht kommenden Fragen hatte sich Juli Antworten zurechtgelegt. Aber genau wie bei dem Paketboten, den sie heute früh beobachtet hatte, sagte der Wachmann nichts.

Als Juli die Treppe erreichte, sah sie, dass sich daneben auch ein Fahrstuhl befand, in erster Linie wohl für Gehbehinderte und schwere Transporte, denn es gab ja nur ein weiteres Stockwerk. Sie überlegte, den Lift zu nehmen, weil das für einen Boten nur natürlich wirken musste. Aber die Lifttür war zu, und Juli wollte nicht länger als unbedingt nötig im Sichtbereich des Wachmannes bleiben. Lautlos huschte sie die Stufen nach oben.

»Ich bin hier jetzt fertig«, hörte sie eine Frauenstimme, als sie sich der oberen Etage näherte. »Wo sind … Ach, Sie stehen schon unten? Perfekt. Dann bin ich gleich bei Ihnen. Haben Sie denn …« In diesem Moment bog die Frau schwungvoll von links um die Ecke. Sie stoppte erst, als sie sich unmittelbar gegenüberstanden. Julis Herz setzte für einen Moment aus.

Miss Supermodel.

Ein zweites Mal binnen achtundvierzig Stunden trafen sich ihre Augen, ein Umstand, über den sich beide Frauen ersichtlich im Klaren waren. Manja Koeberlin hatte noch immer das Handy am Ohr, nahm es nun aber herunter. Ihr Blick wanderte von der roten Baseballmütze zu der Thermobox. Falten erschienen auf ihrer Stirn, als ihr klar wurde, dass etwas nicht stimmte an diesem Bild.

Derweil fügten sich auch vor Julis geistigem Auge diverse Mosaiksteinchen wie von selbst zusammen. Die Ermittler hatten also Kirijenkos Spur zu Reznik verfolgt.

»Staatsanwältin Koeberlin«, hörte sie die Frau sagen. »Dürfte ich bitte Ihren Ausweis sehen?«

Dann ging alles blitzschnell. Juli nutzte die Thermobox als Rammbock und warf sich mit voller Wucht gegen Manja. Die war so überrascht von dem Angriff, dass sie nach hinten geschleudert wurde. Das Handy fiel auf den Boden. Juli ließ die Thermobox los. Mit einem Schritt war sie über Manja und versetzte ihr einen Fauststoß aufs Auge. Dann hockte sie sich auf Manjas Oberkörper und krallte die Hände um ihren Hals.

Manja versuchte, die Angreiferin von sich zu stoßen, packte sie an den Armen, um ihren Hals zu befreien, aber Julis Finger pressten sich so fest wie ein Schraubstock in ihr Fleisch. In wilder Verzweiflung suchten Manjas Hände nach einem anderen Ziel. Doch wohin sie auch stießen und schlugen, die Treffer verpufften wirkungslos.

Das Gesicht, dachte Manja, du musst an ihre Augen kommen! Ihre kunstvoll beklebten Fingernägel waren lang und hart genug, um der Angreiferin ein paar schmerzhafte Wunden zuzufügen. Doch Juli bemerkte das Manöver. Sie wandte den Kopf ab, ohne von Manja abzulassen. Die Nägel stachen ins Leere.

Plötzlich spürte Manja Haare zwischen ihren Fingern. Sie griff zu und zog mit aller Kraft, die ihr blieb. Sie hörte indes weder den erhofften Schmerzschrei noch ließ der Schraubstock um ihren Hals nach. Ihre Finger waren fest um das gekrallt, was sie für Haare hielt. Aber die Frau auf ihr drückte unerbittlich weiter zu.

Manja spürte, wie ihr Kopf schwer wurde, immer schwerer, als würde er jeden Moment platzen. Eine Perücke, dachte sie ganz emotionslos, während das Gefühl der Benommenheit zunahm, sie trägt eine Perücke. Ihre Gedanken drifteten dahin wie ein losgerissenes Boot in der Strömung. Eine dichte Abfolge scheinbar zusammenhangloser Bilder tauchte vor ihrem inneren Auge auf. Mittendrin plötzlich dieser Name. Witja. Mit einem Mal wusste sie, wo sie ihn schon einmal gehört hatte, genauer gesagt, gelesen. Aber auch das hatte keine Bedeutung mehr. Die Buchstaben verschwanden wieder im Nebel. Manja war erschöpft, so müde. Vor ihren Augen wurde es schwarz.

»He, was ist denn hier los?« Ein Mann in gestreiftem Hemd und Khakihosen war aus der Männertoilette gekommen, keine drei Meter von ihnen entfernt.

Mit dem gehetzten Blick einer von Jägern umzingelten Füchsin sah Juli zu ihm auf. Was folgte, war eine automatische, allein von ihrem Überlebensdrang gesteuerte Bewegung. Sie ließ von Manja ab, riss ihr die Umhängetasche vom Arm, während sie aufsprang, und rannte blitzschnell in Richtung Treppe.

»Hallo? ... Hallo? ... Frau Koeberlin?«, drang Steins Stimme aus dem Handy, das noch immer auf dem Boden lag. »Frau Koeberlin? Ist alles in Ordnung?«

Mühsam drehte Manja den Kopf zur Seite, in die Richtung, in der sie das Telefon vermutete. »Täterin«, röchelte sie mühsam, »Anorak ... aufhalten!« Sie hatte keine Ahnung, ob Stein verstand, was sie da sagte. Zitternd versuchte sie sich aufzurichten, aber in ihren Beinen schien keinerlei Kraft mehr zu sein.

Derweil erreichte Juli mit drei großen Sätzen das Erdgeschoss. Der Wachmann hatte, offenbar aufgeschreckt von dem Lärm im oberen Stockwerk, den Empfangsbereich verlassen und kam ihr entgegen. Ein Blick, ein kurzer Anlauf und schon lag Juli in der Luft. Mit einem filmreifen Yoko-tobi-geri, einem seitlichen Fußtritt, traf sie den Mann genau an der Kehle. Während sie sicher auf ihrem linken Bein landete, ging er polternd zu Boden. Der Ausgang war frei.

Doch dort wartete bereits das nächste Hindernis.

»Polizei. Stehenbleiben!«, befahl Andreas Stein mit sich überschlagender Stimme. Dummerweise hatte er seine Dienstwaffe noch nicht ganz aus dem Halfter gezogen.

Juli beabsichtigte nicht, ihm eine zweite Chance zu lassen. Mit einem Satz war sie bei ihm. Ihre Hand packte seine, die den Griff der Pistole hielt. Ein Kniestoß in Steins Weichteile, ein gurgelnder Schrei, dann war seine Hand plötzlich weg und Juli hatte die Pistole. Sie trat einen Schritt zurück und schoss.

Aus Steins Schädel spritzte eine rote Fontäne.

Juli nahm sich keine Zeit, das bizarre Schauspiel zu betrachten. Stattdessen überlegte sie. Den Seat oder den Peugeot? Ihr Mietwagen stand weit genug entfernt, um nicht mit dem Geschehen in Verbindung gebracht zu werden. Doch wenn sie ihn jetzt benutzte, war er anschließend kontaminiert. Denn der Schuss war garantiert im ganzen Gewerbegebiet zu hören gewesen. Irgendjemand würde sie in den Peugeot steigen sehen.

Also der Seat!

# 47

Im Auto herrschte betretenes Schweigen. Oberstaatsanwalt Mast aß eine Bockwurst, deren penetranter Geruch sich im gesamten Wagen ausgebreitet hatte. Schilling starrte aus dem Fenster.

Um Punkt acht waren sie auf der Soran-Werft in Warnemünde aufgekreuzt, mit dem Durchsuchungsbeschluss und zwei Dutzend Beamten. Sie hatten die Büros durchkämmt und anschließend den Vorstand und diverse leitende Mitarbeiter in die Mangel genommen, ohne jedoch die geringste Verbindung zu Kirijenko herstellen zu können. Mit leeren Händen waren sie wieder abgezogen.

Natürlich gab es noch andere Möglichkeiten. Dutzende Möglichkeiten sogar. Vielleicht waren der Richter und Boris Bykow in Russland aneinandergeraten. Vielleicht hatte es am Obersten Gerichtshof ein Verfahren gegeben, in das irgendein Teil von Bykows Firmenkonglomerat verwickelt war. Ja, womöglich war es eine innerrussische Angelegenheit.

Aber die Tat war nun einmal in Binz verübt worden, und, schlimmer noch, zwei deutsche Staatsbürger hatten ebenfalls ihr Leben gelassen. Die Öffentlichkeit würde schon bald handfeste Ergebnisse sehen wollen.

Der Polizist auf dem Beifahrersitz tippte und wischte auf seinem iPhone herum. »Hören Sie sich das mal an!«, rief er nach hinten. »Die Kollegin, die sich mit diesem Rücker beschäftigen sollte, hat etwas Interessantes herausgefunden.«

»Und was?«, fragte Mast ohne sonderlichen Elan. Der Landwirt aus Thüringen war bei ihnen als Kollateralschaden verbucht worden. Natürlich musste auch sein Hintergrund geprüft werden. Aber die Chance, dass sich hier die Lösung der Mordfälle fand, lag in Masts Augen bei null.

»Der Mann war mehrfacher Millionär«, sagte der Polizist.

»Wie bitte?« Mast hörte auf zu kauen.

»Er hat vor zwei Monaten den Lotto-Jackpot geknackt. Achtzehn Millionen Euro.«

»Was sagt man dazu?«, ließ sich Schilling vernehmen. »Wer erbt den ganzen Zaster?«

»Rücker war geschieden. Eine Tochter, siebzehn. Sonst keine Verwandten. Seine Eltern leben nicht mehr. Ob es ein Testament gibt, wissen wir noch nicht.«

»Achtzehn Millionen«, wiederholte Mast. Er sah Schilling an. »Haben wir uns verrannt? Ging es von Anfang an nur um diesen Landwirt und seine Kohle?«

Der BKA-Ermittler atmete tief durch. »Kann ich mir nicht vorstellen. Ich meine, diese Augenbinden, die Parallelen zu dem Mord in Wladiwostok.« Er schüttelte den Kopf. »Das sind zu viele ...«

»Code Z. Polizist in Stralsund getötet«, ertönte es in diesem Moment aus dem Funkgerät. »Ich wiederhole: Code Z. Polizist in Stralsund getötet.«

Schilling schnellte nach vorn. »Gehen Sie ran!«, wies er den Beifahrer an.

Wenige Sekunden später lauschten er und Mast atemlos einer monotonen Stimme, die im nüchternen Polizeideutsch die Geschehnisse im Gewerbegebiet Stadtkoppel wiedergab.

»Scheiße, Scheiße, Scheiße!« Schilling legte sich die Hände vors Gesicht. »Mein, Gott, der Junge war keine dreißig.«

»Was ist mit Frau Koeberlin?«, fragte Mast tonlos.

»Ihr geht es soweit gut«, sagte die Stimme im Funkgerät. »Hämatome am Hals und am Auge, Atem- und Schluckbeschwerden, ein paar blaue Flecken, sonst nichts. Allerdings hat sie ziemliches Glück gehabt.«

»Wieso?«

»Die Täterin war gerade im Begriff, sie zu erledigen, als jemand auf den Gang getreten ist. Diese Störung hat Frau Koeberlin vermutlich das Leben gerettet.«

»Das kann doch nicht wahr sein«, murmelte Mast. »In was für ein Wespennest hat sie da bloß gestochen? Haben wir eine Beschreibung der Frau?«

»Ja. Wir sind bereits dabei, ein Phantombild zu erstellen.«

»Gut. In dreißig Minuten sind wir da. Ende.« Mast ließ das Fenster herunter und warf den Rest seiner Bockwurst hinaus.

Derweil schnallte sich Schilling sorgfältig an. »Sirene anschalten und Vollgas!«, schnappte er.

## 48

Juli fuhr mit dem Seat in Richtung Hauptbahnhof. Unterwegs hatte sie die Pistole des Polizisten in einem Gully verschwinden lassen. Ihr nächstes Ziel war die Mall, in der sie am Morgen eingekauft hatte. Sie brauchte neue Kleidung, denn sie musste neben dem Seat auch die rote Daunenjacke schnellstens loswerden. Ihre anderen Sachen lagen im Peugeot. Dummerweise hatte sie auch die SIG Sauer unter dem Fahrersitz gelassen, weil sie von einem reinen Undercover-Job ausgegangen war.

Nachdem sie eine Parklücke gefunden hatte, betrachtete sie sich im Rückspiegel. Neben ihrer Perücke hatte sie vorhin auch die Baseballkappe eingebüßt. Aber es kam nicht in Frage, mit kahlem Kopf ins Einkaufszentrum zu laufen. Juli sah sich im Auto um. Natürlich lag keine Wintermütze auf der Rückbank. Solche Zufälle gab es nur im Film. Nach kurzem Überlegen nahm sie ihren roten Schal ab und drapierte ihn um ihren Kopf. Auf den ersten Blick sah das erstaunlich normal aus.

Diesmal ging sie nicht zu Esprit, wegen des Risikos, wiedererkannt zu werden. Stattdessen schnappte sie sich bei H&M einen grauen Wollmantel und eine blaue Wintermütze mit großer Bommel. Sie zahlte bar und zog die Sachen anschließend sofort an. Die Umhängetasche der Staatsanwältin trug sie über der Schulter, ganz so, als wäre es ihre. Bei Tommy Hilfiger erstand sie ein Paar nicht ganz billige Hudson-Raulederstiefel, die ihren neuen Auftritt vervollständigten. Die Schuhe, die sie bei DRM getragen hatte, steckte sie in eine Tüte, um sie bei nächster Gelegenheit gemeinsam mit der roten Daunenjacke in einer Mülltonne zu entsorgen.

An einem Obststand trank Juli einen großen Becher Kiwisaft. Dann fuhr sie mit dem Fahrstuhl ins Obergeschoss, wo sie sich in einem Sportgeschäft eine Dose KO FOG Pfefferspray besorgte. Da sie ab sofort vermutlich von jedem Bullen Stralsunds gejagt wurde, zog sie es vor, nicht unbewaffnet zu sein. Bei Polizistenmördern wurde im Zweifel erst geschossen und dann gefragt.

In einem Pulk von Schülern, die hier offenbar ihre Mittagspause verbracht hatten, verließ sie das Einkaufszentrum durch den Haupteingang, wobei sie sich unauffällig nach allen Seiten umsah. Bewusst ließ sie alles auf sich einwirken, alle Wahrnehmungen, alle Signale.

Vor ihr lag eine dicht befahrene Straße, die von Geschäften, Dönerbuden und Versicherungsbüros gesäumt war. Ein typisches Bahnhofsviertel, geschäftig summend, leicht heruntergekommen. Touristen und Einheimische strömten links und rechts an ihr vorbei. Keiner nahm Notiz von ihr. Weiter vorn liefen zwei ältere Frauen, die miteinander schwatzten. Harmlos. Gegenüber lag eine Bushaltestelle. Völlig leer. Offenbar war gerade ein Bus abgefahren. Auf der Straße herrschte ganz normaler Verkehr. Keine Fahrzeuge, die auf verdächtige Weise parkten. Keine Vans mit verdunkelten Scheiben. Keine Streifenwagen.

Im Windschatten der Schüler überquerte Juli die Straße. Da sah sie, wie ein Polizeifahrzeug um die Ecke bog. Aber es fuhr nicht zielgerichtet, nicht, weil sie entdeckt worden war. Im Menschenmeer war sie praktisch unsichtbar. Jetzt nur nicht auffallen. Nur nicht stehenbleiben. Sie nahm ihr Smartphone ans Ohr und tat so, als würde sie ein Gespräch führen. In einer Passantin mit einer Einkaufstüte in der einen Hand und einem Telefon in der anderen, ganz normal gekleidet und lässig den Gehweg entlangschlendernd, würde niemand die Polizistenmörderin von Stadtkoppel vermuten. Juli sprach in ihr Telefon, während sie zu der Schülertraube aufschloss, so, als wolle sie überholen. Die Jungen mochten sechzehn, siebzehn sein, vielleicht elfte, zwölfte Klasse.

»Tschuldigung«, sagte sie zu einem, der jetzt direkt neben ihr lief. »Ich will zum Hauptbahnhof. Weißt du, wo ich da lang muss?«

Der Junge deutete nach vorn. »Immer geradeaus. Wir gehen auch in die Richtung.«

Juli lächelte. Sie hatte auf diese Antwort gehofft. Denn so konnte sie mit ihnen ein Stück zusammen laufen.

»Wie weit ist es denn bis dahin?«, fragte sie. Es war der Auftakt zu einem lockeren Gespräch, das Juli zu einem natürlichen Bestandteil der Gruppe machte. Kein Polizist würde ihr einen zweiten Blick schenken.

Die Schule befand sich ein Stück vor dem Hauptbahnhof, und Juli dankte den Jungs, als sie sich von ihnen verabschiedete. An der nächsten Querstraße sah sie einen Abfallkorb, in dem sie die Tüte mit dem roten Anorak und den Schuhen verschwinden ließ. Dann ging sie weiter zum Tribseer Damm, hütete sich aber, die Bahnhofshalle zu betreten. Denn die war klein und allzu gut zu überschauen. Außer einem Fahrkartenverkauf, einem Zeitungskiosk und einem Bäcker gab es kaum Läden. Das Risiko, hier jemandem, der gerade nichts zu tun hatte, ins Auge zu fallen, wollte sie nicht eingehen. Deshalb lief Juli an dem düsteren Backsteingebäude vorbei, weiter in Richtung Bahnhofstraße. Sie holte ihr Smartphone aus der Tasche, diesmal allerdings, um wirklich zu telefonieren. Die Nummer hatte sie im Kopf.

»Simon? Hier ist Juli. Ich brauche deine Hilfe!«

## 49

»Wir suchen nach einer Frau mit einer Glatze!« Manja tastete vorsichtig ihren Hals ab. Er tat höllisch weh, und das Schlucken bereitete ihr ziemliche Mühe. Ihr Auge war fast zugeschwollen und pochte wie wild. »Mal zeigt sie sich mit blonder«, Manja zeigte auf eine Plastiktüte auf dem Tisch, in der sich das bis dahin wichtigste Beweismittel der Ermittler befand, »und mal mit schwarzer

Perücke.« Jetzt hielt Manja eines der Tiefgaragenfotos in die Höhe. »Aber nicht, um ihre echten Haare zu verbergen. Sondern ihren kahlen Kopf, weil sie damit überall sofort auffallen würde.«

»Ich bin ihr am Samstag im Hotel begegnet. Im Spa«, fuhr Manja fort. Sie beugte sich über den Schreibtisch und überflog mit ihrem unversehrten rechten Auge einen Computerausdruck. »Hier! Nora Rottmann hat ausgesagt, dass auch am Sonntag eine blonde Frau im Dampfbad war, kurz vor dem Mord. Ich wette tausend zu eins, dass das unsere geheimnisvolle Unbekannte war. Und am Abend zuvor hat diese Frau in der Bar das Gespräch mit Nora und ihrer Schwester gesucht. Das kann kein Zufall sein.«

»Das sehe ich auch so«, sagte Mast. »Aber die Frage nach dem Warum ist weiter offen. Wenn wir einmal davon ausgehen, dass es sich um dieselbe Frau handelt, die von den Kameras in der Tiefgarage erfasst worden ist, stellt sich die Frage: Wer ist diese Unbekannte und weshalb tötet sie einen russischen Richter, einen Lotto-Millionär und die Frau eines Bundestagsabgeordneten?«

»Und was macht sie, als Pizzabotin verkleidet, bei DRM?«, fügte Manja hinzu.

»Meine Vermutung ist«, ließ sich Schilling vernehmen, »dass sie für all das bezahlt wird. Wir sind ja von Anfang an davon ausgegangen, dass wir es hier mit einem Profi zu tun haben. Darauf deutet zum einen die Ausführung der drei Morde hin. Die Art, wie das Schloss an Kirijenkos Tür präpariert war. Die Geduld, mit der die Täterin gewartet hat, während sich Kirijenko im Schlafzimmer mit dieser Sunny vergnügte. Die Kaltblütigkeit, mit der sie im Spa den Mord an Kerstin Gruber verübte, ohne dass irgendjemand eine vernünftige Beschreibung der Frau liefern konnte.«

»Und zum anderen?«, fragte Manja.

»Wie bitte?«

»Sie sagten, für die Arbeit eines Profis spräche zum einen die Tatausführung. Und was noch?«

Schilling fuhr sich durch die Haare. »Das BKA vermutet seit einiger Zeit, dass es in dieser Branche unter den … äh … Spitzenleuten eine Frau gibt. In den vergangenen Jahren ist es zu einer Reihe unaufgeklärter Morde gekommen, die eindeutig nach

Auftragsarbeit aussahen und bei denen wir davon ausgehen, dass sie jeweils von einer Frau verübt worden sind.«

»Was bringt Sie zu dieser Annahme?«, fragte Manja.

»Verschiedenste Indizien. Fußspuren zum Beispiel. Die Größe eines Verstecks, in dem sich der Täter verborgen hielt. Beziehungsweise«, er lachte freudlos, »die Täterin. Zeugenbeobachtungen. Aufnahmen von Überwachungskameras wie in der Tiefgarage des Windwood. Allerdings haben wir nicht genügend Material, um ein Muster zu erkennen, Übereinstimmungen, Gemeinsamkeiten. Von einer Beschreibung der Frau ganz zu schweigen. Wir wissen nicht, wie sie aussieht, wie alt sie ist und welche Nationalität sie hat. Aber nach allem, was wir heute erfahren haben, würde ich sagen: Diese Kahlköpfige könnte es sein.«

Manja stand auf und sah Schilling aus ihrem unversehrten Auge an. »Wer waren die anderen Opfer?«

Der BKA-Mann zuckte die Schultern. »Vor allem Geschäftsleute. Banker, Unternehmensvorstände, Anwälte, Waffenhändler. Wie gesagt, es gibt kein Muster. Ich denke, dass diese Frau für Geld so ziemlich jeden Job übernimmt.«

Manja seufzte. »Dann spricht einiges dafür, dass sie auch für den Mord an Jörg Burow verantwortlich ist. Diesem Hotelmanager aus Dresden.« Sie sah Mast an. »Ich habe Ihnen davon erzählt.«

»Ja. Sie sagten, in Nähe des Tatortes habe es eine merkwürdige Auseinandersetzung zwischen einer kahlköpfigen Frau und drei slawisch aussehenden Männern gegeben.«

»Nach den Zeugenaussagen eine Art Schlägerei. Der Grund und der genaue Hergang blieben unklar. Wir haben keine Verbindung zwischen dieser Frau und dem Mord herstellen können. Aber auch hier, und jetzt erst recht, glaube ich nicht an einen Zufall.«

»In jedem Fall sollten wir sie schleunigst aus dem Verkehr ziehen«, sagte Mast. »Dank der Zeugenaussagen und Ihrer Beschreibung haben wir ein Phantombild. Sie ist um die dreißig, einssiebzig bis einsfünfundsiebzig, schlank, sportlich - und sie hat eine Glatze. In der Stadt hat bereits eine Fahndung nach dieser Frau begonnen. Ich schlage vor, dass wir uns derweil auf die

Suche nach dem Auftraggeber machen. Wenn die Frau eine Berufskillerin ist, heißt das, irgendjemand hat sie für die Morde in Binz engagiert.« Kämpferisch sah er Schilling und Manja an. »Irgendwelche Verdächtigen?«

Manja strich sich eine Haarsträhne aus der Stirn und schluckte mühsam. »Dieses Hotelprojekt, Devin Residenz. Ich denke, das ist der Schlüssel. Weshalb sonst ist die Täterin heute bei DRM aufgetaucht? Die naheliegende Frage lautet: Wer war ihre vierte Zielperson?«

»Vielleicht Bartel, der Geschäftsführer«, sagte Schilling.

»Oder dieser Viktor Reznik.«

»Aber ich denke, der liegt im Krankenhaus«, wandte Mast ein.

»Möglicherweise wusste das unsere Täterin nicht.«

Schilling schüttelte den Kopf. »Wenn sie der Profi ist, für den ich sie halte, passiert ihr ein solcher Fehler nicht. Ich tippe auf Bartel.«

»Dann muss er etwas wissen«, sagte Mast. »Wir sollten noch einmal mit ihm reden.«

»Ja, aber vorher besuchen wir Nora Rottmann.« Manja zeigte auf ein Blatt Papier. »Die Bankverbindung von DRM. Die haben ihr Konto beim Bankhaus Dollinger. Frau Rottmann gehört dem Vorstand an. Bartel hat angeblich alle finanziellen Angelegenheiten in Rezniks Hände gelegt. Schauen wir uns doch einmal an, ob sein Freund Witja irgendwelche krummen Deals gemacht hat.«

## 50

Der Regionalexpress aus Binz erreichte den Stralsunder Hauptbahnhof um zehn nach zwei. Simon ging hinaus auf den Bahnhofsvorplatz und griff nach seinem Handy.

»Ich bin da«, sagte er. »Ich stehe jetzt auf dem Tribseer Damm.«

»Okay. Auf der anderen Straßenseite müsstest du links eine Avis-Filiale sehen.«

Simon ließ den Blick schweifen. »Ja, da ist sie.«

»Geh dorthin. Nimm dir irgendeinen unauffälligen Wagen, am besten einen Polo oder einen Seat. Anschließend rufst du wieder an.«

Zwanzig Minuten später wählte Simon erneut Julis Nummer. »Auftrag erledigt.«

»Was hast du bekommen?«

»Einen grauen Ford Focus.«

»Perfekt. Jetzt fährst du auf dem Tribseer Damm am Bahnhof vorbei und biegst dann rechts ab. Vor dem Frankenteich ist ein unbefestigter Parkplatz. Dort steige ich ein.«

Zufrieden registrierte Juli, dass Simon bislang keinerlei Fragen gestellt hatte, obwohl ihm alles mehr als ungewöhnlich vorkommen musste. Aber Jungs waren nun einmal begeisterte Detektive. Und im Delirium der ersten Liebe nahmen sie noch einiges mehr hin. Einmal mehr beglückwünschte Juli sich zu ihrer Entscheidung, nicht allein nach Binz gekommen zu sein.

Sie hatte die Zeit bis zu Simons Eintreffen in einem Café in der Passage am Bahnhof verbracht. Jetzt zahlte sie und ging zum Seitenausgang Richtung Frankenteich. Als sie einen grauen Ford vom Tribseer Damm einbiegen sah, lief sie zügig über die Straße, an den wartenden Taxis vorbei. Simon fuhr auf den Parkplatz am Wasser. Abgeschirmt von den anderen PKW öffnete Juli die Beifahrertür und stieg ein. So weit wie möglich rutschte sie auf dem Sitz nach unten. Die Rückbank wäre ihr lieber gewesen. Aber noch hatte Simon keine Ahnung, was hier gerade passierte, und wenn sie es ihm erklärte, wollte sie nahe bei ihm sein, sein Mienenspiel beobachten, ihn berühren, wenn es nötig war. Alles hing davon ab, dass er ihr bedingungslos vertraute. Sie zog ihr Smartphone hervor und wählte die Navigationsfunktion.

»Wo geht's jetzt hin?«, fragte Simon.

»Zum Moorteich. Dort befindet sich ein kleiner Ferienpark namens Keding Village. Die haben freie Bungalows. Fahr erst mal zurück zum Tribseer Damm und bieg dann auf die Barther Straße.«

Während er den Wagen startete, bedachte er sie mit einem scheuen Seitenblick, sagte aber nichts.

Juli legte ihre Hand auf seinen Unterarm. »Danke, dass du gekommen bist.« Sie schüttelte den Kopf. »Ich weiß nicht, was ich ohne dich machen würde. Es sieht ziemlich übel aus.«

»Willst du darüber reden?«

»Ich fürchte, dafür bräuchte ich einen halben Tag.«

»Und die Kurzfassung?«

»Eine Kurzfassung?« Sie lächelte gequält. »Nach mir wird wegen Mordes gefahndet, aber ich habe es nicht getan. Ist das kurz genug?«

»Wie bitte?« Er starrte sie so entgeistert an, dass sie befürchtete, sie würden im nächsten Moment auf den Fußweg oder die Gegenfahrbahn geraten.

»He, guck lieber auf die Straße!«, sagte sie. »Sonst schaffe ich es nämlich nicht mehr, dir irgendwann den Rest der Geschichte zu erzählen.«

Sie wartete einen Moment, bis er sich wieder etwas gefangen hatte. »Simon, ich bin reingelegt worden.«

»Von deinem Chef?«

»Vielleicht. Ich weiß es nicht. Fakt ist, er hat mich wegen eines Auftrages hierher beordert, der Auftrag ist katastrophal schiefgegangen und für die Polizei muss es so aussehen, als hätte ich einen ihrer Leute auf dem Gewissen.«

»Einen Polizisten?«, stieß er hervor. Wieder schlingerte der Wagen ein wenig hin und her.

»Ja. Aber ich habe niemanden getötet, diesen Polizisten nicht und auch niemanden sonst. Das schwöre ich dir.« Sie sah ihn an. Ihr Blick war der eines verzweifelten, einsamen Mädchens, das ganz allein war. »Glaubst du mir, Simon?«

In ihrer Stimme lag ein solches Flehen, dass er praktisch gar nicht anders konnte als zu nicken. Und er glaubte ihr wirklich, glaubte alles, was sie sagte, weil er ihr glauben wollte.

»Gestern Nachmittag hat es im Windwood schon wieder zwei Morde gegeben«, flüsterte sie schließlich. »Wir haben davon nichts mitbekommen, weil wir … äh … beschäftigt waren.« Simon wurde tatsächlich rot. Nachdem Juli ins Strandhaus zurückgekehrt war, hatten sie das Bett für den Rest des Tages nicht mehr verlassen. »Es würde mich nicht wundern, wenn diese Geschichte heute mit diesen Morden zusammenhängt.«

»Wie kommst du darauf?«

»Mein Auftrag lautete, mich bei einer Firma namens DRM einzuschleichen. Die bauen ein Luxushotel auf der Halbinsel Devin. Dieser Richter, der letzte Woche umgebracht wurde, hatte irgendetwas mit diesem Unternehmen zu tun. Ich tippe darauf, dass die Russenmafia hinter all dem steckt.«

Simon sagte nichts, sichtlich damit beschäftigt, diese Neuigkeiten zu verdauen. Sie wusste, dass sie ihm einiges zumutete. Es war immer eine schwierige Entscheidung, wie viel Wahrheit man verwendete, um eine Lüge kunstvoll zu verpacken. Simon hatte keinen Grund, sie mit dem Windwood in Verbindung zu bringen. Gestern Nachmittag, hatte sie gesagt, und wer wusste besser als er, wo sie da gewesen war? Aber natürlich war diese Häufung von Todesfällen verdächtig. Indem sie selbst die Verknüpfung zwischen dem Windwood und dem Vorfall bei DRM herstellte, entstand gar nicht erst der Eindruck, sie habe etwas zu verbergen.

Das hoffte sie jedenfalls.

Sie brauchten knapp fünf Minuten bis Keding Village und wurden unterwegs nicht ein einziges Mal angehalten. Aber Juli hatte auch nicht damit gerechnet. Die Strecke zum Ferienpark war für einen Flüchtigen und damit auch für die Polizei taktisch uninteressant. Sie ließ Simon einchecken, während sie selbst im Wagen wartete. Vorher hatte sie ihm in aller Eile die Geschichte eingepaukt, die er erzählen sollte.

*Stellen Sie sich vor, die Ferienwohnung, die ich übers Internet gemietet hatte, gab es gar nicht. Wahrscheinlich ein Betrüger … Zum Glück ist bei Ihnen etwas frei … Nein, nicht allein. Für drei Personen. Meine Eltern reisen heute am Abend an …*

Ja, Simon sah absolut aus wie ein Junge, der noch mit seinen Eltern in den Urlaub fuhr. Keiner würde an der Geschichte zweifeln.

Juli hatte Keding Village über ihr Smartphone ausfindig gemacht, während sie auf Simon wartete. Dem Lageplan zufolge bestand der Ferienpark aus zehn weitläufig verteilten Bungalows rund um den Teich und einem Verwaltungsgebäude mit Restaurant. Auf der Homepage gab es auch eine Belegungsübersicht, so dass es nicht nötig gewesen war, anzurufen und zu fragen, ob zurzeit vermietet würde und ob noch ein Haus frei sei. Anders als bei einem Hotelzimmer konnte Juli hier unbemerkt ihr neues Versteck beziehen, sobald Simon die Formalitäten erledigt hatte.

Zehn Minuten später ging die Fahrertür auf. Simon war zurück. »Wir haben Haus Nummer acht.«

»Nicht zu mir rübersehen«, zischte Juli, die sich wieder kleingemacht hatte, so dass ihr Kopf unter der Seitenscheibe war. »Fahr einfach los!«

»Entschuldigung.« Mit betrübtem Gesicht lenkte er den Wagen auf einem matschigen Schotterweg in Richtung ihrer Unterkunft.

»Stell das Auto so ab, dass sich meine Tür in Höhe des Eingangs befindet.«

Alles klappte reibungslos. Simon hielt, schloss auf und öffnete den Kofferraum, wie jemand, der Gepäck ausladen will. Derweil verschwand Juli unauffällig im Inneren des Bungalows. Sie schickte Simon noch einmal los, um irgendwo etwas zu essen und ein paar Flaschen Wasser zu kaufen. Als er fort war, streckte sie sich erschöpft auf dem Bett aus.

Die Aktion bei DRM musste sie als kompletten Fehlschlag verbuchen. Nicht nur, dass sie die Pistole nicht beschafft hatte, die Behörden wussten nun auch, dass die langen schwarzen Haare gestern im Windwood ein Täuschungsmanöver gewesen waren. Mindestens drei Zeugen konnten sie beschreiben, und wenn nur einer von ihnen ein guter Beobachter war, würde die Polizei ein Phantombild bekommen, das der Wirklichkeit wesentlich näher kam als die verwackelten Fotos aus der Tiefgarage.

Juli dachte über die nächsten Schritte nach. Sobald Simon zurück sein würde, musste sie ihn mit einem weiteren Auftrag betrauen. Der Peugeot stand noch immer auf dem Handwerkerring. Sie ging davon aus, dass das DRM-Gebäude weiter von der Polizei beobachtet wurde. Inzwischen waren bestimmt auch Journalisten vor Ort, Schaulustige, Kameras. Ja, es war definitiv besser, wenn Simon den Wagen holte.

Und dann? Sie musste an die Pistole kommen, irgendwie. Denn die Polizei würde keine fünf Minuten brauchen, um festzustellen, wem die Fingerabdrücke darauf gehörten. Als Personenschützerin hatte sie sich einer Sicherheitsprüfung durch das BKA unterziehen müssen, weil Asbeck Security gelegentlich auch bei der Bewachung von Politikern zum Einsatz kam. Seither befanden sich ihre Abdrücke in den einschlägigen Datenbanken. Also zuerst die Pistole. Und anschließend musste sie so schnell wie möglich verschwinden.

## 51

Das Bankhaus Dollinger befand sich in einem hübschen Giebelhaus mit Satteldach direkt am Alten Markt. Manja und Schilling wurden unverzüglich in die oberste Etage gebracht, die über einen hallenartigen Empfangsbereich mit edlem Parkett verfügte. Die lederbezogenen Türen und hübsch geschliffene Glasschilder mit Messingbuchstaben machten deutlich, dass hier die Führungsspitze des Hauses arbeitete.

Nora Rottmann sah die beiden Besucher unwillig an. Trauer und Schmerz waren in ihr Gesicht eingemeißelt wie eine Grabinschrift in eine Marmorplatte. Ihr Blick verweilte einen Moment auf Manjas geschwollenem Auge, aber sie sagte nichts. Stattdessen verschränkte sie die Arme und rollte in ihrem Bürostuhl ein kleines Stück vom Schreibtisch zurück. »Ich bin gestern von dieser Polizistin zwei Stunden lang befragt worden. Wieso glauben Sie, dass Sie heute noch etwas Neues von mir erfahren können?«

Manja setzte eine verständnisvolle Miene auf. »Manche Dinge kommen erst zum Vorschein, wenn man sich andere von der Seele gesprochen hat, Frau Rottmann. Manchmal muss man auch einfach eine Nacht darüber schlafen.«

Nora schüttelte müde den Kopf. »Meine Schwester kannte diesen Richter nicht. Definitiv nicht. Und dieses andere Opfer, diesen ...«

»Tino Rücker.«

»... den kannten wir auch nicht. Wir hatten mit beiden Männern nichts zu tun. Das kann ich beschwören. Wir sind immer zusammen ins Windwood gefahren. Schwesternwochenenden, wenn Sie so wollen. Die meiste Zeit haben wir gemeinsam verbracht. Es gab nie eine Begegnung mit diesem Russen.«

»War bei diesem letzten Besuch im Windwood irgendetwas anders als sonst?«, fragte Schilling. »Eine Änderung Ihrer Routinen vielleicht. Oder ist Ihnen etwas Außergewöhnliches aufgefallen?«

»Nein, alles war wie immer, das habe ich gestern ja schon ausgesagt. Davon abgesehen natürlich, dass der Tod dieses Richters in gewisser Weise noch gegenwärtig war.«

»Inwiefern?«

»Atmosphärisch vor allem. In den Gesprächen mit dem Concierge oder dem Restaurantpersonal zum Beispiel. Die Sache ... lag einfach noch in der Luft.«

Nach dem Verlust ihrer Umhängetasche hatte sich Manja Noras Aussage in Masts Büro noch einmal ausdrucken lassen und überflog sie nun. »Sie haben angegeben, dass Sie Ihre Schwester gestern früh zuletzt im Dampfbad gesehen haben.«

»Ja. Meine Massage hatte sich verzögert. Deshalb bin ich noch einmal ins Dampfbad gegangen, da ich wusste, dass Kerstin dort war.«

»Sie war aber nicht allein?«

»Nein, da war noch eine junge Frau, die allerdings gerade gehen wollte, als ich hineinkam. Sie stand praktisch schon.«

»Kannten Sie sie?«

»Nicht näher. Sie war am Abend zuvor in der Neptun-Bar, da haben wir ein paar Worte mit ihr gewechselt. Aber bis dahin waren wir ihr noch nie begegnet. Das habe ich aber doch alles ...«

»Hielten Sie es nicht für einen merkwürdigen Zufall«, fiel Manja ihr ins Wort, »dass die Frau Sie erst abends in der Bar anspricht und Ihnen dann am nächsten Morgen im Dampfbad begegnet?«

Nora schüttelte den Kopf. »Nein, eigentlich nicht. Das Windwood ist zwar relativ groß, aber dass man den einen oder anderen Gast mehrfach sieht, kommt schon vor.«

»Ich vermute, dass es sich um dieselbe Frau handelt, der ich am Sonnabend in der Sauna des Hotels begegnet bin«, sagte Manja. »Etwa einssiebzig groß, schlank, kurze blonde Haare. Ich wohne momentan im Windwood«, fügte sie hinzu, als sie die Verwirrung in Noras Gesicht sah. »Diese Frau hat vor zwei Stunden bei DRM einen Polizisten getötet und versucht, mich ebenfalls umzubringen.« Sie öffnete ihren Mantel und entfernte das Tuch, das sie um den Hals trug, um Nora Rottmann die Hämatome zu zeigen. »Wir vermuten, dass sie auch Ihre Schwester ermordet hat.«

»Was?« Fassungslosigkeit und Verblüffung schwangen in Noras Stimme. »Was hat denn DRM ... Sie meinen doch die Hotel-GmbH? Aber ...?«

»Es muss eine Verbindung zwischen dieser Firma und Richter Kirijenko geben«, erläuterte Schilling ein wenig verdrießlich. Er schätzte es nicht sonderlich, nur die zweite Geige zu spielen. Aber Manja Koeberlin war nun einmal die Staatsanwältin.

»Was uns zum zweiten Grund unseres Besuches führt, Frau Rottmann«, sagte Manja. »Wie Sie wissen, wird in Ihrem Haus ein Konto für DRM geführt. Wir würden uns gern die Auszüge der vergangenen zwölf Monate ansehen.«

Das schien Nora zumindest kurzzeitig aus ihrer Lethargie zu reißen. »Dafür brauchen Sie einen Gerichtsbeschluss«, sagte sie.

»Wir beide wissen, dass ich keinen brauche«, erwiderte Manja sanft.

Nora Rottmann schwieg. Es war eine übliche Praxis der Banken, zunächst einmal zu mauern und zu blocken. Je vornehmer sie waren, je erlesener ihre Kundschaft, umso mehr zierten sie sich. Aber Manja hatte jetzt keine Zeit für taktische Spielchen.

»Ich kann mir beim Amtsgericht natürlich einen Beschluss beschaffen, Frau Rottmann«, sagte sie liebenswürdig. »Aber wenn ich mit einem Durchsuchungsbeschluss komme, dann durchsuche ich auch. Mit einem Dutzend Polizisten und einem Fotografen der Bild-Zeitung. Wenn Ihnen das lieber ist?«

Noras Miene verfinsterte sich. »Wollen Sie mir drohen, Frau Koeberlin?«

»Ich drohe niemals.« Manja betastete ihr geschwollenes Auge, das noch immer höllisch schmerzte. »Ich sage Ihnen lediglich, was passiert, wenn ich die Auszüge nicht auf der Stelle bekomme.«

Nora presste die Lippen aufeinander.

Manja lehnte sich nach vorn, ihr Ton war nun etwas versöhnlicher. »Frau Rottmann, wir glauben, dass wir bei DRM das Motiv für den Mord an Kirijenko finden. Das Motiv führt uns zum Täter. Die Frau im Spa war nur ein Werkzeug, eine Mietkillerin. Der wahre Drahtzieher hat sein Gesicht noch gar nicht gezeigt. Wer es auch ist, er hat nicht nur Kirijenko und diesen Tino Rücker auf dem Gewissen, sondern auch Ihre Schwester.«

## 52

Jürgen Fuchs war seit seiner Flucht nicht mehr in Stralsund gewesen und seit über zwei Wochen nicht mehr an der Ruine seiner niedergebrannten Villa am Voigdehäger Teich. Dass er sich für seine Rückkehr ausgerechnet den Tag ausgesucht hatte, an dem die Hansestadt das größte Aufgebot an Uniformierten seit der Belagerung durch Wallensteins Truppen erlebte, war einfach gewaltiges Pech.

Auf dem Hinweg hatte er noch nichts von alldem bemerkt. Eine kleine Ewigkeit war Fuchs inmitten von Zementresten, Brandschutt und Schnee herumgelaufen, wie ein Tiger in seinem Käfig. Er hatte nachgedacht. Was war passiert mit seinem Leben? Und was würde die Zukunft bringen? Von Peter Rottmann hatte er seit ihrer Begegnung auf dem Rostocker Weihnachtsmarkt nichts mehr gehört. Offenbar war es seinem Freund bislang nicht gelungen, ein Gespräch mit dem Staatsanwalt zu führen. Konnte er überhaupt verlangen, dass Peter so etwas tat? Politiker hatten schon aus geringerem Anlass zurücktreten müssen.

Das Feuer zu legen, war natürlich eine Riesendummheit gewesen. Aber mit der Versicherungssumme hätte er von vorn anfangen können. Mit einem kleinen Ingenieurbüro, das nur aus ihm selbst bestand. Flexibel und mit geringen Kosten. Aufträge wären dank seiner guten Verbindungen ins Rathaus kein Problem gewesen. So hatte er es geplant, aber es war alles anders gekommen.

Und nun? Ins Ausland verschwinden? Er hatte kaum noch Geld, und seine Papiere konnte er nicht benutzen, wenn er das Land verlassen wollte. Peter? Nein, beschloss Fuchs, ihn hatte er schon viel zu tief in die Sache hineingezogen. Diesmal musste er allein klarkommen.

Polen, entschied er. In zwei Stunden wäre er dort. Er würde sich über die grüne Grenze nach Nowe Wapno durchschlagen, einem kleinen Nest auf einer Halbinsel zwischen Neuwarpener See und Stettiner Haff. Vielleicht konnte er dort ein bisschen Geld verdienen und dann weiter nach Osten reisen.

Er fasste neuen Mut. Es war noch nicht vorbei.

Als er das Grundstück verließ, überzeugte er sich davon, dass niemand zu sehen war. Sein Wagen, ein Opel Corsa, den sein Rechtsanwalt für ihn angemietet hatte, damit es keine verräterische Papierspur gab, stand ein paar Hundert Meter entfernt, am Rand eines Feldes, von der Straße aus nicht zu sehen.

Fuchs stieg ein, fuhr auf den Voigdehäger Weg und von dort auf die B 96. Sein Blick fiel auf die Tankanzeige. Genug Benzin, um bis zur Grenze zu kommen. Doch als er um die nächste Kurve bog, stellte er zu seiner Bestürzung fest, dass dreihundert Meter vor ihm ein polizeilicher Kontrollposten errichtet worden war. Davor hatte sich bereits eine lange Schlange gebildet. Und hinter ihm fuhren Autos. Er hatte keine Chance, unauffällig zu wenden.

Woher zum Teufel wissen die Bullen, dass ich hier bin?

Verzweifelt suchte er nach einem Ausweg. Einen Abzweig gab es nicht, auf beiden Seiten der Straße erstreckten sich riesige, schneebedeckte Felder. Er saß in der Falle, soviel war sicher. Aber er würde auf keinen Fall ins Gefängnis gehen. Nicht noch einmal. Nie wieder.

Da sah Jürgen Fuchs den Sattelschlepper auf der Gegenfahrbahn und plötzlich war alles sonnenklar. Mit einem Mal wusste er, wie er seine Probleme auf einen Schlag lösen konnte. Er scherte aus. Bullig Gas gebend jagte er an den anderen Fahrzeugen vorbei in Richtung des Kontrollpostens. Er wurde schneller und schneller und flog förmlich dahin. Der Sattelschlepper wurde immer größer. Der Fahrer bremste und betätigte hektisch die Hupe.

Es gab ein markerschütterndes Geräusch, als Metall auf Metall krachte.

## 53

Simon hatte aus Käse, Walnüssen und Focaccia eine verführerisch duftende Snackplatte zusammengestellt. Während sie auf dem Bett hockten und aßen, sah er Juli seltsam prüfend an. Sein Blick irritierte sie. Lag nicht sogar so etwas wie Argwohn darin?

»Auf dem Weg zum Supermarkt habe ich Radio gehört«, sagte er schließlich. »In Stralsund läuft eine Ringfahndung. Sie suchen nach einer … kahlköpfigen Frau. Ende zwanzig, Anfang dreißig.«

Mit resignierter Miene riss Juli ein Stück Focaccia ab. »Damit war zu rechnen. Deshalb muss ich dich um einen weiteren Gefallen bitten.«

»Was denn?«

»Kannst du den Peugeot holen? Ich habe ihn heute Mittag stehen lassen müssen, als die Dinge plötzlich aus dem Ruder liefen. Er steht weit genug von dem Gebäude entfernt, in dem alles passiert ist. Aber es ist besser, wenn ich mich momentan nicht auf der Straße sehen lasse.« Mit Hilfe ihres Smartphones zeigte sie ihm auf Google Maps den genauen Standort des Wagens. Bis zum Handwerkerring waren es knapp dreißig Minuten zu Fuß.

Als sie Simon an der Tür verabschiedete, strich sie ihm sanft über die Wange. »Pass auf dich auf!«, sagte sie.

Wenige Minuten, nachdem er verschwunden war, piepte ihr Telefon. Am linken oberen Rand leuchtete eine grüne LED-Lampe auf. Das Zeichen für eine neue E-Mail. Mit dem Motorola war nur der anonyme Google-Mail-Account verknüpft, den sie und Axel Gruber benutzten. Sie besaßen beide die Zugangsdaten und schickten ihre Nachrichten ausschließlich an das eigene Postfach. Die Gefahr, dass Dritte dabei mitlasen, war minimal. Sie fragte sich, was der Abgeordnete wollte. Vermutlich hatte er in den Nachrichten von den Vorfällen bei DRM erfahren. Sie öffnete ihren Account und sah sich Grubers Nachricht an.

Wir müssen reden, las sie.

Juli runzelte die Stirn. Aus naheliegenden Gründen konnte sie sich momentan nicht auf die Suche nach einem öffentlichen Telefon begeben. Und wenn sie das Smartphone benutzte, war sie leicht zu orten. Aber wieso sollte Gruber sie hintergehen? Er hatte ebenso viel zu verlieren wie sie. Sie beschloss, es darauf ankommen zu lassen.

Geben Sie mir eine Nummer, schrieb sie zurück.

Eine Minute später kam die Nummer per E-Mail. Juli rief Gruber umgehend an.

»Ja?«, sagte er leise. Seine Stimme klang dumpfer als heute morgen, gedrückter.

»Ist das eine sichere Leitung?«, fragte sie.

»Ein Prepaidhandy, anonym in Polen gekauft, bisher nicht benutzt.«

»Weshalb wollten Sie mich sprechen?«

»Es war nicht vorgesehen, dass eine Verbindung zu … diesem Unternehmen hergestellt wird.« Er achtete darauf, keine Namen zu nennen. Das gehörte zu den Instruktionen, die Juli ihren Klienten gleich zu Beginn erteilte. Egal, ob E-Mail oder Telefon, niemals Namen nennen!

»Das hatte nichts mit mir zu tun. Die Ermittler sind vor mir dort aufgetaucht.«

»Und dann?«

»Sind die Dinge leider außer Kontrolle geraten. Aber es gibt keine Spur, die zu Ihnen führt.«

»Hoffentlich. Ich vermute, dass Sie angesichts der aktuellen Entwicklungen an einem neuen Job nicht mehr interessiert sind.«

»Der Anschlussauftrag?«

»Ja.« Er seufzte gequält. »Ich kann das Risiko nicht eingehen, dass sie redet.«

In Julis Kopf blitzte eine Idee auf. Vielleicht konnte Gruber ihr aus ihrer Misere helfen, während sie seine Probleme löste. »Wenn ich die Sache übernehme, dann auch diesmal nicht gegen Geld.«

»Sondern?«

»Das Objekt, über das wir heute früh gesprochen haben. Können Sie es für mich besorgen?«

Gruber schwieg, während er nachdachte. »Sagen wir mal so«, meinte er schließlich, »mein Erscheinen dort wäre unauffälliger als Ihres. Ja, ich denke, das könnte funktionieren. Dafür stelle ich aber eine Bedingung.«

»Welche?«

»Das Ergebnis Ihrer Bemühungen sollte natürlich wirken. Vielleicht eine Kurzschlussreaktion einer von ihrer Trauer übermannten Zwillingsschwester.«

»Ich verstehe«, sagte Juli. »Wissen Sie, wo ich sie heute Abend finde?«

»Ich hinterlege sämtliche Daten im E-Mail-Account.«

## 54

Manja stand im Büro der Ermittlungsrichterin. Der staubige Raum im Amtsgericht Stralsund wirkte, als sei er mit ausrangierten Möbeln verschiedener anderer Büros ausgestattet worden. Als Schreibtisch diente ein zerkratztes Ungetüm aus beschichteten Spanplatten. Davor standen Stühle mit brüchigem Kunstleder.

»Wonach genau wollen Sie suchen, Frau Koeberlin?« Die Richterin, eine Frau Ende vierzig mit tiefen Augenringen und schwäbischem Akzent, blätterte Manjas Antrag auf Erlass eines Durchsuchungsbeschlusses durch.

»Im Grunde nach einer Erklärung.« Manja lehnte sich nach vorn. »Wir haben drei Morde in Binz und einen toten Polizisten in Stralsund. Zwischen all diesen Taten besteht ein Zusammenhang. Ich weiß nicht, welcher, aber ich weiß, dass die DRM damit zu tun hat. Oder zumindest Viktor Reznik, der zweite Geschäftsführer. Aufgrund des Fotos von der Grundsteinlegung steht fest, dass Kirijenko und Reznik sich kannten.«

Die Richterin wedelte mit der Hand. »Dieses Foto besagt gar nichts. Vielleicht wollte Reznik einfach einen Landsmann mitbringen. Das reicht nicht für eine Durchsuchung bei einer Firma, die hier mehr als siebzig Millionen Euro investiert. Oder ist einer der Geschäftsführer ein Tatverdächtiger?«

»Bisher nicht«, räumte Manja ein.

»Haben Sie diesen Reznik schon vernommen?«

»Das geht leider nicht. Er liegt nach einem Schlaganfall im Krankenhaus und ist nach wie vor nicht ansprechbar. Ich habe vorhin mit dem Arzt telefoniert.«

»Was ist mit den Kontoauszügen von DRM? Irgendwelche verdächtigen Überweisungen?«

Manja schüttelte den Kopf. »Auf den ersten Blick nichts, was uns weiterhilft. Allerdings bin ich auf etwas anderes gestoßen. In dem Ermittlungsverfahren, das ich vor vier Jahren in Dresden gegen Kirijenko geführt habe, es ging um Korruptionsvorwürfe, hatten wir einen einzigen Zeugen, einen Mann namens Burow. Er wurde erschossen, ehe er eine Aussage machen konnte. Als wir uns später seinen Computer ansahen, stellten wir fest, dass er in dem Moment, als er getötet wurde, im Begriff war, eine E-Mail zu schreiben.«

»Was stand drin?«

»Überhaupt noch nichts. Burow hatte offenbar gerade mit dem Schreiben beginnen wollen. Interessant ist aber die Empfängeradresse. Sie lautete: witja@mail.ru. Wir haben nie herausgefunden, wer sich dahinter versteckte. Aber jetzt weiß ich es.«

# 55

Juli lag auf dem Kingsize-Bett des Bungalows und durchwühlte ein zweites Mal die Umhängetasche der Staatsanwältin. Sie hatte sich alles schon einmal angesehen, während sie im Café auf Simon gewartet hatte. Dem grauen Dienstausweis zufolge hieß die Schnüfflerin Manja Koeberlin. Juli erinnerte sich, den Namen in der Besucherliste des Windwood Spa gelesen zu haben. Und bei der Begegnung im DRM-Gebäude hatte sich die Schwarzhaarige auch so vorgestellt. In ihrer roten Geldbörse aus Krokoleder hatte sie Dollarnoten und amerikanische Münzen, als wäre sie gerade erst von einem USA-Urlaub zurückgekommen. Es gab Unterlagen, die bewiesen, dass sie tatsächlich mit den Mordermittlungen in Binz betraut war. Zum Beispiel war da eine Kopie von Nora Rottmanns Vernehmung. Außerdem diverse Notizen über DRM, die Juli mit großem Interesse studierte. Dabei fiel ihr ein gelber Klebezettel ins Auge, der Namen, Daten und Pfeile enthielt.

Wladimir Kirijenko.

Petras Valkunas.

Ein dritter Name war dick eingekreist. Jörg Wendt.

Juli spürte, wie sich ihr Herzschlag beschleunigte. Die tief in ihrem Unterbewusstsein gärenden Erinnerungen begannen zu brodeln, stiegen auf und verursachten faulige Blasen.

Dresden vor vier Jahren.

Von Beginn an hatte sie nichts an diesem Einsatz gemocht. Nicht ihren Auftraggeber Wladimir Kirijenko, gegen den sie am Telefon schon nach wenigen Minuten eine beträchtliche Antipathie entwickelt hatte. Nicht den Ort, denn im noblen Saxonia Resort, in dem die sächsische Staatskanzlei häufig ausländische Gäste einquartierte, wurde Sicherheit großgeschrieben. Und die Bedingungen, unter denen sie den Job erledigen sollte, erst recht nicht. Dazu gehörte zum Beispiel, dass ihr der Name der Zielperson erst in letzter Sekunde mitgeteilt werden würde.

Ihr Auftrag lautete, einen Mann aus der Führungsspitze des Saxonia Resort zu eliminieren. Sein Vergehen, soviel hatte Juli von

Kirijenko erfahren, bestand darin, allzu offen mit den Ermittlungsbehörden zu sprechen. Bislang streng anonym und ausschließlich am Telefon. Aber nun hatte er angekündigt, ins Licht zu treten und gegenüber einer Staatsanwältin umfassend auszusagen. Das wiederum, so hatte Julis Klient unnötig melodramatisch betont, müsse verhindert werden. Glücklicherweise habe sein Geschäftspartner einen Informanten bei der Dresdner Staatsanwaltschaft. Sobald die Ermittler den Namen des Zeugen erfuhren, werde auch der Informant Kenntnis erlangen. Juli möge sich im Saxonia Resort bereithalten und auf einen Anruf warten. Dann müsse alles sehr schnell gehen, denn die Staatsanwältin werde sich garantiert sofort auf den Weg machen.

Juli war alles andere als begeistert von diesem Plan. Außerdem vermutete sie, dass es sich bei dem Geschäftspartner Kirijenkos um Petras Valkunas handelte, den berüchtigten Litauer, der die Dresdner Unterwelt kontrollierte. Nach allem, was sie über ihn wusste, fragte sie sich, warum dessen Leute den Job nicht selbst erledigten. Sie waren mit dem Terrain viel vertrauter.

Allerdings sprach sie diese Bedenken nicht aus. Denn sie war Wladimir Kirijenko von einem langjährigen Klienten aus Berlin empfohlen worden, und das machte es schwierig, den Job abzulehnen. In dieser Branche war es nicht so einfach, neue Auftraggeber zu finden. Da Anzeigen, bunte Flyer oder eine schicke Homepage, auf der sich zufriedene Kunden äußerten, aus naheliegenden Gründen nicht in Betracht kamen, waren diskret geflüsterte Referenzen nahezu die einzige Möglichkeit. Ein Interessent, der gleich beim ersten Mal eine Abfuhr erhielt, fragte nie wieder. Und im schlimmsten Fall verärgerte man auf diese Weise auch noch den Tippgeber.

Also hatte Juli den Auftrag angenommen.

Sie hatte sich in einem Wartungsraum des Saxonia Resort im dritten Stock auf die Lauer gelegt, gekleidet in eine langärmelige weiße Stretchbluse und einen schwarzen Rock nebst rüschenverzierter Servierschürze, der Arbeitskleidung der Kellnerinnen. Mit diesem Outfit konnte sie sich im Hotel natürlicher bewegen und würde etwaigen Zeugen schlechter im Gedächtnis bleiben.

Nach etwa einer Stunde vibrierte ihr Telefon. »Sein Name ist Jörg Wendt«, sagte eine unbekannte Stimme in gebrochenem Deutsch. »Büro zweihundertfünfzehn. Zweiter Stock. Die Staatsanwältin wird in zwanzig Minuten da sein. Ein Foto von Wendt kommt per MMS.«

Juli sah sich das kurz darauf eintreffende Bild genau an. Dann machte sie sich auf den Weg. In der rechten Tasche ihrer Servierschürze steckte eine sehr kleine, handliche Pistole, eine Beretta 950 mit aufgeschraubtem Schalldämpfer, in der linken Tasche das Handy. Ein aufmerksamer Beobachter hätte bemerkt, dass die Schürze durch das Gewicht der Waffe ein wenig nach unten gezogen wurde, aber Juli war zuversichtlich, dass dieses Detail im hektischen Alltagsgewusel eines Hotels niemandem auffallen würde.

Der Auftrag war ein Albtraum.

Sie hatte weniger als zwanzig Minuten Zeit und wusste praktisch nichts über Wendt. Führte der Weg zu ihm über ein Sekretariat? Hatte er gerade Besuch? Gab es eine Waffe in seinem Büro? Umgab er sich mit einem Bodyguard? Ihr würde nichts anderes übrig bleiben, als sich auf ihre Kaltblütigkeit und ihre Improvisationskunst zu verlassen.

Juli ging im Treppenhaus nach unten und betrat den zweiten Stock. Hier befanden sich die Büros der Geschäftsführung und der Marketingabteilung, Sekretariate, Besprechungsräume. Als Juli an einem Spiegel vorbeilief, überprüfte sie ihr Aussehen. Die Kurzhaarperücke und ihre Arbeitsuniform saßen perfekt. Wenigstens das.

Vor dem Büro Nummer zweihundertfünfzehn blieb sie stehen. Unter Wendts Namen und seinem Titel - Stellvertretender Direktor - stand »Anmeldung bitte im Büro zweihundertvierzehn«. Das war offenbar das Sekretariat.

War Wendts Tür verschlossen? Verließ er sein Büro stets durch das seiner Sekretärin? Oder nahm er den direkten Weg, wenn er mal aufs Klo musste? Kurz entschlossen drückte Juli die Klinke hinunter.

Die Tür ging auf. Alles Weitere passierte rasend schnell. Juli überlegte nicht länger, dachte nicht an Risiken und mögliche Probleme, sondern ließ sich allein von ihrem Instinkt leiten. Sie schaute nach links und nach rechts, dann betrat sie das Büro und sondierte mit einem schnellen Rundblick die Lage. Ihr Unterbewusstsein registrierte, dass es sich um einen großen, eleganten Raum handelte, einem Vizedirektor angemessen. Eine hohe Decke, schwere Vorhänge, ein gemusterter Orientteppich und Möbel im Empirestil. Die Tür zum Sekretariat war halb geöffnet. Aus dem Raum nebenan erklang Tastaturgeklapper. Am Schreibtisch saß eine etwas grauere, müder wirkende Version des Mannes von dem Foto, das Juli vor ein paar Minuten bekommen hatte. Irritiert sah er auf. Seine Hände ruhten auf einer Computertastatur.

Juli zog die Beretta aus der Tasche und richtete sie auf seinen Kopf. Wendts Blick flackerte wild, als er versuchte, etwas zu sagen, aber das Adrenalin zog ihm die Kehle zusammen. Juli hatte nicht vor zu warten, bis er seine Stimme wiedergefunden hatte. Sie drückte ab. Es gab ein gedämpftes Plopp, wie beim Entkorken einer Champagnerflasche. Auf Wendts Stirn erschien ein kleines rotes Loch.

Juli drehte sich abrupt um, vergewisserte sich erneut, dass die Etage leer war, und trat hinaus. Jetzt musste sie nur noch unbemerkt verschwinden.

Mit zügigen Schritten ging sie zum Treppenhaus. Von unten hörte sie Stimmen und Schritte. Ihr Herzschlag beschleunigte sich, als sie sah, dass ihr zwei Männer in Polizeiuniformen entgegenkamen. Vor ihnen lief eine langhaarige Frau in einem eleganten anthrazitfarbenen Kostüm. Sie war in Julis Alter und hatte eine rote Akte unter dem Arm.

Juli trat ehrerbietig zur Seite, um die drei passieren zu lassen. Einer der Polizisten, der jüngere von beiden, lächelte sie an. Die Schwarzhaarige hingegen hatte keinen Blick für sie. Aber das war Juli nur recht, denn angesichts der uniformierten Begleiter sprach viel dafür, dass es sich bei dieser Frau um die Staatsanwältin handelte. Sie würde in Wendts Büro eine böse Überraschung erleben, so viel stand fest.

In der weitläufigen, hellen Lobby strebte Juli in Richtung der dunkelgrünen Sesselgruppe an der Fensterfront. Als sie vorhin im

Saxonia angekommen war, hatte sie hinter einem der Sessel einen leichten cremefarbenen Sommermantel versteckt. Beim Näherkommen stellte sie erleichtert fest, dass der Sessel nicht besetzt war. Sie trat heran, tat, als wolle sie das Polster gerade rücken. Scheinbar zufällig entdeckte sie den auf dem Boden liegenden Mantel, den sie daraufhin mit verwunderter Miene aufhob. In einem der anderen Sessel saß ein Mann Mitte dreißig mit slawischen Zügen und einem militärischen Bürstenschnitt. Auf seiner gebräunten Wange leuchtete eine dünne, helle Narbe.

»Ist das Ihrer?«, fragte Juli der Form halber, obwohl klar war, dass es sich um einen Frauenmantel handelte und nichts darauf hindeutete, dass der Mann eine Begleiterin hatte.

Amüsiert schüttelte er den Kopf.

Sie schenkte ihm ein kurzes professionelles Lächeln und verschwand mit dem Mantel über dem Arm in Richtung des Tearooms, in Gang und Mimik ganz die aufmerksame Kellnerin eines Luxushotels. Hinter einer weißen Säule blieb sie stehen und schaute zurück zu den Sesseln. Der Gast mit dem Bürstenschnitt hatte sich wieder seiner Zeitung zugewandt.

Schnell zog Juli den Mantel über. Nun wirkte sie nicht mehr wie eine Kellnerin, sondern ging ohne Weiteres als Hotelgast durch. Sie betrat den hauseigenen Juweliershop. Nachdem sie einige halbherzige Blicke auf die blitzenden Auslagen geworfen hatte, nutzte sie das Eintreffen einer japanischen Reisegruppe, um den Laden durch den Ausgang zur Straße zu verlassen. Zielstrebig lief sie zum Zwingertor.

Geschafft, dachte sie, als sie die weitläufige Anlage betrat. Inmitten der Touristenströme würde sie unsichtbar werden und dann am Postplatz in eine Straßenbahn steigen. In weniger als fünfzehn Minuten konnte sie am Hauptbahnhof sein.

Plötzlich spürte sie, wie ihr Handy vibrierte. Sie stutzte. Nur ihr Klient kannte diese Nummer. War etwas schiefgegangen? Während sie hastig die unteren Knöpfe des Mantels öffnete, um das Telefon aus der Schürzentasche zu ziehen, sah sie sich unaufhörlich weiter um, schaute nach links und rechts, sogar nach hinten. Und da bemerkte sie es.

Der Bürstenschnitt folgte ihr. Sein noch immer amüsierter Blick war direkt auf sie gerichtet. Und am rechten Ohr hielt er ein Handy.

## 56

Zwei Stunden lang war die B 96 in beide Richtungen gesperrt. Neben der Polizei waren ein Krankenwagen und ein Löschfahrzeug vor Ort, außerdem ein Pressefotograf, der im Polizeifunk von der Sache erfahren hatte.

Der Fahrer des LKW war körperlich unversehrt, stand aber unter Schock. Der Opel Corsa hatte lichterloh gebrannt. Bisher war es der Polizei nicht gelungen, den Insassen beziehungsweise das, was von ihm übrig war, zu identifizieren.

Bei dem Opel handelte es sich um einen Wagen von Sixt, der vor einigen Tagen von einem Rostocker Strafverteidiger angemietet worden war. Eine wortkarge Sekretärin teilte dem polizeilichen Sachbearbeiter am Telefon mit, dass sich der Anwalt seit Freitag im Urlaub in Kanada befinde und nicht erreichbar sei. Der Polizist wurde mit einem Vertreter verbunden, allerdings wusste der von dem Mietwagen genauso wenig wie die Sekretärin. Der Name Jürgen Fuchs fiel nicht, und die Beamten waren viel zu sehr auf die Suche nach der kahlköpfigen Frau fixiert, als dass sie den Fall des flüchtigen Bauunternehmers vor Augen gehabt hätten.

Natürlich erreichte die Meldung von dem augenscheinlichen Selbstmord auch das Büro von Oberstaatsanwalt Mast. Doch der winkte ebenfalls ab, als er hörte, dass der Fahrer des Opels allen Zeugenaussagen zufolge ein Mann war.

»Gibt es denn endlich irgendwelche Hinweise auf unsere Täterin?«, fragte er.

»Nein, Herr Oberstaatsanwalt«, erwiderte der Polizist. »Hier auf der B 96 nicht und auch nicht bei den anderen Kontrollposten.

Wir haben jedes Fahrzeug, das aus der Stadt hinausfuhr, kontrolliert. Bisher ohne Erfolg.«

»Danke.« Mast legte auf und sah Schilling an. »Ich vermute, sie hat Stralsund längst verlassen. Unmittelbar nach dem Mord war genügend Zeit, um in den nächsten Zug zu steigen. Unseren Seat hat sie schließlich in Nähe des Bahnhofs abgestellt.«

Schilling wiegte zweifelnd den Kopf. »Aber nicht direkt am Bahnhof. Ich glaube nicht, dass sie einfach so verschwunden ist. Irgendetwas hat sie bei DRM gewollt. Und sie hat es noch nicht bekommen.«

»Dann lassen Sie uns danach suchen.« Manja Koeberlin stand in der Tür, in der Hand ein rotes Blatt Papier.

## 57

Schnell hatte Juli das Handy in die Schürzentasche zurückgleiten lassen. Sie vermutete, dass Bürstenschnitt der unerwartete Anrufer war. Und sie ahnte auch, worum es ihm ging. Wie identifiziert man eine Killerin, von der man nur eine Telefonnummer hat und weiß, dass sie demnächst ein bestimmtes Hotel verlassen wird? Man wartet, bis eine Frau auftaucht, die aufgrund bestimmter Indizien – Alter, Kleidung, Verhalten – als Kandidatin in Betracht kommt, folgt ihr und wählt die bekannte Nummer. Geht sie ans Telefon, hat man seine Zielperson.

So jedenfalls wäre sie vorgegangen.

Julis Hand fuhr in die andere Schürzentasche und schloss sich um den Griff der Beretta, während ihr Verstand damit beschäftigt war, dem Geschehen einen Sinn zu geben. Hatte Kirijenko die Telefonnummer preisgegeben? War der Mann hinter ihr ein Polizist? Juli hielt das für unwahrscheinlich. Nicht nur wegen seines Aussehens. Ein Polizist hätte nicht gewartet, bis sie Wendt erledigt hatte. Nein, der Bürstenschnitt musste zu Kirijenko gehören.

Offenbar wollte ihr Klient sie enttarnen? Aber warum? Aus reiner Neugier? Um sich eine Art Absicherung zu verschaffen, indem er Fotos von ihr machen ließ? Oder um eine lästige Mitwisserin zu beseitigen? Und wieso folgte der Typ ihr auf derart auffällige Weise? Weil er ein Amateur war? Sie rief sich in Erinnerung, wie er vorhin in seinem Sessel gesessen hatte, lässig, teuer gekleidet, aber mit etwas Brutalem, Gewalttätigem in seinem Blick. Es sprach einiges dafür, dass es sich bei ihm um einen Gefolgsmann des Litauers handelte. Und der umgab sich nicht mit Amateuren. Nein, sie tat besser daran, Bürstenschnitt nicht zu unterschätzen. Vielleicht war er ein Lockvogel, der sie ablenken und dem wahren Angreifer Tarnung bieten sollte?

Vorsichtig wandte sie den Kopf. Von rechts kamen zwei Männer herangeschlendert, die wie Touristen aussahen. Khakihosen, leichte Windjacken, bequeme Schuhe. Trotz der Sonnenbrillen, die sie trugen, meinte Juli, auch in ihren Gesichtern etwas Slawisches zu erkennen. Der Kleinere, der einen auffallend kräftigen Kiefer hatte und einen Sommerhut trug, deutete auf eine Bank am Springbrunnen in der Mitte des Zwingers. Der andere nickte. Aber sie änderten ihre Richtung nicht, sondern verringerten in gleichmäßigem Tempo die Entfernung zu Juli. Ihr Instinkt sagte ihr, dass gewaltiger Ärger bevorstand. Sie spürte, wie sich ihre Bauchmuskeln zusammenzogen.

Wegen der Touristen um sie herum hatte sie bislang gezögert, die Beretta herauszuholen, aber jetzt war es unumgänglich. Ihre Hand mit der Waffe kam zum Vorschein, doch Sommerhut zeigte eine Schnelligkeit, die sie überraschte. Mit zwei großen Sätzen war er bei ihr. Sein Fuß krachte wie ein Vorschlaghammer gegen Julis Handgelenk. Die Pistole flog davon.

Juli schlug ihm das Standbein weg und feuerte ihren Ellbogen gegen seinen Kopf, hatte aber keine Zeit, die Beretta aufzuheben. Die sich ausbreitende Hitze in ihrem Körper sagte ihr, dass sie Bürstenschnitt ziemlich lange aus den Augen gelassen hatte. Ohne weiter zu überlegen, duckte sie sich nach links weg, keinen Moment zu früh, denn er wollte sich gerade von hinten auf sie stürzen. Er flog an ihr vorbei und landete auf dem roten Kies, aber seine

Reaktion bewies, wie gut er ausgebildet war. Blitzschnell drehte er sich um und schlang den Arm um ihren rechten Fußknöchel. Dann rammte er seine Schulter gegen ihr Schienbein. Juli ging hart zu Boden. Sie begriff, dass sie dabei war, böse ins Hintertreffen zu geraten. Ihr freies Bein schnellte gegen Bürstenschnitts Kopf. Sie rollte sich zur Seite und kam mit einem schwungvollen Kip-up, auf den ihr Trainer stolz gewesen wäre, wieder auf die Beine. Ein Satz, und sie war bei Sommerhut, der sich gerade aufrappelte. Sie packte ihn am Handgelenk und zog ihn im Uhrzeigersinn herum, um ihn als Schutzschild gegen den Dritten im Bunde zu nutzen, der soeben eine hässliche Glock 21 aus der Tasche zog.

Juli legte alle Kraft in den Stoß, mit dem sie Sommerhut in Richtung des Dritten beförderte. Die beiden prallten aufeinander, stürzten zu Boden. Der Typ mit der Glock schrie etwas in einer Juli unbekannten Sprache. Inzwischen hatten auch zwei Touristinnen seine Waffe bemerkt. Kreischend stoben sie zur Seite.

Juli sah nach links und rechts.

Ihre Beretta lag bei Bürstenschnitt. Der hatte zwar noch mit den Folgen ihres Ellbogenschlages zu tun, aber das Risiko, dass er vor ihr an die Waffe gelangte, war zu groß. Und, Scheiße, was war das da neben der Rasenkante? Ihre Perücke! Unwillkürlich fasste Juli sich an den Kopf. Sie musste sie bei dem Gerangel mit Bürstenschnitt verloren haben. Ihr Blick wanderte weiter. Der Typ mit der Glock stand gerade wieder auf. Und Sommerhut hatte sich bereits erhoben. Verblüfft starrte er auf ihren kahlen Kopf. Juli erkannte, dass sie nur eine Chance hatte.

Blitzschnell schnappte sie die Perücke. Inmitten verstörter Touristen, die nicht so recht wussten, was sie von dem Ganzen halten sollten, rannte sie zum Ausgang Sophienstraße, jagte am Glockenspielpavillon vorbei und überquerte die Fahrbahn im letzten Moment vor einer sich nähernden Straßenbahn. Sie lief weiter, immer weiter, am Taschenbergpalais vorbei zur Frauenkirche und von dort bis zum Hauptbahnhof. Als sie keuchend und schwitzend im erstbesten Zug saß, kämpfte sie vor allem mit der rasenden Wut, die sie zu übermannen drohte.

Kirijenko.

Sie wurde nicht oft reingelegt, aber er hatte es beinahe geschafft. Inzwischen war sie sich sicher, dass der Mann mit der Glock vorhin Litauisch gesprochen hatte. Was stimmig war, wenn man sein Aussehen und die Verbindung zwischen ihrem Klienten und Valkunas bedachte. Und ihr war nun auch völlig klar, was das Manöver sollte. Killt die Killerin!

In dieser Branche musste man leider mit allem rechnen, auch damit, dass der eigene Klient einen hinterging. Vor allem bei politisch sensiblen Jobs oder bei Aufträgen von Geheimdiensten passierte das mittlerweile häufig. Juli ahnte, was Kirijenko bezweckte. Es war ihm nicht nur darum gegangen, Wendt zum Schweigen zu bringen. Vielmehr sollte der Polizei die Attentäterin auch gleich auf einem Silbertablett serviert werden. Deshalb hatte sein Kumpel Valkunas die Sache nicht durch seine Leute erledigen lassen. Das BKA hätte Julis Identität ermitteln und feststellen sollen, dass sie keinerlei bekannte Verbindungen nach Russland hatte. Das hätte die Nachforschungen in eine völlig andere Richtung gelenkt und Kirijenko aus der Schusslinie gebracht. Allerdings hätte das Ganze nur geklappt, wenn sie selbst nicht mehr aussagen konnte. Also hätte es nicht gereicht, der Polizei einen anonymen Tipp zu geben. Die drei Männer hatten sie töten sollen. Vielleicht hätten sie sogar noch eine falsche Spur gelegt, indem sie irgendein manipuliertes Beweisstück bei ihrer Leiche hinterlassen hätten, das die Polizei zu einem vermeintlichen Auftraggeber im Inland geführt hätte.

Doch der Plan hatte nicht funktioniert. Sie war am Leben, sie war entkommen und nun würde sie Kirijenko zeigen, was sie davon hielt, wenn ein Klient sie hinterging. Sie würde ihm Schmerzen zufügen, die er sich in seinen schlimmsten Albträumen nicht ausmalen konnte. Und danach würde sie sich Valkunas und seine Männer vornehmen, einen nach dem anderen, und sie ebenfalls bezahlen lassen.

Der Zug erreichte gerade den Leipziger Hauptbahnhof, als Juli plötzlich klar wurde, dass sie nichts von all dem tun würde, gar nichts.

Denn die hatten ihre Beretta.

# 58

Nach dem Telefonat mit Juli hatte Gruber hin und her überlegt, wie er am besten an die Pistole gelangen konnte. Er war beinahe dankbar für diese delikate Aufgabe, weil sie ihn ablenkte, ihm keine Zeit zum Grübeln ließ. Er wollte nicht nachdenken. Das, was heute passieren würde, musste passieren, so sehr er sich auch wünschte, dass er Nora dieses Schicksal hätte ersparen können.

Also, was war nun mit dieser verdammten Pistole?

Bei DRM dürften alle noch ziemlich nervös sein, und die Polizei beobachtete das Gebäude vermutlich für den Fall, dass die unbekannte Frau noch einmal auftauchte. Natürlich konnte er einen seiner Mitarbeiter hinschicken. Aber damit gäbe es einen weiteren Mitwisser. Gleiches galt, wenn er Bartel anrief und ihn bat, die Waffe aus dem Safe zu holen. Gewiss, die Polizei würde mit der Information an sich nichts anfangen können. Aber dennoch gefiel ihm die Lösung nicht. Nachdenklich starrte er auf den Fernseher, auf dem eine Sondersendung lief.

»... geht die Polizei davon aus, dass diese Frau auch für die Morde im Hotel Windwood in Binz verantwortlich ist.« Eine verblüffend gute Phantomzeichnung wurde eingeblendet, in der Gruber mühelos seine Verbündete erkannte.

Während seine Augen auf ihrem kahlen Kopf ruhten, fragte er sich, was dieser Ermittlungsfortschritt für ihn und seine Pläne bedeutete. Sein erster Gedanke war: Auch das noch! Andererseits – vielleicht machte das die Sache für ihn sogar einfacher! Was, wenn er direkt auf sein Ziel zusteuerte? Schließlich war er der Bundestagsabgeordnete für Stralsund und Umgebung. Als solcher hatte er natürlich Kontakte zu einem Unternehmen, das hier etliche Millionen investieren wollte. Gestern hatte er durch einen furchtbaren Schicksalsschlag seine geliebte Frau verloren. Und nun sah es so aus, als ob es irgendeine mysteriöse Verbindung zwischen ihrem grausamen Tod und dieser Firma gab. Wer wollte es ihm verdenken, wenn er nicht zu Hause hockte und Trübsal blies, sondern sich auf den Weg machte, um mit dem Geschäftsführer persönlich zu reden? Verdiente er nicht ein paar Antworten? War es falsch, wenigstens irgendetwas tun zu wollen?

Nein, entschied er, ganz und gar nicht. Lediglich ein kleines Hindernis musste er überwinden. Eine Berufskillerin mochte im Knacken von Türschlössern geübt sein. Er war es nicht. Also griff er zum Telefon.

»Ich bin's«, sagte er, als sich Hans Bartel meldete. »Borgen Sie sich das Handy Ihrer Sekretärin und geben Sie mir die Nummer.« Eine Minute später stand diese sichere Verbindung.

Barsch unterbrach Gruber Bartels Beileidsbekundungen. »Dafür haben wir jetzt keine Zeit. Hören Sie, nach dieser Geschichte heute Mittag wird sich die Polizei für DRM interessieren.«

»Aber wieso? Ich habe diese Frau noch nie …«

»Das mag sein. Entscheidend ist etwas anderes. Diese Staatsanwältin wird glauben, dass zwischen Viktor und dem Richter eine Verbindung besteht.«

»Ich weiß. Sie hat mit mir darüber geredet. Aber ich hatte keine Ahnung, dass …«

»Darum geht es nicht«, schnitt ihm Gruber das Wort ab. »Ob Reznik diesen Kirijenko kannte oder nicht, ist völlig unwichtig. Aber wenn die Polizei sein Büro durchsucht, könnte sie Dinge finden, die für DRM nachteilig sind. Und damit für Sie.«

»Was denn für Dinge?«, fragte Bartel. Sein Ton war beinahe weinerlich.

»Als Sie ihn damals geholt haben, waren Sie praktisch pleite. Reznik hat Ihnen wieder Leben eingehaucht.«

»Mit Ihrer Hilfe, Herr Gruber. Und dafür werde ich Ihnen immer dankbar sein. Aber …«

»Das ging nur, indem wir ein wenig … flexibel waren. Ich kann jetzt nicht ins Detail gehen, Herr Bartel. Fakt ist, dass sich in Rezniks Büro Unterlagen befinden, die dort nicht bleiben sollten. In Ihrem eigenen Interesse. Sonst kommen gewaltige Probleme auf Sie zu. Und das wäre das Ende Ihres schönen Projekts auf Devin.«

»Was … was schlagen Sie vor?«

»Ich komme jetzt zu Ihnen. Sie müssen nicht mehr tun, als Rezniks Büro aufzuschließen. Um alles andere kümmere ich mich. Treiben sich noch irgendwelche Fernsehteams bei Ihnen rum?«

»Nein, die sind wieder weg. Aber ein Streifenwagen steht vor dem Haus.«

»Damit werde ich schon fertig.«

Der Abgeordnete legte auf und zog einen eleganten dunklen Anzug an. Dann machte er sich auf den Weg.

Als er im Gewerbegebiet Stadtkoppel ankam, sah er, dass vor dem DRM-Gebäude in der Tat ein Polizeiauto parkte. Er hielt unmittelbar dahinter, stieg aus und winkte den Beamten im Vorbeigehen zu. »Guten Tag!«, rief er.

»Guten Tag, Herr Abgeordneter«, entgegnete der Mann auf der Beifahrerseite ehrerbietig.

Das war einer der Vorteile, wenn man seit zwanzig Jahren in der Zeitung zu sehen war und die Stadt vor jeder Bundestagswahl mit Plakaten zuklebte. Grubers Gesicht war in Stralsund ziemlich bekannt. Er ging ins Haus, in der linken Hand seinen schwarzen Pilotenkoffer.

»Guten Tag, Herr Gruber.« Auch der Wachmann hinter dem Empfangstresen erkannte ihn auf Anhieb.

»Guten Tag, Herr Lösch«, erwiderte Gruber und beglückwünschte sich zu seinen scharfen Augen, die das Namensschild auf der Brust des Mannes mühelos lesen konnten. »Ich bin mit dem Chef verabredet.«

»Natürlich. Sie kennen ja den Weg. Ach«, Lösch schlug verlegen die Augen nieder, »mein aufrichtiges Beileid, Herr Gruber.«

»Danke.« Gruber nickte düster, wie ein Mann, der die Last der ganzen Welt auf seinen Schultern trug. »Als ich im Fernsehen gehört habe, dass die Frau, die hier bei Ihnen war, vielleicht auch für Kerstins Tod ...« Seine Stimme wurde brüchig. »Ich konnte einfach nicht mehr zu Hause herumsitzen.«

»Ich verstehe Sie«, sagte Herr Lösch mitfühlend. »Hoffentlich wird sie bald geschnappt. Das Miststück hat mir fast den Kehlkopf zerschmettert.«

Sie unterhielten sich noch einen Moment über die Ereignisse vom Mittag, dann ging Gruber weiter. Genau wie Juli wenige Stunden zuvor entschied auch er sich für die Treppe. Im oberen Stockwerk ging er zielstrebig nach links. Am Ende des Ganges lag das Büro von Hans Bartel. Im Laufen sah Gruber sich um. Niemand zu sehen. Blitzschnell trat er vor die gegenüberliegende Tür, neben der auf einem Messingschild »Viktor Reznik« stand, öffnete sie und trat ein.

Der Abgeordnete blickte sich um. Der Raum sah genauso aus, wie er ihn in Erinnerung hatte. Groß und ziemlich schlicht, mit einer dunklen Ledercouch und einem wuchtigen Schreibtisch. Auf einem Sideboard stand ein Fernseher. Die Wände waren in einem warmen Gelbton gestrichen, der in einem auffälligen Kontrast zu der mausgrauen Auslegware stand. Neben dem Schreibtisch hing ein Gemälde von Iwan Schischkin.

Gruber nahm es vorsichtig ab.

Dahinter kam ein in die Wand eingelassener Safe mit elektronischem Schloss zum Vorschein. Gruber gab auf dem Ziffernfeld Rezniks Geburtstag in umgekehrter Reihenfolge ein. Als rechts oben eine grüne LED-Anzeige aufleuchtete, drehte er den stählernen Klappgriff nach links und öffnete den Safe. Im obersten Fach lag eine Plastiktüte mit Zip-Verschluss, in der sich eine kleine, fast unscheinbare Pistole mit einem Schalldämpfer befand. Gruber nahm die Tüte heraus und betrachtete die Waffe nachdenklich. Das also war der Preis, den er für drei Menschenleben bezahlt musste.

Gruber stellte seinen Aktenkoffer auf den Tisch, öffnete ihn und ließ die Pistole darin verschwinden. Im unteren Fach des Safes lagen mehrere Hefter und einige einzelne Blätter, die er ebenfalls einpackte. Er wusste nicht, worum es sich handelte, aber weshalb ein Risiko eingehen? Reznik würde dieses Büro vermutlich nie wieder betreten, und je weniger brisante Dinge hier einmal gefunden würden, desto besser.

Er verschloss den Safe, wischte ihn mit einem Taschentuch ab und hängte das Bild wieder davor. Danach fuhr er mit dem Tuch auch noch über den dunklen Holzrahmen. Geschafft!

Jetzt würde er einen kurzen Besuch bei Hans Bartel absolvieren und anschließend umgehend wieder verschwinden. Doch gerade als er die Tür öffnen wollte, hörte er draußen auf dem Gang eilige Schritte.

»Das hier ist Rezniks Büro«, ertönte eine Frauenstimme. »Das nehmen wir uns als Erstes vor.«

Axel Gruber wurde kalkweiß.

## 59

Juli hatte heiß geduscht und lag jetzt wieder auf dem Bett, in einen weißen Bademantel gehüllt und mit einem Glas Wein in der Hand. Sie zappte durch die verschiedenen Fernsehkanäle. Der NDR berichtete in einer Sondersendung über den Polizistenmord in Stralsund. Juli erschrak, als auf dem Bildschirm eine Phantomzeichnung erschien, die eine bestürzende Ähnlichkeit mit ihr aufwies.

»... geht die Polizei davon aus, dass diese Frau auch für die Morde im Hotel Windwood in Binz verantwortlich ist ...«

Routiniert fasste der Nachrichtensprecher die Ereignisse im Ostseebad zusammen. Dazu wurden Fotos eingeblendet.

Wladimir Kirijenko, 56 Jahre.

Tino Rücker, 39 Jahre.

Kerstin Gruber, 49 Jahre.

Juli gab sich keinen Illusionen hin. Ja, sie wusste, dass diese drei Menschen die Kinder, Geschwister oder Eltern anderer Menschen waren. Aber das galt für all jene, die tagtäglich in Jerusalem, Bagdad oder Mogadischu ums Leben kamen, schließlich auch. Und vielleicht hatten diese drei sogar Schuld auf sich geladen, echte Schuld, so wie Bernhard Lieber. Ihn zu erledigen, hatte ihr ein Gefühl von echter Befriedigung verschafft. Noch viel wichtiger aber war für sie eine Erkenntnis, die sie bei dieser ersten Operation gewonnen hatte. Die Erkenntnis nämlich, dass sie eine Jägerin war.

Gespürt hatte sie es schon damals, in Marseille, als sie damit begonnen hatte, sich an all den Laurents und Erics zu rächen. Nach der Lieber-Sache jedoch wusste sie es, wusste es in einer apodiktischen Klarheit, die himmlisch und bestürzend zugleich war.

*Und, was machst du beruflich?*

*Ich jage Menschen.*

Nein, für Party-Small-Talk eignete sich ihr Job nicht. Aber sie hasste Partys sowieso. Bernhard Lieber war ihr Erweckungserlebnis gewesen. Nie zuvor hatte sie sich lebendiger gefühlt als in jenen Minuten in seiner Villa, als sie erstmals die Schattenwelt betreten hatte. Und sie war gut in dem, was sie tat, sehr gut sogar. Im Laufe der Jahre war sie in gewissen Kreisen zu so etwas wie einem Geheimtipp geworden.

*Ich wüsste da einen Weg, dein Problem zu lösen. Nein, keine Fragen. Alles, was ich dir geben kann, ist eine E-Mail-Adresse.*

Eine anonyme E-Mail-Adresse eines Anbieters aus Togo, um genau zu sein. Ermittlungsbehörden hatten keine Chance, an die Zugangsdaten zu gelangen. Von diesem Account wurde die Nachricht zu einer anderen Adresse geleitet und von dort zu einer dritten. Wenn Juli ins Internet ging, um ihre Mails abzurufen, nutzte sie einen Anonymisierungsdienst. Sollte sie jemals geschnappt werden, dann nicht wegen mangelnder Vorsicht.

Offiziell war sie eine IT-Beraterin mit internationaler Kundschaft und Sitz in München. Ihre Anschrift in der bayerischen Landeshauptstadt war die eines Büroservices, über den sie ihre Post abwickelte und theoretisch sogar telefonisch erreichbar war. Diese Legende verschaffte Juli eine perfekte Tarnung. Auf den Flughäfen in Berlin, Frankfurt und München verfügte sie über Schließfächer mit Pässen, Bargeld und Kleidungsstücken. Ihre auf eine Briefkastenfirma mit nichtssagendem Namen eingetragene Eigentumswohnung in Berlin-Mitte war mit modernster Überwachungstechnik ausgerüstet. Egal, wo sie sich gerade befand, wenn ihr Versteck betreten werden sollte, würde ihr Telefon klingeln. Eine Kamera zeichnete den unerwünschten Besuch auf, die Video-Datei wurde automatisch an Julis E-Mail-Postfach weitergeleitet.

Derartige Vorsichtsmaßnahmen kosteten natürlich Geld. Deshalb war es unerlässlich, demnächst wieder einen Auftrag anzunehmen, der sich auch auf ihrem Konto bemerkbar machte. Gruber hatte lediglich mit einer Information bezahlt, allerdings mit einer, die ihr die unverhoffte Chance gab, sich endlich aus Kirijenkos Klauen zu befreien. Seit vier Jahren fraß sich die Erinnerung an die Ereignisse von Dresden wie ein Krebsgeschwür durch ihre Seele.

Nach ihrer Flucht hatte sie notgedrungen eine Art Waffenstillstand mit Kirijenko geschlossen. Er wusste, dass sie ihn jederzeit töten konnte, denn er war nicht bereit, unterzutauchen und damit sein prestigeträchtiges Amt am Obersten Gericht aufzugeben, mit dem natürlich eine gewisse Präsenz in der Öffentlichkeit einherging. Im Falle seines Ablebens, so hatte er ihr allerdings zu verstehen gegeben, würde die Beretta mitsamt Julis Fingerabdrücken bei der Dresdner Staatsanwaltschaft landen. Wenn sie jedoch auf ihre Rache verzichtete, würde es im Gegenzug keine weiteren Versuche geben, sie zu eliminieren. Und die in einem sicheren Versteck liegende Pistole bliebe auf ewig ihr gemeinsames Geheimnis.

Ein Waffenstillstand mit einem Klienten, der sie verraten hatte, war demütigender als die Misshandlungen der Erics und Laurents in Marseille. Dennoch ließ Juli Kirijenko in Ruhe, weil sie sicher war, dass er nicht bluffte. Doch Ende November hatte sie wie aus heiterem Himmel Grubers E-Mail erhalten. Sein Angebot änderte die Kräfteverhältnisse zu ihren Gunsten. Dass nun ausgerechnet der scheinbar leichteste Teil ihres Plans, die Wiederbeschaffung der Waffe, zum Problem wurde, war überaus ärgerlich. Aber Grubers Anschlussauftrag hatte ihr ein neues Blatt in die Hand gegeben.

Eine zweite Chance.

Als es unvermittelt an die Tür klopfte, griff sie nach dem Pfefferspray. Sie wollte sich gerade vom Bett schwingen, da hörte sie Simons Stimme.

»Ich bin's«, rief er. Ein Schlüssel wurde ins Schloss gesteckt und herumgedreht. Schnell ließ sie die Spraydose wieder unter der

Bettdecke verschwinden. Auf seinen Lippen lag ein stolzes Lächeln, als er ins Zimmer trat.

»So wie du aussiehst, hast du gute Nachrichten.« Sie stand auf.

»Auftrag ausgeführt.« Er salutierte spielerisch, knöpfte dann seinen Mantel auf und zog ihn aus. »Obwohl die Bullen tatsächlich noch dort waren.«

»Wurdest du angehalten?«

»Nein. Ich bin von hinten gekommen und habe den Wagen gewendet, um in die entgegengesetzte Richtung zu fahren. Sie haben mich gar nicht bemerkt.« Er warf seinen Mantel aufs Sofa und trat zu ihr.

»Wo steht das Auto jetzt?«

»Auf der Dr.-Wilhelm-Külz-Straße, zwei Minuten von hier. Ich dachte, es muss nicht direkt vor unserem Bungalow gesehen werden.«

Er dachte taktisch, das gefiel ihr.

Sie umarmte ihn. »Danke, Simon«, hauchte sie ihm ins Ohr. »Das werde ich dir nie vergessen.«

Ihre Lippen fanden seine, und diesmal küsste er sie fordernder, selbstbewusster als bisher. Wie ein Held, der siegreich aus der Schlacht zurückgekehrt war und nun seine Belohnung einforderte.

Die sollst du haben, dachte sie.

Sie zog ihm Pullover und T-Shirt über den Kopf. Dann löste sie den Gürtel ihres Bademantels und drängte sich an ihn, ließ ihn ihre weiche Haut fühlen. Seine Hände glitten unter den Bademantel. Juli küsste Simons Hals, atmete seinen Duft ein, den Geruch seines Haars. Sie begann, seine Hose zu öffnen und ihren Bademantel abzustreifen. Dann landeten sie auf dem Bett. Juli zog Simon auf sich, umschlang ihn mit ihren Armen und presste ihre Schenkel gegen seine Hüften. Die Art, wie er auf ihr lag, gab ihr auf eine seltsame Weise ein Gefühl von Sicherheit. Mit einem Mal verschwanden die Gefahren, der Irrsinn, die Gewalt, die ihr Leben bestimmte, verschwand der Gedanke an das Danach. Sie wusste nicht, was sie später da draußen erwarten würde. Hier, in diesem Moment, gab es nur sie und ihren wilden, keuchenden

Atem und diesen einzigartigen Rhythmus, in dem ihr Körper unter Simons wilden Stößen erbebte. Mit hämmerndem Herzen klammerte sie sich an ihn, während sie das Gefühl hatte, haltlos durch ein schwarzes Universum zu rasen.

Später, als sich ihre Atmung wieder normalisiert hatte und der Schweiß auf ihrer Haut getrocknet war, betrachtete sie Simon, der erschöpft eingeschlafen war. Sie war ihm dankbar für das Vertrauen, das er ihr entgegenbrachte, die Friedlichkeit, die er lebte, die Bedingungslosigkeit, mit der er heute für sie da gewesen war. Auf eine nicht beschreibbare Art schöpfte sie aus der Begegnung mit ihm Hoffnung für ihr eigenes Leben.

Und das, beschloss sie, war Grund genug, ihm seins zu lassen.

So leise wie möglich stand sie auf und zog sich an. Dann durchsuchte sie Simons Taschen, bis sie den Schlüssel für den Peugeot fand. Sorgfältig klaubte sie alle ihr gehörenden Gegenstände zusammen und schlich zur Tür. Als sie einen letzten Blick auf Simon warf, kam ihr eine Idee. Sie nahm die Pfefferspraydose und stellte sie, nachdem sie sie sorgfältig abgewischt hatte, auf den Nachttisch. Mit der linken Hand krakelte sie in Druckbuchstaben »Danke für alles. Pass auf dich auf! J.« auf ein Stück Papier. Lächelnd lehnte sie den Zettel gegen die Spraydose und verließ lautlos den Bungalow. Jetzt hatte Simon immerhin ein Andenken an das denkwürdige Ostsee-Abenteuer mit seiner ersten großen Liebe.

Seltsam beschwingt lief sie zur Dr.-Wilhelm-Külz-Straße, wo sie den Peugeot auf Anhieb entdeckte. Als sie ihn aufschloss und sich hineinsetzte, war das Lächeln verschwunden. Ihre nächste Zielperson hieß Nora Rottmann. Für sentimentale Gedanken blieb keine Zeit mehr.

Sie war wieder auf der Jagd.

# 60

»Ich gehe zum Geschäftsführer und lege ihm den Beschluss vor«, hörte Gruber Manja Koeberlin sagen. »Könnten Sie inzwischen noch die Männer aus dem Wagen hochholen? Die beiden sollen Bartel im Blick behalten, während wir uns bei Reznik umschauen.«

Eine Männerstimme, die Gruber nicht kannte, knurrte etwas Zustimmendes. Dann war ein Klopfen zu hören. Eine Tür wurde geöffnet und wieder geschlossen. Stille.

Jetzt oder nie!

So behutsam wie möglich drückte Axel Gruber die Klinke nach unten. Der Gang war leer. Forschen Schrittes und mit seinem Pilotenkoffer in der Hand marschierte er in Richtung des Fahrstuhls. Niemand begegnete ihm. Gruber hielt es für besser, wenn es dabei blieb. Er drückte auf den Knopf, um den Lift zu rufen. Dann ging er vorsichtig die ersten Treppenstufen hinunter und horchte um die Ecke. Mit wem auch immer diese Staatsanwältin gesprochen hatte, er sollte Polizisten von unten holen und wieder hinaufkommen. Die entscheidende Frage lautete: Zu Fuß oder mit dem Lift?

Plötzlich hörte er Stimmen. ».... Koeberlin ist gerade bei Bartel. Wir werden uns Rezniks Büro vornehmen. Inzwischen achten Sie darauf, dass aus dem Büro des Geschäftsführers nichts entfernt wird.«

Das war die Stimme des Unbekannten. Gruber spürte, wie seine Handflächen nass wurden.

»Wonach genau suchen Sie eigentlich?« Das schien einer der Streifenpolizisten zu sein. Die Stimme wurde lauter.

*Sie nehmen die Treppe!*

Gruber hastete zurück. Der Lift war inzwischen oben angekommen. Die Tür glitt zischend auf. Gruber sprang hinein und drückte auf den Knopf fürs Erdgeschoss. Bitte geh zu, flehte er die Tür an, geh doch zu! Er war jetzt völlig exponiert. Sobald die Beamten im Treppenaufgang um die Ecke bogen und nach oben kamen, würden sie ihn sehen.

Doch da, endlich, ertönte das leise Summen eines Generators. Pfeifend schloss sich die Lifttür. Im letzten Moment sah Gruber noch den dunklen Haarschopf eines Mannes auf der Treppe, aber er selbst blieb unbemerkt. Der Fahrstuhl rauschte laut surrend nach unten. Für Axel Gruber war es die schönste Melodie, die er seit Langem gehört hatte.

Im Erdgeschoss lief er so unbefangen wie möglich am Empfangstresen vorbei, nun wieder mit der bedrückten Miene eines Mannes, der einen schrecklichen Verlust erlitten hat. Routiniert winkte er dem Wachmann zu.

»Wiedersehen, Herr Lösch!«

»Wiedersehen.« Respektvoll erwiderte Lösch das Winken.

Gruber stieg in seinen Wagen und fuhr davon. Als er vom Handwerkerring auf den Grünhufer Bogen fuhr, atmete er tief durch.

Geschafft!

In diesem Moment klingelte sein Handy. Ohne hinzusehen nestelte er es aus der Innentasche seines Mantels und steckte es in die Freisprechanlage.

»Ja?«, sagte er.

»Axel, ich weiß, dass du für Kerstins Tod verantwortlich bist.«

Er war so perplex, dass er beinahe auf die Gegenfahrbahn geriet. »Nora!«, keuchte er. »Bist du verrückt geworden. Wovon redest du überhaupt?«

»Wieso, Axel?« Nora Rottmanns Stimme war hart wie Stahl. »Sag mir einfach den Grund! Weshalb hast du Kerstin umbringen lassen?«

»Wie kommst du denn auf so eine absurde Idee?« Vor Grubers Augen tanzten bunte Punkte.

»Leugnen ist zwecklos, Axel. Vor ein paar Stunden war eine Staatsanwältin bei mir und hat nach den Kontoauszügen der DRM GmbH gefragt. Sie glaubt, dass zwischen dem Hotelbau auf Devin und den Morden in Binz eine Verbindung besteht. Das hat mich neugierig gemacht, wie du dir vorstellen kannst. Deshalb habe ich mir die Unterlagen angesehen. Dabei ist mir etwas ins Auge gefallen. Und das betrifft dich, mein Lieber. Du bist die Verbindung.«

»Ich habe keine Ahnung, wovon du redest.«

»Wirklich nicht? DRM hat im Laufe der letzten zehn Monate mehr als dreißig Überweisungen an die Kanzlei Herzog, Strasser & Beermann in Dresden vorgenommen. Alles ganz unauffällige Beträge. Aber wenn man sie zusammenrechnet, ergeben sie die hübsche Summe von fünf Millionen Euro.«

»Na und?«

»Kerstin hat herausgefunden, dass du mit dieser Kanzlei in Verbindung stehst. Und dass du dich mit einem Anwalt von HSB in Thailand treffen wolltest.«

Er schnaubte. »Nora, soll das ein Scherz sein? Ich treffe jeden Tag Dutzende Leute. Du kannst doch nicht …«

»Verkauf mich nicht für dumm, Axel! Ich habe gerade ein wenig herumtelefoniert. Dieses Geld wurde von HSB auf einem Treuhandkonto gesammelt und vor wenigen Tagen weitergeleitet. Und zwar nach Singapur.«

»Woher, ich meine, wieso …?«

»Ich vermute, dass DRM dir diese fünf Millionen gezahlt hat. Das Treuhandkonto der Kanzlei war nur eine Durchlaufstation, um die Herkunft des Geldes zu verschleiern. Glaub mir, solche Transaktionen sehe ich hier jeden Tag.«

»Ich weiß immer noch nicht, was das alles mit mir zu tun hat«, sagte er. Seine Stimme klang lauernd, und Nora wusste nun, dass sie mit ihrer Annahme richtig lag.

»Du hast für den zehnten Februar einen Flug nach Singapur gebucht, Axel. Allein. Auch das hat Kerstin herausgefunden. Und allmählich werden es ein paar Zufälle zu viel, findest du nicht? Da ist diese Kanzlei, fünfhundert Kilometer von hier entfernt. Die DRM überweist über sie Geld nach Singapur, wohin du in Kürze fliegen wirst. Zuvor aber hast du dich bereits mit einem Anwalt der Kanzlei getroffen. Hast du von ihm die Zugangsdaten für ein Nummernkonto bekommen, das er für dich eröffnet hat, Axel?«

»Nora, ich …« Er atmete tief durch, während er die Lindenstraße erreichte und vor seiner Villa hielt. »Angenommen, nur einmal angenommen, deine verrückte Theorie stimmt, was nicht der Fall ist, wie ich betonen möchte. Welcher Zusammenhang besteht mit dem, was Kerstin gestern passiert ist?«

»Das will ich gerade von dir wissen, Axel! Ich glaube nämlich nicht an Zufälle. Wenn die Killerin, die deine Frau getötet hat, plötzlich bei einer Firma auftaucht, mit der du krumme Geschäfte machst, dann hast du etwas mit dieser Killerin zu tun und damit auch mit Kerstins Tod. So einfach ist das.«

»Nora, das ist doch haarsträubend. Ich schwöre dir, dass ich ...« Er griff nach dem Handy, stieg aus und öffnete das hohe Eisentor zu seinem Grundstück.

»Was ist mit diesem Geld, Axel?«

»Dafür ... dafür gibt es eine Erklärung.«

»Ich höre!«

»Nicht am Telefon, Nora. Lass uns von Angesicht zu Angesicht darüber reden.«

»Glaubst du allen Ernstes, ich treffe mich mit dem Mann, der meine Schwester auf dem Gewissen hat?«

»Wie oft soll ich dir denn noch sagen, dass das nicht stimmt? Um Gottes willen, Nora«, zischte er. »Ich ... du weißt doch gar nicht, wie es gerade in mir aussieht. Ich höre mir das nicht länger an, verstanden?« Jetzt schloss er die Eingangstür auf und eilte, ohne die Schuhe auszuziehen, in sein Arbeitszimmer, um seinen Laptop hochzufahren.

»Ich sage dir, was ich jetzt mache, Axel. Ich werde diese Staatsanwältin anrufen und ihr alles erzählen.«

»Das kann doch nicht dein Ernst sein, Nora! Ich habe gestern meine Frau verloren, verdammt noch mal. Deine Schwester! Und du hast heute nichts Wichtigeres zu tun, als meine Karriere zu zerstören?«

»Deine Karriere?« Nora lachte freudlos. »An der scheinst du ja kein großes Interesse mehr zu haben.«

»Was soll das denn heißen?«

»Du stellt dich schon wieder dumm, Axel, und das beleidigt mich. Außerdem bestätigt es meine Annahme, dass du auch lügst, was Kerstin angeht. Du weißt genau, dass sie dein Gespräch mit Toni Hillig mitangehört hat. Dachtest du, sie erzählt mir nichts davon? Du willst beim Nominierungsparteitag im Februar zurücktreten. Was wiederum nur einen Sinn ergibt, wenn du dieses Geld genommen hast. Siehst du, wie sich die Mosaiksteine zusammenfügen?«

»Nora, wenn du meinst, dein Wissen mit der Staatsanwaltschaft teilen zu müssen, dann tu es. Aber vielleicht solltest du vorher mit Peter reden.«

Sein Ton hatte sich mit einem Mal geändert. Nichts Flehendes lag mehr darin, nichts Verblüfftes. Stattdessen war er kalt und geschäftsmäßig. Das irritierte sie. »Was willst du damit sagen, Axel?«

»Du spielst dich hier als Sittenwächterin auf. Dabei hat dein eigener Mann genügend Dreck am Stecken. Soll ich es dir beweisen? Hör genau hin!« Es folgten knackende Geräusche, offenbar, weil Axel Gruber das Telefon aus der Hand legte. Dann ertönte wie in weiter Ferne die Stimme von Noras Ehemann.

*»Jürgen? Hier ist Peter. Wo bist du?«*

*»In meiner Wohnung natürlich, was dachtest du denn? Es ist kurz nach acht, und draußen schneit es wie in Sibirien. Ich habe mir gerade ein Bad eingelassen.«*

*»Das kannst du vergessen. Schnapp dir ein paar Sachen und verschwinde! Auf der Stelle!«*

*»Spinnst du? Was ist denn los?«*

*»Die Staatsanwaltschaft hat einen Haftbefehl gegen dich beantragt. Sie gehen von Brandstiftung aus. Vielleicht holen sie dich noch heute Abend!«*

*»Wo… woher weißt du das?«*

*»Frag nicht so viel! Ich weiß es einfach.«*

*»Scheiße, was soll ich denn jetzt machen? Peter, ich kann auf keinen Fall ins Gefängnis. Schon der Gedanke ist …«*

*»Deswegen rufe ich dich ja an. Du musst untertauchen, Jürgen. Das gibt deinem Anwalt Zeit, mit der Staatsanwaltschaft einen Deal auszuhandeln. Sobald sie zusagen, dass der Haftbefehl gegen Auflagen außer Vollzug gesetzt wird, stellst du dich.«*

»Willst du immer noch zur Polizei gehen, Nora?«, fragte Gruber, als die Aufnahme geendet hatte.

»Ich nehme an, du verlangst, dass ich über Singapur und diese ganzen Überweisungen Stillschweigen bewahre«, sagte sie tonlos.

»Nein. Ich will, dass du mir zuhörst. Ich will dir erklären, was es mit dem Geld auf sich hat. Dann wirst du verstehen, dass es nichts, aber auch gar nichts mit Kerstin zu tun hat.«

»Na schön«, sagte sie widerwillig. »Wann?«

Er sah auf die Uhr. »In einer Stunde. Bei mir zu Hause. Nur wir beide.«

Kaum hatte Nora aufgelegt, führte Axel Gruber ein weiteres Telefonat.

## 61

Auch mit ihrer zweiten Durchsuchung an diesem Tag hatten die Stralsunder Ermittler kein Glück. Nachdem ein herbeitelefonierter Experte des LKA endlich Rezniks Safe geöffnet hatte, starrten Manja und Schilling zähneknirschend auf die leeren Fächer. Der Rest des Raumes war genauso unergiebig. Bartels Büro hatten sie bereits zuvor unter die Lupe genommen, während sie auf den LKA-Beamten warteten, und hatten dort ebenfalls keine Hinweise auf eine Verbindung zwischen Kirijenko und der DRM oder etwas anderes gefunden, das ihnen weiterhalf. Der über die Durchsuchung ziemlich empörte Bartel war von Manja nochmals vernommen worden. Aber das hatte sie ebenfalls keinen Schritt vorangebracht.

Gegen dreiviertel sechs hatte Schilling den LKA-Mann und die Streifenpolizisten nach Hause geschickt. Ein wenig unschlüssig standen er und Manja nun in Rezniks Büro herum.

»Das war eine Bauchlandung«, knurrte Schilling. »Und jetzt?«

»Wir fahren erst mal zurück ins Büro«, sagte Manja. »Vielleicht hat Mast etwas Neues.«

Sie fühlte sich leer und ausgelaugt. Ihr Hals schmerzte, ihr Auge brannte, sie hatte seit Stunden nichts gegessen, und bei der Erinnerung an die Ereignisse heute Mittag wackelten ihre Knie noch immer.

»Ich werde ihn mal anrufen.« Schilling zog sein Handy aus der Tasche. »Am Ende ist uns die Killerin schon längst ins Netz gegangen.«

»Das glauben Sie doch selbst nicht«, brummte Manja missmutig.

Sie ging auf den Gang hinaus und wankte zu einem Getränkeautomaten. Aus Rücksicht auf ihren wunden Hals entschied sie sich für einen Tee. Mit dem Becher in der Hand lehnte sie sich an die Wand neben dem Automaten und atmete tief durch. Sie dachte an Luisa, an Fort Lauderdale, an das Meer. In diesem Moment hätte sie alles dafür gegeben, wieder in ihrem Strandhaus zu sein und stundenlang hinaus auf den Atlantik blicken zu können.

Das Klingeln ihres Telefons riss sie aus ihren Gedanken.

»Koeberlin.«

»Hier ist Nora Rottmann. Frau Koeberlin, haben Sie schon neue Erkenntnisse zum Auftraggeber dieser Frau, die meine Schwester und die anderen getötet hat?«

»Leider noch nicht, Frau Rottmann.«

»Ich … glaube, ich weiß, wer es ist. Vielleicht kann ich Ihnen sogar ein Geständnis des Mannes liefern.«

Alles Blut wich aus Manjas Gesicht. »Sagen Sie das noch mal!«

»Ich gehe jetzt auf Lautsprecherfunktion und stecke mein Handy in meine Handtasche. Ich lasse sie offen, so dass Sie alles hören können. Allerdings sollten Sie bei Ihrem Handy die Stummschalttaste drücken, damit ich nicht auffliege. Bis später!«

»Moment, Frau Rottmann, Sie können doch nicht einfach …«

Es raschelte und knackte in der Leitung. Dann wurde eine Autotür zugeschlagen. Als nächstes hörte Manja Schritte im Schnee.

Unvermittelt ertönte eine Männerstimme, die sie bereits kannte. »Hallo, Nora. Schön, dass du gekommen bist.«

## 62

Nora saß in Axels Wohnzimmer auf dem braunen Sofa und betrachtete das gemaserte Parkett zu ihren Füßen, während Gruber zwei Gläser mit einem fünfundzwanzigjährigen Chivas Regal füllte. Im Kamin brannte ein Feuer.

»Wie hast du eigentlich erfahren, dass das Geld vom Treuhandkonto dieser Kanzlei nach Singapur überwiesen wurde?«, fragte Gruber über die Schulter.

Nora rieb sich müde die Stirn. »Die Kanzlei hat ihr Konto bei der Südsachsen Bank in Dresden. Es gibt da einen Abteilungsleiter, der früher bei der Sparkasse Vorpommern gearbeitet hat. Wir sind uns gelegentlich begegnet. Sitzungen des Bankenverbandes, Neujahrsempfänge, du kennst das ja. Ich habe ihn vorhin angerufen.«

Gruber schüttelte müde den Kopf. »Was ist nur aus dem guten alten Bankgeheimnis geworden?«

»Mach dir keine Sorgen.« Nora verzog den Mund. »Er hat mir nur verraten, dass die gesamte Summe nach Singapur überwiesen wurde. Doch wenn diese Staatsanwältin nachforscht, wird sie schnell herausfinden, an welche Bank das Geld ging.«

»Das wird ihr nichts nützen.« Gruber reichte Nora ein Glas, setzte sich aber nicht, sondern blieb im Raum stehen. Seine polierten Lederschuhe glänzten im Schein des Kaminfeuers.

»Wieso?« Sie sah zu ihm auf. »Hat dein Anwalt das Geld weitergeleitet, auf ein anonymes Nummernkonto in einem anderen hübschen Steuerparadies irgendwo auf der Welt?«

»Noch viel besser. Er hat es in bar abgehoben und anschließend auf zwei neu eröffnete Konten wieder eingezahlt. Es handelt sich um IBCO-Accounts, mit anderen Worten …«

»… um anonyme Nummernkonten. Der Bank ist deine Identität nicht bekannt.«

»Genau. Das heißt, die Spur dieser fünf Millionen endet für immer und alle Zeiten am Bankschalter.« Zufrieden nahm Gruber einen Schluck Chivas Regal. »Deshalb habe ich HSB ja gewählt.

Die Kanzlei hat Erfahrungen mit solchen Geschäften. Viktor Reznik hat sie mir empfohlen. HSB hat ziemlich viele Mandanten aus Russland.«

»Wofür genau hast du diese fünf Millionen eigentlich bekommen, Axel?«

Gruber rollte das Glas in seinen Händen. »Devin Residenz stand schon vor dem ersten Spatenstich auf der Kippe. Die Finanzkrise, gestiegene Zinsen, höhere Ausgaben für Baumaterial – der Markt wandte sich gegen das Projekt. Bartel hatte nicht genügend Geld, um so eine Sache auch in schwierigen Zeiten durchzuziehen. Und, um ehrlich zu sein, auch nicht den Mumm. Er holte seinen alten Mentor Reznik. Der erkannte den Ernst der Lage, trat an mich heran und fragte, ob ich helfen könne.«

»Indem du der DRM einen Kredit vermittelst?«

Gruber schüttelte den Kopf. »Den hatten sie schon, wie du ja weißt. Bei euch. Keine Bank hätte ihnen auch nur einen weiteren Cent geliehen. Nein, was sie brauchten, war frisches Kapital, das ohne Gegenleistung kam. Von einem Geldgeber, der nicht allzu genau hinsah.«

»Mit anderen Worten, du solltest ihnen Fördermittel besorgen?«

»Ja. Dafür ist ein Abgeordneter doch da, oder?« Er lächelte treuherzig. »Es war für mich gar keine Frage, dass ich ein Unternehmen meines Wahlkreises tatkräftig unterstütze.«

»Allerdings nicht ganz uneigennützig, wie ich vermute.«

»Kein Grund, so herablassend zu sein, Nora. Wie du weißt, fördert das Land wegen der Überkapazitäten keine Hotelneubauten mehr. Ich musste in Schwerin also ein paar Gefallen einfordern, damit eine Ausnahme gemacht wird. Außerdem haben wir einige Parameter verändert, damit auch Brüssel Geld gibt. Und der Bund hat sich ebenfalls beteiligt. Allerdings nur, weil keiner den Vorsitzenden des Ausschusses für Verkehr, Bau und Stadtentwicklung, der rein zufällig ich bin«, er zwinkerte ihr zu, »zum Feind haben möchte. Insgesamt habe ich fünfundzwanzig Millionen Euro besorgt. Findest du nicht, dass ich dafür eine kleine Provision verdient habe?«

»Fünfundzwanzig Millionen?« Nora sah ihn verblüfft an. »Dieses Luxushotel, das privaten Anlegern die Taschen füllen soll, wird also zu einem Drittel vom Steuerzahler finanziert? Tolle Leistung, Axel.«

Gruber zuckte die Schultern. »Kosten werden verstaatlicht, Gewinne privatisiert. So funktioniert doch das ganze verdammte Land. Allerdings geht der Anteil des Steuerzahlers eher in Richtung fünfzig Prozent.« Er seufzte verlegen. »Leider war Reznik gezwungen, die Gesamtinvestitionssumme auf dem Papier ein wenig aufzublähen, um das Geld zu bekommen, das Bartel fehlte.«

»Und wohl auch, damit für dich genug abfällt. Wer hat eigentlich die Überweisungen auf das Treuhandkonto nach seinem Schlaganfall vorgenommen?«

»Das lief automatisch. Viktor hatte schon im Frühjahr alles veranlasst. Überschaubare, unrunde Summen, verteilt auf mehrere Monate, mit fiktiven Aktenzeichen und harmlosen Betreffzeilen wie Vergleich mit Stübing Bau oder ähnlicher Unsinn. Alles sollte völlig harmlos aussehen.«

»Verstehe. Und was hat dieser Richter mit all dem zu tun?«

»Eigentlich nichts, gar nichts.« Gruber presste wütend die Lippen aufeinander und schüttelte den Kopf. »Aber Reznik konnte einfach nicht den Mund halten. Er hatte seinen Freund Kirijenko zur Grundsteinlegung im Mai eingeladen. Den ganzen Abend kippten die beiden Wodka in sich hinein, schlimmer als Boris Jelzin in seinen besten Tagen. Irgendwann stellte mich Reznik Kirijenko vor und prahlte mit seinen guten Beziehungen zur Politik – und mit unserer hübschen kleinen Abmachung.«

Noras Augen weiteten sich, als sie verstand. »Anschließend hat Kirijenko dich damit erpresst.«

Gruber nickte düster. »Nachdem alles darauf hindeutete, dass Reznik ein Pflegefall bleibt. Sonst hätte Kirijenko es vielleicht gar nicht gewagt. Ich sollte meine Provision mit ihm teilen, damit er schweigt.«

»Und das wolltest du nicht?«

»Das konnte ich nicht, Nora«, sagte Gruber ernst. »Du stoppst einen Erpresser nicht, indem du seiner Forderung nachgibst. Weil dann eine neue Forderung kommt und danach wieder eine. Und jedes Mal hast du nichts als die Hoffnung, dass nach der nächsten Zahlung endlich Schluss sein wird. Aber das passiert nicht.« Er schüttelte den Kopf. »Du kannst eine Erpressung nur auf eine Art beenden. Indem du die Bedrohung eliminierst.«

»Also hast du Kirijenko töten lassen.«

Zu ihrer Bestürzung zuckte ihr Schwager nicht einmal mit der Wimper. »Es passte einfach zu gut. Ich wusste, dass er im November wieder nach Binz kommt. Ich bat ihn, diesmal etwas später anzureisen, damit wir uns nach meiner Rückkehr aus Thailand zu einem Gespräch treffen können. Ich signalisierte, dass ich bereit sei, ihm einen Anteil zu zahlen, aber nur gegen gewisse Garantien. Kirijenko ging darauf ein.« Gruber lächelte maliziös. »Das gab mir die Gelegenheit, mir eine Garantie für die Ewigkeit zu verschaffen. Indem ich die Bedrohung eliminierte.«

»Und Kerstin?«, flüsterte Nora mit zitternder Stimme. »War sie vielleicht auch eine Bedrohung?«

Als Gruber den Kopf zu ihr drehte, lag echte Überraschung in seiner Stimme. »Du weißt es wirklich nicht, oder?«

## 63

Indem ich die Bedrohung eliminierte. Manja hatte die Lautsprechertaste ihres Telefons betätigt. Wie gelähmt hatten sie und Schilling der Unterhaltung gelauscht.

Jetzt löste sich der SoKo-Chef aus seiner Starre. »Das reicht. Wir müssen dahin und Gruber festnehmen. Los, schnell, kommen Sie!«

Sie rannten die Treppe hinunter, an dem verdutzten Lösch vorbei. »Sagen Sie Ihrem Chef, dass wir hier fertig sind«, rief Manja ihm zu.

Dann saßen sie in Schillings Wagen und rasten zur Lindenstraße, die nur sechs Minuten entfernt lag. Manja hielt ihr Handy hoch, so dass sie beide mithören konnten.

»... Ich habe dich geliebt, Nora. Ich habe dich mehr geliebt als mein Leben. Und du hast es nicht einmal bemerkt!« Seine Stimme verzerrte sich vor Wut. »Weil du immer nur Augen für Peter hattest!«

»Aber ...«, stammelte Nora. »Du warst sein Freund ...«

»Was hat das denn damit zu tun?« Gruber spie die Worte förmlich aus. »Als wir dir damals zum ersten Mal begegneten, genügte ein Blick, ein einziger verdammter Blick, und ich wusste, dass du die Frau bist, die für mich bestimmt ist. Die Frau, der ich mein Leben widme. Die Frau, mit der ich Kinder haben möchte. Und du«, wiederholte er voller Bitterkeit, »du hast es die ganze Zeit nicht bemerkt. Du hast mich überhaupt nicht wahrgenommen.«

»Aber ... wieso hast du nie ...«

»Weil ich genau wusste, dass ich keine Chance hatte. Nicht den Hauch einer Chance. Plötzlich wart ihr ein Paar, du und Peter. Und ich stand wie gelähmt daneben. Ich sah euch zu, sah, wie glücklich ihr wart, wenn ihr getanzt habt. Wie verliebt ihr wart, wenn ihr euch angeschaut habt. Ich sah dieses starke Band zwischen euch und wusste, dass es zwischen dir und mir nie etwas geben wird, was dem auch nur ansatzweise nahekommt.«

»Und ... Kerstin?«, fragte Nora leise.

Aus dem Lautsprecher drang ein verächtliches Seufzen. »Was macht ein Mann, wenn es die Frau, die er liebt, ein zweites Mal gibt? Genauer gesagt, wenn eine andere Frau mit dem Gesicht seiner großen Liebe existiert? Er klammert sich an die Hoffnung, dass ein Wunder geschieht. Dass die Frau, für die er sterben würde, tatsächlich eine Doppelgängerin hat.«

»Es ging also nie um sie?«

»Natürlich ging es nie um sie«, brüllte Gruber. »Es ging um dich, Nora! Immer nur um dich! Und jedes Jahr, das verstrich, fraß sich in mein Herz, weil es ein weiteres nutzloses, verschwendetes Jahr mit deiner törichten Schwester war. Jeden Tag, wenn ich sie ansah, sah ich dich. Jeden Tag fragte ich mich, was aus uns beiden hätte werden können. Und um meine Folter noch zu verschlimmern, verschwandest du Stück für Stück aus Kerstins Gesicht. Du wurdest immer schöner und sie immer reizloser, eine aufgeplusterte, dämliche Gans, die sich in meinem Glanz sonnte.«

»Du hast sie umgebracht, Axel!«

»Sehr richtig, Nora. Weil ich sie nicht mehr ertragen habe. Weil ich sie gehasst habe. Weil ich jeden Tag verflucht habe, an dem ich neben ihr aufgewacht bin. Mit dem Geld von DRM habe ich die Chance, noch einmal von vorn zu beginnen. Die Chance, endlich mein Glück zu finden. Aber nicht mit Kerstin. Eigentlich«, seine Stimme wurde verhaltener, »eigentlich hatte ich die verrückte Hoffnung, dass du doch noch ein Teil dieses Glücks werden könntest.«

»Ach ja? Hast du deswegen etwa Peters Telefonate abgehört? Um mir zu beweisen, dass er Fehler hat, Schwächen? Um einen Keil zwischen uns zu treiben?«

»Um dir zu beweisen, dass du ein falsches Bild von ihm hast.«

»Nein, Axel. Ich hatte nie ein falsches Bild von Peter. Und wenn du allen Ernstes glaubst, du könntest Peter und mich mit dieser jämmerlichen Aufnahme entzweien, dann bist du noch armseliger, als ich dachte.«

Schilling und Manja bogen auf die Lindenstraße ein.

»Da vorn ist eine Lücke«, sagte Manja. Sie nestelte ein Paar Ohrstecker aus ihrer Manteltasche und stöpselte sie in ihr Handy. »Gruber muss ja nicht gleich merken, dass wir im Anmarsch sind.«

»Gute Idee«, sagte Schilling. »Aber benutzen Sie nur einen, damit Sie noch hören, was ich Ihnen sage.« Als sie ausstiegen, griff Schilling nach seiner Dienstwaffe. Er ließ keinen Zweifel daran, dass er jetzt das Kommando übernommen hatte. »Sie bleiben schön hinter mir, klar?«

Mit schnellen Schritten gingen sie zu Grubers Grundstück. Das hohe Metalltor war nicht zugeschlossen. Sie sahen sich um und gingen hinein. Es war schon dunkel, aber das Licht einer Straßenlaterne fiel in den Garten. Sie fanden die Haustür ohne Mühe.

»Sehen Sie!«, flüsterte Schilling und deutete auf die Tür. Sie war nur angelehnt.

»Das war vermutlich Nora Rottmann«, wisperte Manja zurück. »Sie wusste, dass wir ihr folgen.«

Schilling stupste die Tür an und machte einen Schritt nach vorn, die Waffe im Anschlag. Manja folgte ihm. Sie passierten den Eingangsbereich und gingen durch einen dunklen Flur.

»Da vorn ist die Tür zum Wohnraum«, sagte Manja. »Sie reden noch immer.«

Schilling drückte sein Ohr gegen die Tür.

»Ich bin also der Grund für die Feindschaft, mit der du Peter in all den Jahren begegnet bist?«, hörte er Noras Stimme.

»Was dachtest du denn?« Das war wieder Gruber. »Wie sollte ich es denn ertragen, dass mein bester Freund die Frau heiratet, die ich liebe? Ich hasse ihn, Nora, so wie ich Kerstin gehasst habe.«

## 64

Schilling riss die Tür des Wohnraums auf und richtete die Pistole auf Gruber. »Keine Bewegung, Herr Gruber. Sie sind vorläufig festgenommen. Sie stehen unter Verdacht, in mindestens drei Fällen zum Mord angestiftet zu haben.«

Gefolgt von Manja trat er ein. Blitzschnell vergewisserte er sich, dass niemand außer Gruber und Nora im Raum war. »Sie haben das Recht zu schweigen. Außerdem ...«

»Sparen Sie sich die Sprüche«, unterbrach ihn Gruber. »Sie reden mit einem Mitglied des Deutschen Bundestages. Ich genieße parlamentarische Immunität. Sie können mich nicht einfach festnehmen.«

»Und ob wir das können«, sagte Manja. »Unmittelbar bei Begehung einer Straftat und noch im Laufe des darauf folgenden Tages darf auch ein Abgeordneter verhaftet werden. Ihre Frau wurde gestern ermordet. Ich fürchte, Sie haben Pech.« Sie hielt ihr Handy in die Höhe. »Ihre Schwägerin hat dafür gesorgt, dass wir alles mitanhören konnten.« Sie nickte Nora zu, die inzwischen aufgestanden war und sich nun neben Manja stellte.

»Sie haben die Morde an Wladimir Kirijenko und Ihrer Frau gestanden«, sagte Manja zu Gruber. »Aber was ist mit Tino Rücker? Ihn haben Sie mit keinem Wort erwähnt. Welche Rolle hat er gespielt?«

Gruber grunzte. »Gar keine.«

»Und wieso musste er dann sterben?«

Der Abgeordnete lächelte. »Das liegt doch wohl auf der Hand, Frau Koeberlin. Wie übertönt man ein schrilles Geräusch? Durch ein noch schrilleres Geräusch.«

Manja blinzelte. »Ich kann Ihnen nicht folgen.«

Gruber blickte sie an wie ein Vater ein etwas einfältiges Kind. »Ich wusste, dass Kirijenko ins Windwood kommt und meine Frau dort ebenfalls das Wochenende verbringen wird. Der Gelegenheit, sie beide aus dem Weg zu räumen, während ich selbst auf der anderen Seite der Erde war, konnte ich einfach nicht widerstehen. Allerdings sollte es wie die Tat eines Psychopathen aussehen, eines Ostsee-Rippers. Dafür brauchten wir noch ein drittes Opfer, eines, das in keiner Beziehung zu mir oder DRM steht. Um gar nicht erst die Frage aufkommen zu lassen, ob Kirijenko und Kerstin womöglich einen gemeinsamen Feind hatten.«

»Und dieser Schachzug war Ihnen ein Menschenleben wert?«, fragte Manja fassungslos.

Gruber zuckte die Schultern. »Menschen sind schon für weniger gestorben, Frau Koeberlin, das wissen wir doch beide. Dieser Rücker hatte Pech, weil er zufällig im Windwood war. So wie andere Pech haben, weil sie ihr Flugzeug verpassen, die nächste Maschine nehmen und damit abstürzen. Das Leben kann ungerecht sein.«

»Und was sollten die Augenbinden?«, fragte Schilling.

»Damit habe ich nichts zu tun. Für diese Details war meine Partnerin vor Ort zuständig.«

»Ihre Partnerin?«, fragte Manja. Sie spürte, wie der Puls gegen ihren Hals pochte. »Wen meinen Sie damit?«

»Mich«, ertönte eine raue Stimme hinter ihr. »Er spricht von mir.« Juli trat wie ein tödlicher Racheengel in den Raum. Sie trug wieder den schwarzen Kampfanzug, Neoprenhandschuhe und einfache Sneakers, aber keine Maske. Ihr kahler Kopf glänzte im Feuerschein des Kamins. In der rechten Hand hielt sie ihre SIG Sauer.

Manja zuckte bei ihrem Anblick unwillkürlich zurück. Angst kroch ihre Kehle hinauf, schnürte sie zu. Sie war plötzlich wie gelähmt. Vor ihrem geistigen Auge legten sich zwei Hände um ihren Hals, drückten zu, immer fester …

Juli sah Schilling an. »Waffe fallen lassen! Sofort!«

Ihr Ton ließ keinen Zweifel, dass es sich nicht um eine Bitte handelte. Schilling war erfahren genug, um das zu hören. Vorsichtig, mit zwei Fingern, legte er seine Walther PPK auf den Boden.

»Ich würde Sie gern etwas fragen«, sagte er, als er sich wieder erhob.

»Was?«

»Die Augenbinden, was hatte es damit auf sich?«

Juli musterte nacheinander Schilling, Manja und Nora, um sich zu vergewissern, dass er sie nicht ablenken wollte.

»Wer sind Sie?«, fragte sie schließlich.

»Schilling. BKA. Ich leite die Sonderkommission.«

Sie nickte, als habe sie sich so etwas schon gedacht. »Es ging einfach nur darum, so viele falsche Spuren wie möglich zu legen«, sagte sie schließlich. »Eine naheliegende Erklärung für die drei Morde war, dass ein Psychopath sein Unwesen treibt. Diese Theorie würde vor allem den Zeitungen gut gefallen. Die Augenbinden waren für die Ermittler gedacht. Sie sollten sie zu dem Mord in Wladiwostok und damit zu Boris Bykow führen, einem gewalttätigen Oligarchen. Ich finde übrigens, dass er einen hervorragenden Verdächtigen abgibt.«

»Oh, das tut er«, erwiderte Schilling. »War das damals eigentlich auch Ihr Werk, dieser Mord an dem Vizegouverneur?«

»Nein. Aber er diente mir sozusagen als Vorbild. Die Augenbinde sollte Ihre Ermittlungen in eine bestimmte Richtung lenken, zu Bykow und der Werft in Warnemünde. Am Ende hätte sich die

Spur natürlich als Sackgasse entpuppt. Aber das ist immer noch besser als gar keine Spur, oder?«

»Sie haben Rückers Zimmer als Versteck genutzt, nicht wahr?«, fragte Schilling. »Hatten Sie das von vornherein geplant?«

Juli zuckte die Schultern. »Es war ein willkommener Nebeneffekt. Unter den Hotelgästen gab es ein drittes Opfer, und ich hatte ein Quartier, von dem aus ich meinen nächsten Einsatz planen konnte. Es passte einfach.«

»Sie haben auch Jörg Wendt umgebracht, den Dresdner Hotelmanager«, sagte Manja. »Im Saxonia Resort vor vier Jahren. Das waren Sie.«

»Wie kommen Sie darauf?«

»Es gab eine Schlägerei im Zwinger.« Manja richtete den Blick auf Julis kahlen Kopf. »Eine Frau ohne Haare war daran beteiligt.«

»Ich glaube kaum, dass das vor Gericht als Beweis genügen würde.« Juli lächelte. »Aber ja, Sie haben Recht. Wir sind uns damals sogar begegnet, Frau Koeberlin, im Hotel. Ich nehme an, Sie können sich nicht erinnern.«

Manja schüttelte zögernd den Kopf. Vor ihrem inneren Auge tauchten Bilder des damaligen Geschehens auf, aber auf keinem war diese Frau ohne Haare zu sehen.

»Im Treppenhaus. Sie wurden von zwei Polizisten begleitet. Ich war als Kellnerin verkleidet.« Juli lächelte erneut. Bis sie eine abrupte Bewegung wahrnahm. Sie hielt Schilling für den potentiell gefährlichsten ihrer drei Gegner, weshalb sie ihn auch während des Wortwechsels mit Manja nicht aus den Augen gelassen hatte. Leider hatte das dazu geführt, dass sie der links postierten Nora Rottmann zu wenig Aufmerksamkeit geschenkt hatte. Jetzt erkannte sie ihren Fehler.

Ihre SIG Sauer war auf Schilling gerichtet. Als Nora plötzlich auf sie zustürzte, wusste sie, dass sie es nicht schaffen würde, zu ihr hinüberzuschwenken. Dafür war die Distanz zu gering. Also hielt sie die Waffe weiter auf Schilling gerichtet und drückte ab.

Der Schuss dröhnte durch den Raum.

Schon im nächsten Moment krallten sich Noras Hände in Julis Gesicht. Manja aber sah nach hinten zu Schilling, der mit schmerzverzerrtem Gesicht zusammensackte, die linke Hand an die Brust gekrallt. Dann zu Gruber, dessen Blick auf Schillings am Boden liegende Pistole gerichtet war. Manjas Körper reagierte schneller als ihr Verstand. Sie hechtete zu Schillings Walther PPK. Dabei stieß sie mit Gruber zusammen, als sie beide nach der Waffe greifen wollten. Im Handgemenge schaffte Manja es, mit ihren Fingern an den Kolben zu gelangen. Gruber packte ihren Arm. Wild und verbissen rangen sie.

Dann löste sich ein Schuss. Gruber wurde nach hinten geschleudert.

Sofort drehte Manja sich zu Nora und Juli um, die noch immer miteinander kämpften. »Aufhören!«, schrie sie und hob die Pistole.

Juli versetzte Nora blitzschnell einen Kopfstoß und richtete ihrerseits die SIG Sauer auf Manja.

Die Walther PPK spie ein zweites Mal Feuer. Juli stöhnte auf, als ein dumpfer Schmerz durch ihren Körper zuckte. Polternd fiel ihre Waffe aufs Parkett. Juli taumelte zur Tür, hinaus in den dunklen Flur.

Manja setzte ihr nach, die Walther in der Hand. An der Tür blieb sie stehen, um vorsichtig hinauszuschauen. Ihre Hand tastete nach einem Lichtschalter. Plötzlich hörte sie ein merkwürdiges zischendes Geräusch. Sie bekam eine Art Sprühnebel direkt ins Gesicht. Unmittelbar darauf lief ihr das Wasser sturzbachartig aus Augen, Nase und Mund. Ihr Rachen brannte, und während sie auf die Knie sank, rang sie keuchend und hustend nach Luft. Die Augen zu öffnen, genauer gesagt, das eine, aus dem sie noch sehen konnte, war unmöglich.

## 65

»Los, raus hier!« Simon packte Juli mit zwei Händen unter den Armen und zerrte sie mit sich. Schon nach wenigen Schritten spürte er, dass seine linke Hand nass wurde. Aber er konnte jetzt nicht darauf achten, sie mussten hier weg, einfach nur weg. Er spürte, wie Juli schwerer wurde. Er schob sie zur Haustür hinaus, dann packte er sie an den Hüften und warf sie sich über die Schulter. Irgendetwas fiel polternd auf die Treppe.

»Warte!«, keuchte Juli. »Die Pistole. Die …«

»Nein, wir müssen weg, Juli!« Er wollte so schnell wie möglich mit ihr zum Tor gelangen. Mit aller Kraft bäumte sie sich auf seiner Schulter auf. Er konnte sie nicht mehr halten. Mit schmerzverzerrtem Gesicht krachte sie auf die Steinstufen. Keuchend tastete sie herum. Simons Blick fiel auf eine Plastiktüte. Er hob sie auf, es war etwas Schweres darin. »Suchst du das?«

»Ja.« Sie griff danach. Flehend sah sie zu Simon hinauf. »Ich … könntest du … bitte!«

Er nickte, packte sie erneut und hob sie hoch. Juli krallte ihre Hand um die Plastiktüte, fest entschlossen, diesen Schatz mit sich zu nehmen, koste es, was es wolle.

Simon musste alle Kräfte aufbieten, um sie zum Tor zu schleppen und über die Straße zu dem grauen Ford Focus zu wanken, den er nachmittags am Bahnhof gemietet hatte. Er setzte Juli sorgfältig ab, öffnete die Hintertür und legte sie auf den Rücksitz.

Dann setzte er sich ans Steuer und startete den Wagen.

»Du bist getroffen, nicht wahr?«, sagte er, ohne den Blick von der Straße zu nehmen.

»Schulter«, ertönte hinten eine schwache Stimme.

»Du musst zu einem Arzt.«

»Kein … kein Arzt. Bitte.« Es kostete Juli entsetzliche Anstrengung, sich aufzurichten. »Wir … Ringfahndung.«

»Was?« Simon verstand sie nicht. Er bog von der Gustav-Adolf-Straße auf den Knieperdamm ab und fuhr weiter in Richtung B 96, die sie aus der Stadt hinausbringen würde. »Ich glaube, ich habe eine Idee. Du musst mir vertrauen, Juli!«

»Warte!« Ihre Finger trommelten gegen das Fenster. »Anhalten! Da drüben!«

Er sah hinüber. Da war der Parkplatz eines Supermarktes. An dessen Ende standen Altstoffcontainer.

»Die Pappen«, brachte Juli mühsam hervor. »Wir brauchen sie. Für die Straßensperren. Als Tarnung.«

Jetzt verstand Simon. Er bog auf den Parkplatz und fuhr zu den Containern. Der Supermarkt war noch geöffnet, aber die wenigen Kunden hatten ihre Autos in Nähe des Eingangs abgestellt. Zum Glück wollte gerade niemand seine leeren Weinflaschen und Zeitungen loswerden. Der für Pappe vorgesehene Container quoll förmlich über. Nachdem nichts mehr hineingegangen war, hatten die Leute ihre alten Kartons einfach davor und daneben abgelegt. Das ganze Areal ähnelte einer Müllhalde. Aber genau das konnte sie jetzt retten.

»Du bleibst liegen!«, wies Simon Juli an.

Er schaltete die Innenbeleuchtung des Autos ein, um sich zunächst Julis Wunde anzusehen. So vorsichtig wie möglich schnitt er mit einem winzigen Taschenmesser, das an seinem Schlüsselbund hing, den dunklen Kampfanzug an Julis linker Schulter auf. Behutsam wischte er das Blut zur Seite. Es war ein ziemlich übler Streifschuss. Die Kugel hatte über dem Schlüsselbein eine tiefe, fingerbreite Schramme verursacht.

»Wir müssen die Blutung stoppen.« Simon nahm sein Messer und schnitt damit ein Loch in Julis Hose. Dann riss er in Höhe ihres Oberschenkels ein großes, rechteckiges Stück heraus, rollte es zusammen und legte es auf die Wunde. »Es ist nicht gerade eine Mullkompresse, aber besser als nichts«, erklärte er. »Du musst den Fetzen so fest wie möglich draufdrücken.«

Juli nickte, mittlerweile halb benommen. Ihre Wangen waren mit Kratzspuren übersät.

»Ich decke jetzt ein paar Zeitungen über dich«, sagte Simon, »dann folgen die Kartons, okay?«

Wieder nickte sie.

Simon machte sich ans Werk. Geschickt stapelte er mehrere Pappen übereinander, so dass von Juli nichts mehr zu sehen war. Anschließend startete er den Wagen und fuhr weiter Richtung Stadtausgang, wobei er peinlich darauf bedacht war, alle Verkehrsregeln strikt einzuhalten. Nur kein Aufsehen erregen.

Kaum hatten sie Stralsund verlassen, stießen sie auf der B 96 auf einen Kontrollposten. Es war derselbe, an dem Jürgen Fuchs vor einigen Stunden den Tod gefunden hatte. Inzwischen war das Autowrack abtransportiert worden und die Straße geräumt.

»Guten Abend! Polizeiwachtmeister Zorn«, grüßte ein hochgewachsener Mann und leuchtete mit einer Taschenlampe ins Fahrzeug. »Dürfte ich Ihre Papiere sehen? Und schalten Sie bitte den Motor aus.«

»Natürlich!« Simon brachte ein Lächeln zustande und gab ihm seinen Führerschein. Seine Hände waren schweißnass vor Angst.

»Was haben Sie denn für schwere Ladung da hinten?«, fragte der Wachtmeister und wies auf die Rücksitze.

Simon winkte ab. »Das sind nur leere Kartons. Ich ziehe gerade von Hamburg hierher und habe heute die erste Fuhre meiner Sachen hergebracht. Wollen Sie es sich ansehen?«

Es war ein gewagtes Pokerspiel, denn Simon hatte den Geruch von Julis Blut in der Nase. Er fragte sich, wie lange es dauern würde, ehe auch der Polizist etwas bemerkte.

Der Beamte schien kurz über das Angebot nachzudenken, aber dann fiel sein Blick auf Simons grundehrliche Züge. Nein, sagte ihm sein in dreißig Dienstjahren geschultes Gefühl, der Junge ist absolut sauber. Außerdem suchten sie ja nach einer Frau. »Nicht nötig, Herr Merk.« Er gab ihm den Führerschein zurück. »Ich wünsche Ihnen gute Fahrt!«

Simon ließ das Fenster wieder hochfahren und startete aufatmend den Motor.

# 66

Der Notarzt hatte Manjas Gesicht mit einer Art Erfrischungstuch behandelt und sie angewiesen, sich das Gesicht mit kaltem Wasser abzuspülen. Doch auch danach hatte sie noch immer das Gefühl, Nadeln im Mund zu haben. Nur langsam ließ die Wirkung des Pfeffersprays nach.

»Was ist mit Schilling?«, fragte sie, als sie zurückkam. Das Sprechen fiel ihr nun noch schwerer als nach der Attacke der Killerin heute Mittag. Die Worte knirschten wie Kiesel in ihrem Mund, und in ihrem Kopf hämmerte eine Schar unsichtbarer Schlagbohrer.

»Eine Kugel in der Brust«, sagte der Arzt. »Aber ich denke, dass er durchkommt.«

»Und Gruber?«

Sie sah, wie der Arzt den Kopf schüttelte. »Herzdurchschuss. Er war sofort tot.«

Manja vergrub den Kopf zwischen den Händen. Sie zitterte am ganzen Körper und verspürte das überwältigende Bedürfnis, in Tränen auszubrechen. Aber das ging nicht. Nicht hier. Zum ersten Mal in ihrem Leben hatte sie geschossen. Und einen Menschen getötet. Ja, sie war Gruber nur zuvorgekommen. Hätte er sich die Waffe geschnappt, läge sie jetzt vermutlich an seiner Stelle. Dennoch hatte sich die Ungeheuerlichkeit des Augenblicks, als der Schuss krachte, tief in ihr Bewusstsein eingebrannt. Sie hatte das Gefühl, eine Grenze überschritten zu haben. Dieses Gefühl stimmte sie unendlich traurig, auch wenn ihr Verstand ihr sagte, dass sie anders nicht hatte handeln können.

Mit wackligen Beinen stand Manja auf und ging zu Nora Rottmann, die apathisch auf der Couch im Wohnzimmer saß.

»Ich habe es wirklich nicht bemerkt.« Sie sah Manja an. »Können Sie sich das vorstellen? All die Jahre hatte ich nicht die geringste Ahnung, dass Axel …«

Manja legte ihre Hand auf die von Nora, sagte aber nichts.

»Glauben Sie, dass …« Nora atmete tief ein. »Glauben Sie, dass Kerstin etwas davon wusste? Dass sie im Grunde nur eine Stellvertreterin war, ein Ersatz?«

»Vermutlich hat sie etwas geahnt«, erwiderte Manja. »Aber manchmal wollen wir gewisse Dinge nicht wahrhaben. Manchmal ist es leichter, mit der Illusion zu leben.«

»Diese Frau … werden Sie sie schnappen?«

»Ich hoffe es.« Manja lehnte sich zurück. »Ich hoffe es wirklich. Wir haben Straßensperren, überall. Am Bahnhof wird kontrolliert. Außerdem ist sie verwundet. Aber irgendjemand hat ihr vorhin geholfen. Der Stimme nach war es ein Mann. Zu zweit haben sie natürlich eine bessere Chance.«

»Dann fordern Sie doch mehr Polizisten an! Bitten Sie um Hinweise aus der Bevölkerung! Meine Bank wird eine Belohnung aussetzen. Ich will, dass die Mörderin meiner Schwester zur Verantwortung gezogen wird.«

Manja nickte, hatte aber nicht die Kraft, etwas zu erwidern. Ihre Zeit als Staatsanwältin hatte ihr eine bittere Lektion erteilt. Manchmal gewannen auch die Bösen.

Sie wankte hinaus ins Freie, um Luisa anzurufen. In Fort Lauderdale war es früher Nachmittag. Mühsam zog sie ihr Handy aus der Tasche und wählte Luisas Nummer. »He du«, sagte sie leise, als am anderen Ende abgenommen wurde. »Ich habe Sehnsucht nach dir. Und ich bräuchte eine Krankenschwester. Kannst du mir für morgen einen Flug buchen?«

## 67

Die Fahrt von Stralsund nach Hamburg dauerte knapp drei Stunden. Kurz nach elf klingelte Simon bei seinen Eltern. Auch wenn sein Vater Chirurg war, hatte er natürlich keinen Operationssaal im Keller. Aber mit Mullbinden, Wasserstoffsuperoxid, Verbänden und antibiotischer Salbe konnte er aushelfen. Simon erzählte ihm etwas von einer Studentenparty, die aus dem Ruder gelaufen war, und dass er garantiert nicht mehr wissen wolle. Sein alter Herr hatte nur genickt und ihm gesagt, dass er sich nehmen solle, was er brauche.

Gegen Mitternacht lag Juli desinfiziert und bandagiert in Simons Apartment in Altona. Simon hatte in einem rund um die Uhr geöffneten Bahnhofsladen noch ein paar Sandwiches geholt. Juli aß zwei davon und trank jede Menge Wasser. Sie war ziemlich blass, fühlte sich aber erstaunlich gut. Insgeheim dankte sie dem lieben Gott für ihr glückliches Händchen. Hätte sie Simon heute Nachmittag im Bungalow nicht am Leben gelassen, dann …

»Sag mal«, hörte sie sich sagen. »Woher wusstest du eigentlich, wo du mich findest? Ich bin mir sicher, dass mir niemand gefolgt ist.«

Auf Simons Lippen lag ein verlegenes Grinsen. »Als ich deinen Peugeot geholt habe, habe ich im Kofferraum mein zweites Handy deponiert. Ich habe die Standortbestimmung aktiviert und es vorhin mit meinem Smartphone angewählt. Eine Art Privat-GPS, wenn du so willst. Damit konnte ich dir hinterherfahren, ohne dass du etwas bemerkt hast.«

»Und wieso hast du das gemacht?«

Eine zarte Röte überzog sein Gesicht. »Ich … ich wollte dich nicht verlieren. Juli.« Er setzte sich auf den Bettrand. »Als du mich heute Mittag angerufen hast, warst du mir nahe. So nahe wie nie zuvor. Näher sogar als letzte Nacht. Und dann, im Auto, warst du wieder so weit weg, so fremd. Ich spürte, dass es noch eine andere Juli gibt. Eine, die ich nicht kenne. Die ein Leben führt, das ich mir wahrscheinlich nicht einmal vorstellen kann. Als ich deinen Zettel gefunden habe, wurde mir klar, dass ich … meine Juli nicht an diese andere, dunkle Frau verlieren will.«

Sie lächelte. »Heute hat nicht viel gefehlt.«

»Ich weiß. Ich habe beobachtet, wie du in das Haus gegangen bist, mit einer Pistole in der Hand und in diesen Klamotten.« Er deutete auf den Stuhl am Schreibtisch. Julis zerrissener Kampfanzug hing über der Lehne. »Da habe ich Angst bekommen. Als ich die Schüsse hörte, musste ich dir einfach folgen.«

Sein Blick wanderte zurück zum Schreibtisch, diesmal zu der Plastiktüte, die darauf lag. »Was hat es mit dieser Pistole auf sich?«

»Lange Geschichte.« Juli atmete tief durch. »Kannst du sie mir mal geben?«

»Klar.« Simon stand auf und brachte ihr die Waffe.

Wieder verblüffte sie sein grenzenloses Vertrauen. Da lag eine Frau auf seinem Bett, der ein Mord vorgeworfen wurde, eine Frau, die er mit einer Pistole gesehen hatte, und doch reichte er ihr völlig arglos eine Waffe, von der er nicht wusste, ob sie geladen war.

Sie nahm die Beretta aus der Tüte heraus. Dann legte sie sie auf die Bettdecke, hüllte sie damit ein und wischte sie sorgfältig ab. Geschlagene zwei Minuten. Dann lehnte sie sich erschöpft zurück.

»Ich muss die Pistole verschwinden lassen.«

»Das hat doch Zeit. Niemand weiß, dass du hier bist.«

Juli nickte, mit den Gedanken wieder in Stralsund.

Sie hatte vor Grubers Haus gewartet und beobachtet, wie Nora erschienen war, allein. Erst nach ein paar Minuten war Juli ihr gefolgt. Die Tür war unverschlossen, wie sie es mit Gruber vereinbart hatte. Juli ließ sie offen, um möglichst schnell verschwinden zu können, falls etwas schiefging. Sie hatte sich erst ins Arbeitszimmer geschlichen, wo sie die Beretta vermutete. Gruber würde sie wohl kaum auf den Couchtisch gelegt haben, wenn er seine Schwägerin erwartete. Und richtig – neben seinem Computer hatte sie die Plastiktüte entdeckt. Mehr noch, der kleine Umweg wurde auch in anderer Hinsicht belohnt. Denn gerade, als sie zu der Unterhaltung im Wohnzimmer hinzustoßen wollte, war plötzlich diese Staatsanwältin aufgetaucht, mit einem Mann, den Juli für einen Bullen hielt.

Juli hatte es vorgezogen, die Bühne als Letzte zu betreten.

Aber auch dieser Einsatz war nicht wie geplant verlaufen. Juli gestand sich selbstkritisch ein, dass sie daran nicht ganz unschuldig war. Sie hatte Nora unterschätzt. Unter den gegebenen Umständen konnte sie mit den Ergebnissen der letzten Tage dennoch zufrieden sein. Kirijenko war tot, die Pistole wieder in ihrem Besitz und sie selbst dank Simons Hilfe entkommen.

Simon.

Als sie aufsah, merkte sie, dass er sie beim Grübeln beobachtet hatte.

Er lächelte mit einer Traurigkeit, die ihr einen Stich versetzte. Auch wenn es ihm schwerfiel, er musste diese Frage stellen. Jetzt. »Wie geht es nun weiter?«

»Was meinst du?«

»Du weißt, was ich meine.«

»Wie soll es denn weitergehen?«

Er wurde rot. »Ich … ich möchte, dass du hierbleibst. Oder mich mitnimmst. Egal wohin. Du und ich, das … das darf nicht einfach enden.«

»Trotz allem, was heute geschehen ist?«

Nervös strichen seine Finger über die Bettdecke. »Auch trotz allem, was gestern passiert ist, Juli.«

Verwirrt sah sie ihn an. »Trotz? Du meinst doch unsere …«

»Ich meine das Windwood«, sagte er sanft.

Ihr Gesicht blieb regungslos, lediglich das Flackern ihrer Augen verriet, wie sehr seine Antwort sie aufwühlte. »Seit wann …«

Er zuckte die Schultern. »Seit heute Nachmittag. Im Radio wurde nicht nur von der Ringfahndung in Stralsund berichtet. Vielmehr hieß es, dass die kahlköpfige Frau auch für die Ereignisse in Binz verantwortlich sei.« Sein Blick hielt ihren fest.

»Diese dunkle Seite von dir macht mir Angst, Juli. Aber ich kann mich vor meinen Träumen nicht verstecken. Die Vorstellung, dass du morgen zur Tür hinausgehst und einfach aus meinem Leben verschwindest …« Tränen lagen in seinen Augen. »Bitte gib uns nicht auf!«

Juli spürte, wie ihr Herz schlug. Es war eine naive, absurde Vorstellung. Und dennoch eine, die sie wärmte. Ihr gefiel der Gedanke, mit jemandem sprechen zu können, der den Weg kannte, den sie gewählt hatte. Der nicht ihrer Welt angehörte, aber akzeptierte, dass sie in dieser Welt lebte. Der um ihre Geheimnisse wusste und trotzdem da war, wenn sie sich anlehnen wollte. Jemanden, den sie als ebenbürtig ansehen konnte, weil sie ihn nicht belügen musste.

So weit waren sie und Simon natürlich noch nicht. Und vielleicht würden sie auch nie dahin gelangen. Aber schon die bloße Möglichkeit versetzte sie in ein seltsames Hochgefühl.

Sie griff nach seiner Hand. „Kann ich erst einmal hierbleiben?"

ENDE

# Vom selben Autor

*Kai Leuner, Schüsse auf die Staatsanwältin*
*219 Seiten, Paperback, Originalausgabe Oktober 2008*
*ISBN 978-3-935263-59-7 / 12,00 EUR*

Die junge Dresdner Staatsanwältin Manja Koeberlin hat Anklage erhoben gegen einen skrupellosen Drahtzieher des organisierten Verbrechens und ist sich ihres Erfolges sicher. Ihr Kronzeuge, einst rechte Hand des »Litauers«, ist bereit, gegen ihn auszusagen. Doch Valkunas schwört ihr im Gerichtssaal unerbittliche Rache. Und nun gerät sie selbst ins Visier eines übermächtigen Feindes, der kaltblütig sein Ziel verfolgt: ihre Vernichtung. Der Debütroman von Kai Leuner, im bürgerlichen Leben Staatsanwalt in Dresden, beginnt als Wirtschaftskrimi, wandelt sich aber schnell zu einem packenden Thriller.

# Vom selben Autor

*Kai Leuner, Kardinalfehler*
*236 Seiten, Paperback, Originalausgabe 2009*
*ISBN 978-3-935263-69-6 / 12,00 EUR*

Wenige Stunden nachdem der ehemalige BKA-Beamte Bobby Cramer am Dresdner Flughafen den geheimnisvollen Auftragskiller Ratcher erkannt hat, wird Bobby erschossen und seine Freundin Kristin Eggert als Hauptverdächtige gejagt. Aber die junge Polizistin kennt die Wahrheit – und Ratchers neue Mission. Er hat den Bundeskanzler im Visier, der kurz vor einem wichtigen öffentlichen Auftritt in Dresden steht. Zusammen mit Bobbys Bruder, dem Staatsanwalt Mark Cramer, versucht Kristin, das Attentat zu verhindern. Doch der Killer scheint ihnen stets einen Schritt voraus.

# Vom selben Autor

*Kai Leuner, Jagd auf den Anwalt*
*247 Seiten, Paperback, Originalausgabe 2010*
*ISBN 978-3-935263-77-1 / 12,00 EUR*

Michael Krohn lebt auf der Sonnenseite: Er arbeitet in Dresdens nobelster Anwaltskanzlei und ist mit der attraktiven Tochter des Seniorpartners verheiratet. Doch innerhalb weniger Stunden bricht seine Welt zusammen. Er ertappt seine Frau Julia mit einem Kollegen. Es kommt zu einer handgreiflichen Auseinandersetzung. Wenige Minuten später ist der Nebenbuhler tot – und Michael auf der Flucht. Und nicht nur die Polizei jagt ihn. Auch seine Kanzlei setzt skrupellose Privatermittler auf ihn an. Denn ohne es zu wissen, trägt Michael ein brisantes Geheimnis bei sich …
Eine atemberaubende Hetzjagd voller überraschender Wendungen.

# Rügen Krimi

*Birgit C. Wolgarten, Und es wurde Nacht*
*256 Seiten, Paperback, Originalausgabe 2004*
*7. Auflage 2012, ISBN 978-3-935263-24-5 / 12,00 EUR*

**Katja Sommers erster Fall auf Rügen!**

Katja Sommer will eigentlich nur ein paar Tage an der Ostsee ausspannen, als ihr Stralsunder Kollege Sven Widahn sie um Mithilfe bittet: In einem Strandkorb wurde eine Tote gefunden. Aber warum musste Wilhelmine, Bewohnerin einer exquisiten Seniorenresidenz, sterben? Das Motiv bleibt im Dunkeln. Langsam keimt ein ungeheuerlicher Verdacht in Katja auf. Hartnäckig verfolgt sie ihre Spur und erkennt erst spät, fast zu spät, wohin diese sie führt! - Wieder entwirft die Autorin des viel gelobten Krimis »Land der Mädchen« ein raffiniertes Psychopuzzle, das Katja Sommer nach und nach zu einem unglaublichen Bild zusammensetzt ...

Rügen Krimi

*Birgit C. Wolgarten, Der Tod der Königskinder*
*190 Seiten, Paperback, Originalausgabe 2005*
*2. Auflage 2009, ISBN 978-3-935263-32-0 / 11,00 EUR*

**Katja Sommers zweiter Fall auf Rügen!**
Die spätwinterliche Idylle am Schwarzen See trügt. Unter der dicken Eisschicht schwimmen die Leichen von Melanie und Darius. Hauptkommissarin Katja Sommer und ihr smarter Kollege Sven Widahn finden keine heiße Spur. Das Eis ist getaut, die Touristen sind nach Rügen zurückgekehrt und nur eines ist klar: Die Eltern waren gegen die Beziehung, ihre Aussagen widersprechen sich. Was wollen sie verbergen? Eine mysteriöse Tonkassette bringt die Kripo einen großen Schritt weiter. Der Mörder hatte sich für die Liebenden etwas ganz Besonderes ausgedacht ...

*Reif für die Insel?*

# Inselkrimis im Prolibris Verlag

Martin Dodenhoeft

**Finale auf Föhr**

Inselkrimi

2. Auflage 2009

Paperback, 206 Seiten, ISBN 978-3-935263-56-6

Antje Friedrichs

**Letzte Lesung Langeoog**

Inselkrimi

8. Auflage 2008

Paperback, 184 Seiten, ISBN: 978-3-935263-00-9

Antje Friedrichs

**Letztes Bad auf Norderney**

Inselkrimi

5. Auflage 2011

Paperback, 204 Seiten, ISBN 978-3-935263-17-7

Klara G. Mini

**Badezeiten**

Langeoog Krimi

2. Auflage 2011

Paperback, 222 Seiten, ISBN 978-3-935263-64-1

Volker Streiter

**Mörderische Nachsaison**

Amrum Krimi

Originalausgabe 2012

Paperback, 232 Seiten, ISBN 978-3-935263-95-5